古典文獻研究輯刊

二四編

曾永義 主編

第14冊

劉熙載寓言散文研究

黃安琪 著

國家圖書館出版品預行編目資料

劉熙載寓言散文研究／黃安琪 著 -- 初版 -- 新北市：花木蘭
文化事業有限公司，2021〔民 110〕
目 4+168 面；19×26 公分
（古典文學研究輯刊 二四編；第 14 冊）
ISBN 978-986-518-576-3（精裝）
1.（清）劉熙載 2. 中國文學 3. 寓言 4. 文學評論
820.8   110011669

ISBN-978-986-518-576-3

9 789865 185763

古典文學研究輯刊
二四編 第十四冊   ISBN：978-986-518-576-3

劉熙載寓言散文研究

作　　者　黃安琪
主　　編　曾永義
總 編 輯　杜潔祥
副總編輯　楊嘉樂
編　　輯　許郁翎、張雅淋、潘玟靜　美術編輯　陳逸婷
出　　版　花木蘭文化事業有限公司
發 行 人　高小娟
聯絡地址　235 新北市中和區中安街七二號十三樓
　　　　　電話：02-2923-1455／傳真：02-2923-1452
網　　址　http://www.huamulan.tw 信箱 service@huamulans.com
印　　刷　普羅文化出版廣告事業
初　　版　2021 年 9 月
全書字數　135913 字
定　　價　二四編 20 冊（精裝）台幣 45,000 元　　版權所有·請勿翻印

劉熙載寓言散文研究

黃安琪 著

作者簡介

黃安琪，臺灣師範大學中文所碩士，現為中正大學中文所博士生。

提　　要

　　劉熙載（1813～1881），自號寤崖子，一生致力於為學與教人，博學多能，研究領域涵蓋文學藝術、語言聲韻、天文曆算。其寓言散文集《寤崖子》收錄於詩文集《昨非集》（初名《四旬集》），共有四十二篇作品，以「寤崖子」一角穿插於十五篇作品，內容托以史事，雜以議論，推闡儒家哲理和政治思想，融會道家的人生道德修養，無論取材、主題、故事設計在清代寓言中皆獨樹一格。

　　本論文共分六章：第一章說明研究動機與目的、研究範圍、研究現況，並確立研究方法與步驟。第二章從劉熙載的時代生平著手，再從文學觀與寓言觀兩個作者因素，以及政治、學術、寓言發展背景三個社會因素，探索劉熙載創作《寤崖子》的因緣。第三章歸納《寤崖子》寓言散文的題材，分成「循古」與「自創」兩部分，分別探討素材來源、轉化方式，與題材類型。第四章剖析寓言的靈魂，即《寤崖子》的寓意，了解劉熙載「治經與論學」、「學習與立教」、「修身待人與處世」、「柄政與治國」的思想內容。第五章進行《寤崖子》寓言散文的故事分析，分析劉熙載如何設計人物、情節結構、寓意呈現，為文章增添變化與說服力。第六章概括說明本論文研究成果。

目

次

第一章　緒　論

第一節　研究動機與目的

　　歷來對劉熙載的研究多著重在《藝概》及其美學觀，鮮少注意到其散文作品，本論文分析其寓言散文集《寤崖子》中的四十二篇作品，探討題材來源、寓意內涵與故事設計，冀能與劉熙載的哲學思想與創作理念相互輝映。

一、研究動機

　　寓言是一種古老悠久並具有強烈生命力的文學藝術，在中國寓言史的長河中，歷經先秦的政治哲理期、兩漢的勸戒期、魏晉南北朝的過渡期、唐宋的社會諷刺期，〔註1〕到了元明清，寓言出現新的嬗變。此時期，文人為了反抗專制政治對心靈的桎梏，以及社會的種種弊象，於是產生了大量詼諧寓言或笑話，如明代江盈科（1553～1605）《雪濤小說》、趙南星（1550～1627）《笑贊》、浮白主人（不詳）《笑林》、馮夢龍（1574～1646）《笑府》、清代石成金（1660～1747後）《笑得好》、鐵舟寄庸（不詳）《笑典》、獨逸窩退士（不詳）《笑笑錄》、程世爵（不詳）《笑林廣記》等，正如凝溪（1943～）所言：「明清寓言的特點是以笑話的形式出現。」〔註2〕詼諧寓言的作者借笑聲發不平之鳴，看似嘲笑庸愚的人物，實際上是影射現實生活中的黑暗面。

〔註1〕陳蒲清在《寓言文學理論·歷史與應用》將中國寓言分為五期，詳見《寓言文學理論·歷史與應用》（臺北：駱駝出版社，1992年），頁196～234。
〔註2〕凝溪：《中國寓言文學史》（昆明：雲南人民出版社，1992年），頁147。

清代文人更常直接在序中表明嘲弄諷諭社會的目的，如：石成金（1660～1747後）：「人以笑話破睡，我以笑話醒世。雖屬老僧常談，可稱波羅揭諦。」〔註3〕（《笑得好》）、黃圖珌（1700～1771）：「詼諧亦有絕大文章，極深意味，清婉流麗，聞之可以爽肌膚，刺心骨也。」〔註4〕（《看山閣集‧閑筆卷‧詼諧》）、俞樾（1821～1907）：「夫古人著書，期於明道，若止以供一笑而已，又何足傳？」〔註5〕（《春在堂全書‧一笑‧引》）、小石道人（不詳）：「用效莊周之幻化，聊同曼倩之詼諧；誠見夫天下理之所無，竟為事之所有，言之可醜，竟為人所弗恤，知我罪我，在所不計，用以泄其胸中鬱結之故，以醒世而諷俗。」〔註6〕（《嘻談續錄‧序》）標誌作家重視笑話寓言揭露時弊、警世醒人的作用。

除了詼諧寓言，清代自《聊齋誌異》以降，也出現不少以鬼魅世界譏諷時俗的寓言作品，如袁枚（1716～1797）《子不語》、沈起鳳（1741～1794）《諧鐸》、紀昀（1724～1805）《閱微草堂筆記》都有不少構想奇特、充滿鬼怪奇異的寓言佳作。隨著《伊索寓言》選譯的出版，〔註7〕模仿《伊索寓言》的寓言集也逐漸嶄露頭角，如明末清初李世熊（1602～1688）《物感》、清末吳趼人（1866～1901）《俏皮話》吸收《伊索寓言》的藝術手法，以擬人化的動物為故事主角，開創寓言的新面向。

在詼諧、異奇、西化的寓言創作潮流中，劉熙載《寤崖子》寓言散文更顯得獨樹一格。首先，在取材上，劉熙載善於仿效、變化前人作品的精華，設計情境故事使寓旨從中凸顯，他又認為「契券所以防奸也，而啟奸者有之；桃棘所以驅鬼也，而致鬼者有之。聖人知其然，故於怪力亂神，但不語之而

〔註3〕〔清〕石成金著：《笑得好》（臺北：天一出版社，1985年），頁1。

〔註4〕〔清〕黃圖珌著：《四庫未收書輯刊‧看山閣集》（北京：北京出版社，2000年），頁772。

〔註5〕〔清〕俞樾著：《春在堂全書》第三冊（南京：鳳凰出版社，2010年），頁764。

〔註6〕丁錫根：《中國歷代小說序跋集》（北京：人民文學出版社，1996年），頁669。

〔註7〕第一本選譯本《況義》，共收寓言二十二則，天啟五年（1625年）刊行，由法國傳教士金尼閣口述，泉州人張賡筆傳。第二本中譯本《意拾寓言》，道光二十年（1840年）於廣州和澳門出版，共譯介八十二則伊索寓言，由英人羅伯特湯姆（Robert Thom，1807～1846）口述，蒙昧先生紀錄。第三本中譯本《海國妙喻》，收寓言七十則，光緒十四年（1888年），天津時報館代印，由赤山畸士張燾所輯。第四本中譯本《伊索寓言》，包含寓言三百則，光緒二十八年（1902年）上海商務印書館出版，由林紓、嚴璩合譯。詳見顏師瑞芳編著：《清代伊索寓言漢譯三種》（臺北：五南出版社，2011年），頁1～12。

已。而世或顯著之以示戒，譬如縱風止燎，豈為無益而已哉！」〔註8〕亦即作者若不希望讀者迷信鬼神，則不該再以鬼神為題材混淆視聽，避免讀者放錯焦點，因此，《寤崖子》中沒有荒誕奇異的神仙鬼怪，主角也少有擬人動物，多是神話、歷史人物或是虛構人物；第二，在主題上，劉熙載不對政治的腐敗醜陋或社會的可悲可笑做剖析，而是偏重哲理闡發，以具體的故事和譬喻說明抽象的哲學命題，詮釋儒家「親親」、「人欲」、「人性」等倫理、心性論，以及道家「戒心除欲」的修養工夫；第三，在故事設計上，《寤崖子》不以通俗詼諧為筆調，而是著重思辨的過程，時常借用問答與邏輯方法，探索、推演某一道理，頗有莊子「設問式寓言」〔註9〕的妙趣。

　　目前清代寓言研究面相以詼諧、異奇為主，《寤崖子》四十二篇仿古的寓言散文尚未受到深入關注，因此本論文試圖參照劉熙載的生平、思想、文藝理念，梳理《寤崖子》的主題思想和藝術特色，確立《寤崖子》在寓言史上的座標。

二、研究目的

　　劉熙載一生為學廣泛，治學以經學為主，無漢宋門戶之見，熟於周秦諸子書，精通聲韻、算術、天象、地輿，旁及子、史、詩、賦、詞曲、書法。晚年所著《藝概》為中國第一部藝術概論類的書籍，此書雖未包含所有的藝術面向，但已可見劉熙載試圖站在藝術的角度，整合文、詩、賦、詞、曲、書法、八股文，並在其間做貫串，超越前人「專注於一領域或缺乏統合性」的不足，具有劃時代的意義，有譽為「中國古典美學最後一位思想家」〔註10〕。

　　職是，歷來對劉熙載的研究多著重在《藝概》一書，專書有徐林祥《劉熙載及其文藝美學思想》〔註11〕、韓烈文《劉熙載藝概研究》〔註12〕、王氣

〔註8〕〔清〕劉熙載著；薛正興點校：《劉熙載文集・寤崖子・善戒》（南京：江蘇古籍出版社，2000 年），頁 631～632。

〔註9〕顏崑陽將《莊子》中將敘述觀點轉嫁到其他人物，也就是假設人物相互問答，而在問答之中，討論某一道理的寓言稱作「設問式寓言」，如《莊子・大宗師》顏回與仲尼問答闡述坐忘、《莊子・應帝王》天根與無名人闡述無為。詳見顏崑陽：《莊子的寓言世界》（臺北：漢藝色研文化出版，2005 年），頁 171～173。

〔註10〕葉朗：《中國美學史大綱》（臺北：滄浪出版社，1986 年），頁 546。

〔註11〕徐林祥：《劉熙載及其文藝美學思想》（北京：社會科學文獻出版社，2010 年）。

〔註12〕韓烈文：《劉熙載藝概研究》（南京：江蘇古籍出版社，2002 年）。

中《劉熙載和藝概》〔註13〕，論文集有徐林祥主編《劉熙載美學思想研究論文集》〔註14〕、台灣學位論文有柯夢田《劉熙載〈藝概〉詩歌理論研究》〔註15〕、周淑媚《劉熙載〈藝概〉研究》〔註16〕、林德龍《劉熙載〈文概〉之文論研究》〔註17〕、李天祥《劉熙載〈藝概〉之藝術思想探析》〔註18〕、甘秉慧《劉熙載〈藝概──經義概〉研究》〔註19〕、劉鑒毅《劉熙載〈藝概‧書概〉研究》〔註20〕，爬梳、統整劉熙載對藝術的本質論、創作論、鑑賞論、發展論，較少涉及劉熙載的詩文創作，對於劉熙載寓言散文的研究更是寥寥無幾。

緣此，本論文期許自己在前人的研究基礎上，從文學實踐的角度切入，針對劉熙載四十二篇的寓言散文進行分析，希冀能與劉熙載的哲學與美學理念相互輝映，達到如下研究目的：

（一）了解劉熙載生平及其寓言散文創作因緣

劉熙載在詼諧、異奇、西化的寓言創作潮流中，殷承先秦諸子散文重哲理闡發的精神，必定有其獨特的創作因緣。本論文第二章擬從其生平了解其性格人品，並從其文學觀與寓言觀之內因，與政治、學術、寓言發展之外緣，析論其人及其思想與創作之連結。

（二）探討劉熙載寓言散文的題材

劉熙載寓言散文的數量雖不豐，但題材的深度與廣度，既淵且博。首先在循古方面，劉熙載秉持其「善用古者能變古」的創作觀，融會經、史、子、集中的元素，利用融合、擴充、逆反、仿作四樣技巧，巧妙使古意和新意繫連

〔註13〕王氣中：《劉熙載和藝概》（臺北：萬卷樓圖書有限公司，1993 年）。

〔註14〕徐林祥主編：《劉熙載美學思想研究論文集》（成都：四川大學出版社出版，四川省新華書店經銷，1993 年）。

〔註15〕柯夢田：《劉熙載〈藝概〉詩歌理論研究》（高雄：國立高雄師範大學國文研究所碩士論文，1988 年）。

〔註16〕周淑媚：《劉熙載〈藝概〉研究》（臺北：國立臺灣師範大學中國文學研究所碩士論文，1989 年）。

〔註17〕林德龍：《劉熙載〈文概〉之文論研究》（嘉義：國立中正大學中國文學研究所碩士論文，1995 年）。

〔註18〕李天祥：《劉熙載〈藝概〉之藝術思想探析》（臺北：國立臺灣師範大學國文研究所碩士論文，1998 年）。

〔註19〕甘秉慧《劉熙載〈藝概──經義概〉研究》（彰化：彰化師範大學國文學碩士論文，2000 年）。

〔註20〕劉鑒毅：《劉熙載〈藝概‧書概〉研究》（臺北：臺北市立師範學院應用語言文學研究所碩士論文，2001 年）。

在一起。在自創方面，劉熙載擅長以自然科學和社會科學方面的例子說解道理，如：「畜魚」是從生物學說明習與性之關係、「陽燧取火」是從物理學解釋專一的重要、「弱者飾為神行竊」是從心理學辨明無怪、「富叟戒鄰之子」是從教育心理學闡明正確的教育方法。無論是自創，抑或是循古，皆展現劉熙載廣博的學識和涵養，因此本論文第三章欲探討劉熙載寓言散文題材的來源、類型，及其「變古」的創作方法。

（三）探究劉熙載寓言散文的寓意內涵

劉熙載活動的年代，正是清朝面臨由盛轉衰的階段，隨著政治社會的轉變，思想觀念也逐步西學東漸，在新與舊的拔河之中，劉熙載竭力倡導傳統儒家思想和道德規範。他的寓言散文探討儒家所關心的人性、人欲、學習、修身、處世、用才、治民等議題，其「復古」態度正好是清代保守士人的切片，具有溯源、分析、歸納的意義，故本論文第四章將進行寓言哲理要素的分析。

（四）辨析劉熙載寓言散文的故事設計

在論述劉熙載寓言散文的「哲理」要素後，本論文第五章將進行寓言另一重要要素——「故事」的分析，包括命名與選角、情節結構，與寓意表現手法。在命名與選角方面，劉熙載多創作人物寓言，且對於人物命名、角色選擇，都有其精心設計之處；在情節結構方面，除了一般常見的單故事結構，尚有單向式、包容式（故事中套著故事）、螺旋式（故事輾轉推進）、系列式（以一個主角貫穿一系列故事）結構；在寓意表現手法方面，劉熙載善用對話揭露與邏輯推演，帶給寓言新的風貌。

第二節　研究範圍

本論文以「劉熙載寓言散文研究」為題，故在展開研究之前，務必先對「寓言」、「寓言散文」、「劉熙載寓言散文」依序加以釋名，界義如下：

一、釋「寓言」

「寓言」一詞就其來源當追溯至《莊子》，《莊子・雜篇・寓言》言：「寓言十九，藉外論之。親父不為其子媒。親父譽之，不若非其父者也。」郭象注曰：「言出於己，俗多不受，故借外耳。」成玄英進一步疏解：「藉，假也，所

以寄之也（他）人。十言九信者，為假託外人論說之也。」〔註21〕即莊子重視的是寓言「言在此而意在彼」的作用，目的是為了透由「他人他事他物」使讀者信服自己的主張。至於藉外論之的方式，莊子並未提出嚴格的界定，因此後世常有將寓言與譬喻概念通用的現象，如：先秦《孟子》、《墨子》將富含寄託的故事視為譬喻；漢魏翻譯佛經，亦以譬喻命名闡揚佛理的故事（《雜譬喻經》、《百喻經》）。

　　然而，現在使用的「寓言」一詞，既不完全等於莊子強調寄託的原意，也不全然等同西方寓言之宗《伊索寓言》（*Aesop's fables*）強調短篇虛構、可韻可散、角色擬人化的概念。實際上，中國寓言包含了英語中的 fable、parable、allegory 三種，陳蒲清（1936～）整理《標準參考百科全書》與英國庫頓《文學辭典》有關上述三種體裁的特性如下：

> parable 的特徵是寓意的宗教性，而 fable 的特徵是故事情節的非現實性，它們都比較短小；allegory 以現實中可能發生的事為題材而暗示另外的事情與道理……parable 和 allegory 也可譯為「譬喻」，主要是以人物故事為題材的寓言。……fable 也可譯為神話、童話、傳說，主要是以動物等非現實情節為題材的寓言。〔註22〕

　　有鑑於此，現代學者分析古今中外各種寓言定義的優劣得失，對寓言的定義進行探索與解讀，達成較相近的共識，以現今最廣為流通的三本寓言專著為例，整理如下：

研究者	寓言定義
凝溪	寓言本質特性的三大要素——寄託性，故事性，哲理性。一篇作品無論缺少其中的任何一個要素，都不能稱之為寓言。 來源：（凝溪：《中國寓言文學史》，昆明：雲南人民出版社，1992 年，頁 3。）
陳蒲清	寓言有兩個必不可少的要素：一是它的故事；二是它的寓意。……寓言是作者另有寄託的故事。 來源：（陳蒲清：《寓言文學理論‧歷史與應用》，臺北：駱駝出版社，1992 年，頁 11～12。）

〔註21〕〔戰國〕莊周；〔清〕郭慶藩；王孝魚點校：《莊子集釋》（臺北：中華書局，2004 年），頁 1106。
〔註22〕陳蒲清：《寓言文學理論‧歷史與應用》，頁 2～5。

李富軒 李燕	寓言一般由寓體（故事）和寓意組成，主要用於勸誠諷諭，而較少用於讚頌抒情和展現理想。 來源：（李富軒，李燕：《中國古代寓言史》，新店：志一出版社，1998年，頁4。）

　　參酌以上三家說法，雖略有相異之處，但已可歸納出寓言的兩項必要條件為「故事」與「寓意」（凝溪所謂的寄託性，正是連結二者的表現手法），正如法國詩人尚·德·拉封丹（Jean de La Fontaine，1621～1695）所言：「一個寓言可分為身體與靈魂兩部分：所述的故事好比是身體，所予人的教訓好比是靈魂。」〔註23〕故事與寓意，兩者相輔相成，缺一不可。

二、釋「寓言散文」

　　美國藝術評論家伯納德·貝瑞森（Bernard Berenson，1865～1959）評論《老人與海》一書時，寫道：「任何一部真正的藝術品都散發象徵和寓言的意味」〔註24〕，說明了寓言和一切文學作品有著千絲萬縷的聯繫，具有強烈的滲透性，往往能融匯到其他文體之中，吸取其他文體的敘事特點，使其他文體成為寄託寓意的載體，於是產生寓言詩、寓言散文、寓言賦、寓言小說、寓言劇……等等。

　　中國寓言以散文體裁為大宗，一般所謂寓言散文，係指「相對於寓言詩、寓言小說、寓言劇而言，其分類對象是廣義的寓言（即有寄託的故事），尤其是指唐、宋、元、明、清各代散文（古文）所寫作的寓言。」〔註25〕然而，劉熙載所處時代，對於寓言尚接收中國傳統「重寓意，輕故事」的概念，因此本論文所指稱之「寓言散文」乃指「具有寓言性質之文言散文」，將故事性不強的作品也涵蓋在其中討論。

〔註23〕英文譯本為" The apologue consists of two parts, one of which might be called its body, the other its soul. Its body is the fable; its soul the moral." Jean de la Fontaine, *The Complete Fables of La Fontaine: A New Translation in Verse, La Fontaine's Preface* (Skyhorse Publishing, Inc., 2013), p.16.

〔註24〕原文為"No real artist symbolizes or allegorizes -- and Hemingway is a real artist -- but every real work of art exhales symbols and allegories. So does this short but not small masterpiece." Ernest Samuels, Jayne Samuels, *Bernard Berenson, the Making of a Legend* (President and Fellows of Harvard College, 1987), p.518.

〔註25〕詳見顏師瑞芳：《台灣省高中國文教學研究專輯四·寓言、寓言散文與寓言體散文》（臺中：臺灣省政府教育廳出版，1998年），頁110。

三、劉熙載寓言散文

劉熙載寓言散文集結於《寤崖子》一書，與其文、詩、詞共同收錄於《昨非集》四卷。光緒三年（1877），時劉熙載六十五歲，有序云：「此集始名四旬集，皆四十歲以前之作，後自悔少作，取陶淵明『昨非』二字以名之。」〔註26〕可見《寤崖子》中多收錄劉熙載青年至中年的作品。劉熙載在〈寤崖子自序〉言：

> 猶憶滿州文秀庵見此書云：「取類得於《易》，博依得於《詩》，敷暢
> 似《說苑》、《新序》，非深悉事物之理，其何能為？」〔註27〕

文秀庵〔註28〕（不詳）觀察到《寤崖子》的幾個特點：第一，多運用比喻，如同《周易》的卦辭、爻辭藉用某種自然或社會現象連類附比，推測吉凶禍福〔註29〕；其次，引用先秦諸子之言，猶如「稱詩言志」、「余取所求」的傳統，藉詩句闡明己志；第三，鋪敘故事，尤其多敷陳歷史人物事蹟，似《說苑》、《新序》以先秦歷史軼事反映創作主旨。

而最先將《寤崖子》這一系列作品定為寓言的，是劉熙載之友蕭穆（1835～1904，藏書家），他在〈劉融齋中允別傳〉裡指出《寤崖子》是仿先秦寓言的作品：

> 公於古人詞章文學，既有深造獨得之境，嘗有述作，不自收拾，隨
> 時散逸。晚年就篋中所存詩文、詞曲各類，編定四卷。而以所仿周
> 秦諸子書寓言四十二篇，曰《寤崖子》，列為卷端。〔註30〕

要言之，文秀庵和蕭穆均注意到《寤崖子》散文與《昨非集》第二卷的散文不同之處在於：這系列作品具有譬喻性、故事性和寄託性，帶有先秦諸

〔註26〕〔清〕劉熙載著；薛正興點校：《劉熙載文集‧寤崖子自序》，頁609。

〔註27〕〔清〕劉熙載著；薛正興點校：《劉熙載文集‧寤崖子自序》，頁611。

〔註28〕劉熙載〈秀庵詠〉有序曰：「滿州秀庵老人文毓，仕於擘析，蓋關尹之流也。余曰：『以君之道而名不遠聞，余將使君大傳於世何如？』秀庵笑而不答。余因有悟而為此詩。」蓋文毓為劉熙載在北京任職期間交遊者。見〔清〕劉熙載著；薛正興點校：《劉熙載文集‧昨非集卷三‧秀庵詠》，頁691。

〔註29〕如〈大過‧九二〉：「枯楊生稊，老夫得其女妻，無不利。」以鰥夫及時娶少妻，比喻中興有望；〈大過‧九三〉：「枯楊生華，老婦得其士夫，無咎無譽。」以老婆婆嫁少夫，比喻錯失機遇，不得中興；〈未濟〉：「亨，小狐汔濟，濡其尾，無攸利。」以小狐渡水，快到岸時起驕心，於是尾巴落到水裡，比喻勝利在望時，越不可大意，否則將前功盡棄。

〔註30〕〔清〕劉熙載撰；袁津琥校注：《藝概注稿‧劉融齋中允別傳》（北京：中華書局，2009年），頁899。

子典籍「以譬喻或故事增強自己理論說服力」的特色，故以「寓言」稱之。

　　考察《寱崖子》中的四十二篇散文，有二十九篇〔註31〕是具有人物、場景、事件、對話的情節式寓言，其中僅有〈海鷗〉、〈鵲占〉兩篇為動物擬人的故事，其他均為假託神話人物（如彭祖）、歷史人物（如陳仲子、淳于髡、范蠡、計然、平原君、公孫龍、荀卿、曹參等）或自創虛擬人物（如畜文魚僂者、學墨者、魯叟等）的軼事；另有十二篇〔註32〕譬喻式寓言，全篇或夾敘夾議，或全以對話，佐以譬喻釋理，如〈株拘它〉以礎潤蟻出喻以小觀大、〈辨欲〉以柳下惠和盜蹠見飴後的不同心態，說明人欲有善惡、〈吸靈〉以針芥相吸說明人與外物相依的關係；還有〈解荀〉一篇以議論為主，可見蕭穆以「寓言」稱《寱崖子》中的所有作品，正體現了古人將寓言的範圍看得很廣，幾乎可包括一切有寄託的作品，因此，本論文以「寓言散文」指稱《寱崖子》中的作品。

　　劉熙載講學龍門書院時，整理筆記著作，自同治六年（1867）至光緒五年（1879）陸續將《持志塾言》上下卷、《藝概》六卷、《四音定切》四卷、《說文雙聲》上下卷、《說文疊韻》四卷、《昨非集》四卷六本先後刊行，並匯刻成《古桐書屋八種》。光緒十三年（1887），弟子將其遺作《古桐書屋札記》、《游藝約言》、《制義存書》匯刻為《古桐書屋續刻三種》。國家圖書館「臺灣書目整合系統」列《古桐書屋六種》有三本：內蒙古圖書館清末刻本、東京大學東洋文化研究所同治光緒間刊本、中國國家圖書館清光緒間刻本。2000年江蘇古籍出版社整理出版的《劉熙載文集》，錄有《古桐書屋六種》與《古桐書屋續刻三種》，是據原刻本加以新式標點，並校改錯別字後的版本，因此，本論文採用此版本進行分析研究。

第三節　文獻探討

　　本節首先廣收有關劉熙載的專書與研究成果，接著再對蒐集來的資料，

〔註31〕計有〈魚息〉、〈墨者〉、〈學墨〉、〈魯叟〉、〈海鷗〉、〈師曠〉、〈彭祖〉、〈辟怪〉、〈儒問〉、〈陳仲子〉、〈范蠡〉、〈封難〉、〈饗螳螂〉、〈荀卿〉、〈曹參〉、〈虛邑酒〉、〈鄲醫〉、〈市藥〉、〈求志〉、〈志臧〉、〈無妄〉、〈鵲占〉、〈善戒〉、〈馮婦〉、〈蔣氏狗〉、〈善射〉、〈圉叟〉、〈秦醫〉、〈善飲酒〉等二十九篇。

〔註32〕計有〈株拘它〉、〈器水〉、〈辨欲〉、〈翼名〉、〈蜀莊〉、〈吸靈〉、〈噓吸〉、〈辨惑〉、〈山海經〉、〈問射御〉、〈觀物〉、〈問和〉等十二篇。

去蕪存菁，取精用要，鎖定範圍在以下三個焦點：「劉熙載生平相關文獻」、「《寤崖子》相關研究」、「劉熙載散文理論研究」，各項內容如下：

一、劉熙載生平相關文獻

劉熙載生平資料方面，除了劉熙載自述的〈寤崖子傳〉之外，尚有《藝概注稿》〔註33〕所收錄：黃嗣東〈劉熙載〉、俞樾〈左春坊左中允劉君墓碑〉、趙爾巽〈劉熙載傳〉、徐世昌〈融齋學案〉、蕭穆〈劉融齋中允別傳〉、陳澧〈送劉學使序〉、沈祥龍〈左春坊左中允劉先生行狀〉、沈祥龍〈祭興化劉先生文〉、李詳〈劉融齋中允〉、朱克敬〈劉熙載〉、姚永樸〈劉融齋先生〉、王闓運〈寄懷劉先生熙載〉、永昶〈追懷融齋先生〉、〈懷融齋先生〉、〈懷劉司業〉、葉冠洛〈劉熙載傳〉、李恭簡〈劉熙載傳〉等十七篇傳記資料，雖內容時有重複，但仍有助於了解劉熙載的生平、性情、品格。

劉熙載年譜資料方面，早年有王氣中《藝概注稿·劉熙載行年小志》以及以其為基礎再擴充的余木《劉熙載美學思想研究論文集·附錄一劉熙載年表》，〔註34〕二者皆對劉熙載的行跡有初步的整理。近年楊抱樸在《遼東學院學報》發表的系列四篇〈劉熙載年譜〉〔註35〕，與在《東北師大學報》刊行的〈劉熙載行跡考〉〔註36〕，以及徐林祥：《劉熙載及其文藝美學思想·年譜》，除了參考劉熙載的傳記資料、相關古籍、抄本外，更多方鉤稽文獻，藉由劉熙載的親屬、同年、朋友、同僚、學生的詩文集、日記、隨筆資料，填補劉熙載傳記資料的空缺，使劉熙載的形象更加豐富、生動，是研究劉熙載生平非常重要且珍貴的資料。

二、《寤崖子》相關研究

《寤崖子》相關研究目前寥寥可數，且以大陸學者為主。

〔註33〕〔清〕劉熙載撰；袁津琥校注：《藝概注稿》（北京：中華書局，2009年）。
〔註34〕余木編：《劉熙載美學思想研究論文集·附錄一劉熙載年表》（四川：四川大學出版社，1993年），頁377～386。
〔註35〕楊抱樸：〈劉熙載年譜（一）〉，《遼東學院學報》（第9卷第6期），2007年12月，頁89～96。楊抱樸：〈劉熙載年譜（二）〉，《遼東學院學報》（第10卷第1期），2008年2月，頁89～96。楊抱樸：〈劉熙載年譜（三）〉，《遼東學院學報》（第10卷第2期），2008年4月，頁77～92。楊抱樸：〈劉熙載年譜（四）〉，《遼東學院學報》（第10卷第3期），2008年6月，頁61～69。
〔註36〕楊抱樸：〈劉熙載行跡考〉，《東北師大學報》（第226期），2007年7月，頁102～107。

在寓言專著方面，僅有陳蒲清《寓言文學理論‧歷史與應用》在元明清及近代寓言的介紹最後提及：「晚清重要的寓言集還有著名文論家劉熙載的《寤崖子》，全書四十二則。」〔註37〕

在期刊論文方面，董運庭1989年於《西南師範大學學報》發表的〈從寤崖子看劉熙載及其美學思想深層結構〉〔註38〕為最早歸納、分析《寤崖子》的文章。董運庭將《寤崖子》寓言歸納為三方面，第一，「儒之為儒，其如人之為人乎」探討劉熙載「翼教、正欲、求實」的儒家思想；第二，「作《易》者，知其盜乎」探討劉熙載「斥怪、劈巧、化鬼」的國粹主義；第三，「貴乎天者，忘乎天者也」探討劉熙載對精神自由「傲世、虛靜、飲之太和」的追求。此文可惜只提及其中二十一篇作品，未能呈現全書內涵，但在解讀《寤崖子》寓意的領航上功不可沒。

在學位論文方面，目前僅有復旦大學陳志《劉熙載〈藝概〉及其創作研究》〔註39〕中第三章第一節對《寤崖子》的思想內涵與寓言藝術作探討，陳志將《寤崖子》寓言的思想內涵分為「對儒家思想的維護和推闡」、「祛禍辟怪，排斥巫邪」、「淡泊名利，講求精神自由和個性修養」、「規勸教導，諷刺救弊」四部分，並分析《寤崖子》寓言「善用生活常景、事例說理」、「善用對比，刻劃不同人物」、「善於化用前人寓言或歷史人物」的三個藝術特色。陳志的研究擴大關注了劉熙載寓言寫作的技巧，可作為本論文第五章《寤崖子》寓言散文的故事設計之參考。

三、劉熙載散文理論研究

劉熙載散文理論研究以學位論文和期刊論文為主。

學位論文方面有：臺灣林德龍《劉熙載〈文概〉之文論研究》〔註40〕以劉熙載「藝者，道之形也」之「道」的內涵為研究出發點，再從「道」的內涵拓展到文藝的本質、創作、風格、鑑賞。林德龍分析劉熙載之「道」，是由心

〔註37〕陳蒲清：《寓言文學理論‧歷史與應用》，頁228。
〔註38〕徐林祥主編：《劉熙載美學思想研究論文集‧從寤崖子看劉熙載及其美學思想深層結構》，頁321～333。
〔註39〕陳志：《劉熙載〈藝概〉及其創作研究》（上海：復旦大學中國文學批評史專業博士論文，2009年）。
〔註40〕林德龍：《劉熙載〈文概〉之文論研究》（嘉義：國立中正大學中國文學研究所碩士論文，1995年）。

發露以判斷合於仁義禮智之善性所得的「理」，由「氣」表現於日常生活中的行為舉止，而文章即以心性發露為其理，為其本質，此文對於理解劉熙載擇「寓言」傳達己志的內因上有不少助益。大陸廖妍南《劉熙載散文理論探微——兼論劉熙載在文史上的定位》〔註41〕旨在探索劉熙載散文理論與前代文論思想之間的內在關係及其發展，從中窺探劉熙載在文論史上的定位。

期刊論文有：萬奇〈劉熙載散文理論探微〉〔註42〕、阮中〈劉熙載散文理論研究〉〔註43〕、陳志〈論劉熙載《藝概·文概》中的散文思想〉〔註44〕，三篇均對劉熙載散文的創作方法有所爬梳，可作為分析《寤崖子》故事藝術的參考。

〔註41〕 廖妍南：《劉熙載散文理論探微——兼論劉熙載在文史上的定位》（湖南：湖南師範大學文藝學碩士論文，2008 年）。
〔註42〕 萬奇：〈劉熙載散文理論探微〉，《廣播電視大學學報》（第 125 期），2003 年，頁 50～77。
〔註43〕 阮中：〈劉熙載散文理論研究〉，《佛山科學技術學院學報》（第 23 卷第 1 期），2005 年 1 月，頁 8～13。
〔註44〕 陳志：〈論劉熙載《藝概·文概》中的散文思想〉，《蘭州大學學報》（第 34 卷第 6 期），2006 年 11 月，頁 32～36。

第二章　劉熙載生平及其寓言散文
創作因緣

在中國學術傳統中，求索創作者生平與所處背景是一條極受重視的審美途徑，這樣的看法最早起先於孟子「知人論世」，因為：認識作者的生平和時空文化背景，將有助於理解其作品所欲表達的意義，劉熙載也說：「作者情生文，斯讀者文生情。」〔註1〕讀者鑑賞作品時，亦須了解作者「生情」的背景。本章分為兩節，第一節敘述劉熙載的生平，第二節從作者因素與社會背景兩方面，說明劉熙載寓言散文創作的內因與外緣。

第一節　劉熙載生平

劉熙載，字伯簡，號融齋，又字熙哉，自號寤崖子，清江蘇興化人，晚年以寤崖子為名作傳，在《寤崖子》中，「寤崖子」這一角色出現於十五篇作品，代表作者發言評論，反映作者的內在心曲，劉熙載對「寤崖」的重視可見一斑，職是，在了解劉熙載生平之前，必先了解「寤崖」二字的涵義。劉熙載〈寤崖子傳〉言：

> 寤崖子者，蓋其自謂。或譽之曰：「寤，悟也。吾觀於子誠大悟者乎？」寤崖子憮然曰：「是何言與！此吾以自警也。吾之惛瞀，若無日不在寐中，名此者，意欲庶幾一寤云爾。且張乖崖之乖也非乖，則寤崖豈即寤乎？」〔註2〕

〔註1〕〔清〕劉熙載著；薛正興點校：《劉熙載文集・藝概・文概》，頁84。
〔註2〕〔清〕劉熙載撰；袁津琥校注：《藝概注稿》，頁885〜886。

「寤」是明白、覺醒，但劉熙載否認自己「已寤」，表明「寤」是自我告誡之意。「崖」當名詞時，《說文解字》解：「高邊也」，指「山邊或高地陡峭的邊沿」，在此引申有世道艱險之意；當形容詞時，言人性格孤高。故「寤崖」即「告誡、勉勵自己，體寤人事道理，行事謹慎，不與世浮沉」，劉熙載自謙體寤不夠，因此無日不在寐中，正如他在此段後復言：

> 或謂寤崖子：「子盍自按年為譜？」曰：「此易耳。《論語》『吾十有五』章，章凡六藝，但於節中無『不』字者增一『不』字，有『不』字者減一『不』字，即合矣。」〔註3〕

劉熙載借孔子之言，指自己「十有五而不志於學，三十而不立，四十而惑，五十而不知天命，六十而不耳順，七十而不從心所欲，踰矩。」在幽默自嘲中，展現謙遜、退省、自勵的人格特質。

文中提及的張乖崖（946～1015），本名張詠，是北宋太宗、真宗兩朝的名臣，早年任俠自喜，劍術高超，仕宦後，恩威並施，注重民生，推動教育，辦案明斷，嚴懲違法，尤以治蜀著稱，時人稱其「惟公稟尊嚴之氣，凝隱正之量。」（宋祁〈張尚書行狀〉）、「以寬得愛，愛止於一時。以嚴得畏，畏止於力之所及。故寬而見畏，嚴而見愛，皆聖賢之難事而所及者遠矣。」（蘇軾〈題張乖崖書後〉）、「公生平以剛正自立，智識深遠，海內之士，無一異議。」（錢易〈宋故樞密直學士禮部尚書贈左僕射張公墓誌銘〉）〔註4〕張詠本人性剛寡欲，自言「不為輕肥為官」（《張乖崖集・卷十二語錄》），在畫像上自贊：「乖則違眾，崖不利物，乖崖之名，聊以表德。」以「乖崖」表德，即是以「違眾」、「不利物」自戒，展現他不畏流俗，敢作敢為的獨立人格，因此劉熙載言：「且張乖崖之乖也非乖，則寤崖豈即寤乎？」

要言之，劉熙載為了時時刻刻提醒自己堅持操守，充實自己，發揮所學，維持淡泊、寧靜的心境，於是，仿張詠以「乖崖」表德的方式，自號「寤崖子」，竭力實踐「體寤人事道理，不與世浮沉」。劉熙載一生的生命選擇、生活態度，都顯現其「寤崖」──自我戒勉的精神，故以下從「求學」、「宦遊」、「講學」三方面進一步介紹其生平，而於附錄中呈現劉熙載年譜，繫以創作及備考，以補正文未依年份次序之不足。

〔註3〕〔清〕劉熙載撰；袁津琥校注：《藝概注稿》，頁885。
〔註4〕以上三則見〔宋〕張詠著；張其凡整理：《張乖崖集》（北京：中華書局，2000年），頁143、191、151。

一、求學——黽勉博學

　　劉熙載生於揚州府興化縣城內一個「耕讀傳家」的家庭，其父松齡，字鶴與，是位隱君子。〔註5〕劉熙載十歲而孤，父歿後，家境貧寒，寄居寺廟，沈祥龍〈左春坊左中允劉先生行狀〉記：

　　　　家貧，饘粥不能給，刻苦志學，常以「志士不忘在溝壑」、「遯世不見
　　　　知而不悔」二語自勵。賃廡佛庵，精研群籍，往往終夜不寢。〔註6〕

　　即使生活困頓，劉熙載依然堅苦自學，數年後，復喪母，劉熙載迫於生計，十六歲一度至北鄉大鄒莊糧行當學徒，因手不釋卷、一意讀書，為行主所不容，旋被辭退回家，於是決計教蒙館自食其力。〔註7〕為童子師時，默誦蔡沈《書經集傳・禹貢注》，熟則繞案背之，貧未見注疏本。〔註8〕可見其聰穎與勤學。

　　劉熙載為童子師前，曾師事張秉衡、徐子霖、姚瑟餘、融燭齋，二十五歲時，適逢查咸勤主講興化縣文正書院，於是向其請教文法之事，劉氏在詩中對這些啟蒙師長懷有深厚的感念之情：

　　　　從得明師共四人，西廬授命倍艱辛。名儒海內諮詢遍，何似當年一
　　　　席親！（〈憶師訓〉）〔註9〕

　　　　問字師資欣早得，拜床晨夕許相過。卻緣國士知難副，轉愧當年獎
　　　　借多。（〈憶解春卿先生贈句〉）〔註10〕

　　　　我知文訣由師授，師謂禪機自我開。何必更奇溈仰事，如薪傳火去
　　　　還來。（〈查芙波先生借梵書〉）〔註11〕

〔註5〕《續修興化縣志》有傳：「劉松齡，字鶴與，監生。少孤，聞母述父遺言，輒泣。事母孝養備至。家貧，尚義篤於宗族，遇親友借貸，竭力應之，歲終薪米或不具，不以告人。所居鄰普濟堂，堂地隘，割宅基贈之。與相鄰語，必因端導之以善。以子熙載貴，贈如其官。」轉引自楊抱樸：〈劉熙載年譜（一）〉，頁89。

〔註6〕〔清〕劉熙載撰；袁津琥校注：《藝概注稿》，頁902。

〔註7〕劉立人、陳文點校：《劉熙載集・前言》（上海：華東師範大學出版社，1993年），轉引自楊抱樸：〈劉熙載年譜（一）〉，頁90。

〔註8〕李詳：〈劉融齋中允〉，〔清〕劉熙載撰；袁津琥校注：《藝概注稿》，頁906。

〔註9〕〔清〕劉熙載著；薛正興點校：《劉熙載文集・昨非集卷三・憶師訓》，頁690。

〔註10〕〔清〕劉熙載著；薛正興點校：《劉熙載文集・昨非集卷三・憶解春卿先生贈句》，頁691。

〔註11〕〔清〕劉熙載著；薛正興點校：《劉熙載文集・昨非集卷三・查芙波先生借梵書》，頁691～692。

雖然求學之路險峻難走，但劉熙載仍刻苦勵學，堅持不懈。二十七歲到南京參加鄉試，中舉，三十二歲至北京參加禮部會試、殿試，以第二甲第九十二名進士選為翰林院庶吉士。四十一歲入上書房，為諸王師，咸豐皇帝見其氣體充沛，早晚無倦容，問其所養，劉熙載以「閉戶讀書」答，咸豐皇帝聽了為之讚嘆，手書「性靜情逸」四字賜之。又，據弟子沈祥龍〈左春坊左中允劉先生行狀〉描述：

> 先生充養完粹，體貌豐碩，目秀而長，慈愛之意溢於顏色，而舉止嚴重，有喬嶽泰山氣象。居恒肅而溫，謙而有禮，雖大寒暑，衣冠沖整無惰容，俯仰斗室中，書卷外無長物。入夜，一燈坐對，寂如枯僧，每信口哦古名家詩詞以自樂。⋯⋯先生虛懷取善，雖才不己若者，言苟有當，無不信從。〔註12〕

可見，讀書對劉熙載而言絕不是加官晉祿的工具，而是他一生重要的精神寄託，而其志行之超曠高淡、處約逾榮、品學純粹、虛懷若谷，即使身居陋室，又「何陋之有」。

更難能可貴的是，劉熙載讀書，不單精通《四書》、《五經》，還通曉歷史，愛好諸子，旁通佛道，更兼及一般士大夫治學範圍外的天文、曆算、輿地、語言聲韻各種學術領域，並有所著述：

教育方面：《持志塾言》整理、分類聖賢經義、儒家格言，討論「立志」、「為學」、「窮理」、「存省」、「擴充」、「克治」、「力行」、「盡倫」、「立教」、「人品」、「才器」、「致用」、「濟物」、「正物」、「處事」、「處境」、「處世」、「天地」、「心性」、「禮樂」共二十個議題，由淺而深，方便學者進推學習，後有補充本《古桐書屋札記》。

藝術方面：《藝概》從藝術的角度統攝文、詩、詞、曲、書法、八股文，劉熙載自述談藝「好言其概」，故以「概」名書，以札記的形式分條討論，有〈文概〉三四〇條、〈詩概〉二八五條、〈賦概〉一三七條、〈詞曲概〉一五九條、〈書概〉二四六條、〈經義概〉九十五條，共計一二六二條，每卷均先整理各文體的流變，接著再分析評論作家作品，最後總結該文體的作法，後有《游藝約言》與之互補。

語言方面：《四音定切》依照開、齊、合、撮四音，重加整理、分類、解釋當時通用《佩文詩韻》，分為《圖說》和《韻釋》兩部分，《圖說》以圖表說

〔註12〕〔清〕劉熙載撰；袁津琥校注：《藝概注稿》，頁904。

明音讀法和切音法，《韻釋》廣列圖表並附以解說；《說文雙聲》根據切音法「上一字為母取雙聲、下一字為韻取疊韻」的原則，分類編輯許慎《說文解字》所系之聲與徐鉉校定音切之母成雙聲者；《說文疊韻》是有感於『六書中較難知者莫如諧聲』而編輯。

　　數理方面：〈天元正負歌〉四首解說加、減、乘、除和消、開方法，劉熙載在序說明他的算術觀點根柢在於：「算有正負，肇於方程，而一切算術以之。學算者不知正負，則無以貫通一切之算。」作此詩以示友人；〈星野辨〉是天文方面的論文，劉熙載有感於「天文曆學，古疏今密」，故記最近新測星度，改正分野不足之處，辯證吉凶無關星象；《春秋朔閏日蝕考·序》為宋慶雲作序，肯定此書考日月差忒之功。

　　以上種種著作展現劉熙載各方面的學術能力，支偉成《清代樸學大師列傳》將他列入小學家，譽其「於音韻小學卻抒卓見」〔註13〕，諸可寶《疇人傳三編》（數學家傳記）亦將他列入其中，讚〈天元正負歌〉四則「簡潔一明，便於初學」〔註14〕，可見其成就獲得多方的肯定。綜而言之，從早年的刻苦自學、好學不倦，到晚年才將自己的讀書心得以及教材匯鈔成書，「黽勉博學」、「避名還恐著書多」的書生本色是劉熙載的「崖」——與眾不同與難能可貴——之處。

二、宦遊——貞介絕俗

　　劉熙載的宦遊生涯主要有兩階段：第一階段自三十二歲，四月，參加散館考試後，以文理優等，獲予翰林院編修，直至四十四歲不樂為吏，請假客山東，授徒自給；第二階段自五十二歲，正月特旨授補國子監司業，八月被命為廣東學政，至五十四歲五月引病歸。

　　前後歷經道光末、咸豐、同治初，當時的清廷已逐漸走下坡，內政不修、官吏不良，以致百姓民不聊生的情形在許多記載都可探尋，吳志鏗〈清遺民的晚清記憶——劉聲木個案研究〉便有整理：

　　　　例如，李星沅日記反映道光後期的官場貪瀆成風，上下集體舞弊粉
　　　　飾，而漕運問題叢生，相關人員寄生於此，夙有「弊海」之稱，傳

〔註13〕支偉成：《清代樸學大師列傳·小學家列傳第十二》（臺北：藝文印書館，1970年），頁332～334。

〔註14〕〔清〕諸可寶纂錄：《疇人傳合編校注·疇人傳三編卷第五·國朝後續補三》（鄭州：中州古籍出版社，2012年），頁567。

遞了山雨欲來風滿樓的訊息。又如，張集馨的自訂年譜及日記中所透露出的訊息也是一樣，在道光、咸豐及同治初年，清朝政府賄賂公行，政以賄成，巧立名目，橫爭暴斂，陋規相沿成習，高壓苛索，草菅人命，種種弊病，不一而足。〔註15〕

在如此時局下，劉熙載廉潔耿介的作風便顯得格外突出。宦遊北京期間，粗食敝衣，少與達官貴人交遊〔註16〕，也不逢迎奉承內監，只是盡心教書，誨人不倦。雖然物質生活困窘，乃至曾僑居長春禪寺〔註17〕，但劉熙載仍保有他安貧樂道、不事干謁的操守，〈京遇秋日寄友〉一詩描述他的北京生活：「幽居門巷擬山阿，一徑清風動薜蘿。謝病且求逢客少，避名還恐著書多。雲開薊北千峰曉，夢隔淮南八月波。安得結鄰偕隱士，菊籬攜酒近相過。」〔註18〕詩中一派沖和平淡，映照他「契陶淵明」的心境與懷抱。

任廣東學政時，劉熙載認真考核諸生，巡行視察廣州、端州、瓊州、嘉應州四府〔註19〕的學務，作〈箴言四首〉勉勵生員懲忿、窒欲、遷善、改過；改革行屬的辦公開支，免除供張（學政的額外補助）之習，黜浮華，斬陋規，受廣東人民擁護、得生員敬重，卻也損害了胥吏們的既得利益，使自己遭誣陷。劉熙載的友人、弟子皆對其正派、高潔的品性難以忘懷，在傳記中均有所錄：

> 公秉性儉約，至貴不改其初。嘗以翰林直內廷，徒步無車馬，有晏子「浣衣濯冠」之風。視廣東學，一介不苟取，諸生試卷無善否，畢閱之。試畢，進諸生而訓之，如家人父子焉。（蕭穆〈劉融齋中允別傳〉）〔註20〕

〔註15〕吳志鏗：〈清遺民的晚清記憶──劉聲木個案研究〉，《郭廷以先生百歲冥誕紀念史學論文集》（臺北：臺灣商務印書館，2005 年），頁 327。

〔註16〕劉熙載交遊者有：文毓是為看城門的隱者（見〔清〕劉熙載著；薛正興點校：《劉熙載文集·昨非集卷三·秀庵詠》，頁 691）、徐宗勉是為隱居西山的奇士（見〔清〕劉熙載著；薛正興點校：《劉熙載文集·昨非集卷三·浣溪紗西山禪院訪徐進之》，頁 705），也與倭仁相友，但論學則有異同（見徐世昌：《藝概注稿·劉熙載傳》，頁 891）。

〔註17〕袁昶：〈追懷融齋先生〉詩後注「道光中，先生官都下，時僑長春禪寺。」見〔清〕劉熙載撰；袁津琥校注：《藝概注稿》，頁 909。

〔註18〕〔清〕劉熙載著；薛正興點校：《劉熙載文集·昨非集卷三·京遇秋日寄友》，頁 682。

〔註19〕楊抱樸：〈袁昶日記中有關劉熙載的文獻〉，《遼東學院院報》（第 14 卷，第 4 期），2012 年 8 月，頁 77。

〔註20〕〔清〕劉熙載撰；袁津琥校注：《藝概注稿》，頁 894。

咸豐三年，直上書房，與諸生講授，左右博喻，一歸於正。貧不能役僕，退直則獨居溫理所業，自以脫粟合惡草具煮食。一日，中涓來索犒金，見之曰：「此可以食耶？」太息而去。（沈祥龍〈左春坊左中允劉先生行狀〉）〔註21〕

咸豐時，入值上書房，每徒步先至，大風雪，未嘗乘車，衣履垢敝，諸王子竊笑，稱為「廚子翰林」。歲時，內監多以酒脯餽直官求賜。至熙載宅，戶無簾，牀無帳，熙載方踞地爇薪，以砂鐺煮糯餬。內監歎曰：「劉公貧至此，我輩忍取求乎？」即持酒脯去。文宗知熙載廉窶，特授廣東學政。熙載至，盡裁上下陋規，胥吏患之，知熙載狷，故為蜚語刻洋報中。熙載見之果恚，即日乞病歸。（朱克敬《儒林瑣記・劉熙載》）〔註22〕

先生為詞林，在上書房行走，一日，太監至其宅，有所餽，大呼門者，乃無一人。至廳事後，見一持斧劈柴者，則先生也。因獻所持物，且曰：「公放廣東學政矣。」意在打抽豐也。先生固辭不受，太監不得已去。中途遇續來者，亟搖手曰：「慎毋往，往沒趣矣。」（姚永樸〈劉融齋先生〉）〔註23〕

任官時，劉熙載的食衣住行也僅滿足最低的需求，在食方面，「以脫粟合惡草具煮食」、「以砂鐺煮糯餬」飲食粗陋；衣方面，「衣履垢敝」，「浣衣濯冠」被服簡樸；住方面，「戶無簾，床無帳」，親自持斧劈柴，不假他人；行方面，「徒步無車馬」，大風雪天，也未嘗乘車。擔任廣東學政，不但未沾油水，更盡裁上下陋規。他嚴格的自我要求，令前來索犒金、打抽豐的中涓也嘆息而去。

劉熙載雖然行事低調、不慕名利，但他並不是懦弱苟且之人。咸豐十年，八月二十九日，英法聯軍入侵北京，火燒圓明園，官吏多遷避，唯有劉熙載獨留北京。同治四年冬，考核嘉應州學子時，遇叛賊圍城，州中無兵力，劉熙載從容鎮定，智激布政使，籌款餉，募壯丁，終於保全城池。〔註24〕這兩件事展現了劉熙載臨危不亂的智慧以及凜然氣節。

〔註21〕〔清〕劉熙載撰；袁津琥校注：《藝概注稿》，頁902。
〔註22〕〔清〕劉熙載撰；袁津琥校注：《藝概注稿》，頁907。
〔註23〕〔清〕劉熙載撰；袁津琥校注：《藝概注稿》，頁908。
〔註24〕詳見楊抱樸：〈袁昶日記中有關劉熙載的文獻〉，頁77。

綜而言之，不論是廉潔奉公，抑或是峭峻風骨，都是劉熙載「貞介絕俗」（湖北巡撫胡林翼譽）、「崖異」於他人之處。

三、講學──以身為教

劉熙載可說一生以講學為志業，於北京、廣東任職時，為諸王師、太學師，三十四歲短暫講學於蘇州紫陽書院；四十四歲請假客山東至五十二歲赴任廣東學政期間，曾先後設塾館、講學於山東禹城、河北定興、京師、湖北武昌江漢書院、山西太谷；五十四歲辭廣東學政，次年開始主講於上海龍門書院，直至六十八歲感寒疾，前後長達十四年。他在〈寤崖子傳〉便以此戲言曰：「星命家好推官祿，如遇我輩命當為師者，竊恐彼技窮矣。」其友陳澧（1810～1882，廣東學者、書法家）亦讚其：「蓋世之人皆好進，而先生獨好退，不知美官厚祿之可羨，而惟知讀書，此古之君子，而澧以得見為幸者也。」〔註25〕（〈送劉學始序〉）

劉氏在龍門學院講學時間最久，影響也最深遠。龍門書院於同治五年（1865）由洋務派地方代表人物丁日昌（1823～1882）倡辦，是江南各省文教事業在太平天國等戰亂中破壞後，所成立的新書院。初借蕊珠書院湛華堂為學舍，同治七年（1867），應寶時（1821～1890）捐銀購得南元西李氏吾園廢基，正式興辦，在應寶時的支持下，先後聘請名儒顧廣譽（1799～1866）、萬斛泉（1808～1904）、劉熙載、方宗誠（1818～1888）等主講席。所訂學規「與胡安定湖州學規相似，故江浙之士，多所造就」〔註26〕，劉熙載擔任山長時在教學內容、方法上，均有別於當時舊書院。

在教學內容方面，當時書院重視舉業、詩賦等科目，以金榜題名、光宗耀祖為首要目標。龍門書院體現宋儒「義理經濟合一」的教育傳統，以經義與治事並重，培養經世致用的人才，《上海縣志·龍門書院記》記：「從來學者，必先品行，次及文學。學術事功，原委有序。此在諸生，當早懷之。況地屬瀕海，中外雜處，聞見易紛，砥柱中流，尤須正學。諸生誠能邃其學力，養其德器，以上答國家興賢育才之意，將於斯世必有濟焉。」〔註27〕同治十二

〔註25〕〔清〕劉熙載撰；袁津琥校注：《藝概注稿》，頁901。
〔註26〕〔清〕方宗誠：《柏堂師友言行記》卷四（臺北：文海出版社，1968年），頁97。
〔註27〕〔清〕應寶時等修；俞樾纂：《上海縣志·卷九學校·龍門書院記》（臺北：中國地方文獻學會，1975年），頁694。

年（1873）3月17日《申報》亦評：「滬城書院固不一，而自龍門以外，率以制藝為宗，間及詩賦，無有以經史切磋者。」〔註28〕劉氏弟子胡傳（1841～1895）記：「先生教人學程朱之學，以窮理致知、躬行實踐為主，兼及諸子百家，各取所長，毋輕訾其所短，不許存門戶畛域之見」、「又言：為學當求有益於身，為人當期有益於世。」〔註29〕龍門書院以知權達變、務實力行之學為教學內容，再加上師長的躬行實踐，於是培育出一批推動清朝邁向現代化的先驅人物。

在教學方法方面，劉熙載與方宗誠繼承並改良前任山主顧廣譽的「日記教學法」，要求學生每日撰寫《龍門學院讀書日記》、《龍門書院行事日記》、《龍門書院日程》，記錄自己讀書的所得所疑，以及晨起、午前、午後、燈下四時的「敬」、「怠」、「義」、「欲」、「功課」，三書每頁均印有紅字，各提醒學生：「讀書先要會疑」、「行事當敬以勝怠，義以勝欲」、「功課當以有恒有漸為方」。〔註30〕劉氏教學嚴格，態度認真，講習不倦，每五日必定一一詢問學生的學習狀況，丙夜或周視齋舍，察諸生在否，〔註31〕直至身體衰弱，仍批閱諸生日記。〔註32〕在劉熙載的用心經營下，龍門書院讀書風氣盛，「每午，師生會堂上，請益考課，寒暑無間。誦讀之外，終日不聞人聲。有私事乞假，必限以時，莫敢逾期不歸。」〔註33〕

由於紮實的教學內容和教學方法，龍門書院造就的傑出人才輩出，如：

〔註28〕〈論滬城新設詁經精舍〉，《申報》第一版（清同治十二年，1873 年 3 月 17 日），查詢自「中國近代報刊資料庫《申報》典藏版」。

〔註29〕胡傳：《鈍夫年譜四卷》（北京大學圖書館館藏稿本叢書編委會：天津古籍出版社，1987 年），頁 93、114。

〔註30〕原文：「讀書要先會疑，又要自得。張子曰：『於不疑處有疑，方是進。』又曰：『心中有所開，即便札記，不思，則還塞之矣。』」、「行事當敬以勝怠，義以勝欲。敬怠、義欲須於舉動時默自省查。所行必求可行，不可記者即知必不可行，記必以實。司馬文正言：『誠自不妄語始。』」、「敬怠，要合身心內外自省，先在持之以莊。義欲，要在念慮上加察，先在一其心志，力去妄念。功課，貴在整飭，不得間斷，當以有恒有漸為方。」轉引自徐林祥：《劉熙載及其文藝美學思想》，頁 28。

〔註31〕俞樾：〈左春坊左中允劉君墓碑〉，見〔清〕劉熙載撰；袁津琥校注：《藝概注稿》，頁 889。

〔註32〕李詳：〈劉融齋中允〉：「已中風矣，猶閱諸生日記。」見〔清〕劉熙載撰；袁津琥校注：《藝概注稿》，頁 906。

〔註33〕紫萼：《梵天廬叢錄·卷十七·龍門書院》（臺北：鼎文書局，1976 年），頁 262。

胡傳（1841～1895），致力於東北的土地測量、戶口調查、國界會勘、邊地開墾，彌補古輿地圖書之缺；袁昶（1846～1900），在義和團爆發後，主和直諫，與俄、美、英、法四國公使交涉，力圖勸阻事態擴大；張煥綸（1843～1902）與好友共創的正蒙書院，是中國人創辦的第一所新式學校；鄭兆熙（？～1891）習法文、英文，護送第三批留美幼童；姚文棟（1852～1929）考察滇西邊疆地區，其彙整的資料為日後中英緬邊界談判的基礎；劉彝程（1836～約1910），劉熙載長子，受其父親授〈正負加減乘除歌〉，後成為清代著名數學家，著有《割圓闡率》、《開方闡率》、《對數問答》，並校對英國伯蘭雅口譯的《代數術》。龍門弟子發揚所學，在外交、教育、學術領域均有所成，且都對龍門書院及劉熙載懷有深厚的感情，劉熙載去世後，諸門人弟子千里赴弔，莫不哀痛。〔註34〕

　　劉熙載畢生講學不輟，定課程，務實學，以身為教，因材誘掖，《清史稿·儒林傳·劉熙載傳》譽其「以正學教弟子，有胡安定風。」〔註35〕將之與北宋名師胡瑗（993～1059）並稱，足見其在教育方面的成就與貢獻。而劉熙載獨好退，不羨美官厚祿，堅持百年樹人之志，亦是他「寤崖」的生命態度。

　　綜觀劉熙載的為人處事，可見「寤崖」是其終身奉行的期許與勉勵，從求學勤勉博學，為官廉潔有氣節，講學認真、躬行實踐，實見劉熙載「已寤已崖」，正如《清史稿·儒林傳·劉熙載傳》曰：「表裡渾然，夷險一節」〔註36〕，是故其友方濬頤（不詳）讀《寤崖子》後言：「讀而愛之，亟欲一見寤崖，為夢園開其寤而導之崖，而烏知寤崖已寤已崖，而夢園卒不寤不崖，而猶孜孜焉尋繹寤崖、步趨寤崖，以冀一旦豁然寤而底乎崖。」〔註37〕劉氏雖然不是清代歷史上叱吒風雲、推動國政的人物，但他的「寤崖」精神卻種在許許多多學子的心裡，在中國的各個角落萌芽。

第二節　劉熙載寓言散文創作因緣

　　「因緣」一詞來自佛教理論，是對於緣起的一種解說。佛教將一切事物

〔註34〕詳見徐林祥：《劉熙載及其文藝美學思想》，頁34～43。
〔註35〕〔清〕劉熙載撰；袁津琥校注：《藝概注稿》，頁692。
〔註36〕〔清〕劉熙載撰；袁津琥校注：《藝概注稿》，頁692。
〔註37〕方濬頤：《夢園子》，轉引自楊抱樸：〈劉熙載年譜（四）〉，頁67。

的因果，分成四緣（梵文：catvārah pratyayāh）：因緣、等無間緣、所緣緣、增上緣。其中因緣是事象產生的直接主因，而等無間緣、所緣緣、增上緣皆為輔助條件。本論文關注的目標是主要原因——因緣。

《佛學電子大辭典》釋「內因外緣」：「凡能直接產生結果之內在原因，稱為內因；能間接助長結果形成之外在原因，稱為外緣。故內因外緣又稱作親因疏緣。如欲受身時，以自己之業識為內因，而以父母之精血為外緣。又於淨土門，相對以佛之本願為外緣，而以定散之行或真實之信為往生之內因。」〔註38〕以文學研究而言，作家內在的文學理念、生活意識，是文學現象產生的重要關鍵；外在環境的社會背景、政治背景、學術背景、文學發展背景等，則是孕育文學現象的輔助條件，二者相結合，觸發作者創作的動機，故不可偏廢。

劉熙載寓言散文創作的內因與外緣，依上述方法來看，自然先得追索劉熙載的文學認知和寓言理念，再探索切近的相關社會背景因素，如何影響劉熙載透由書寫反映心境、抒發胸臆。本節將從作者因素與社會背景兩方面切入，論述如下。

一、作者因素

藝術作品是作者有機的產物，作者之意識、思想則是藝術作品的母胎，誠如《經義概》云：「文不易為，亦不易識。觀其文，能得其人之性情志尚於工拙疏密之外，庶幾知言知人之學也與！」〔註39〕因此，本節從劉熙載的文學觀、寓言觀入手，以為瞭解其創作寓言散文內因的先導。

（一）「文道合一」的文學觀

劉熙載在《藝概·序》開宗明義地說：

> 藝者，道之形也。學者兼通六藝，尚矣！次則文章名類，各舉一端，
> 莫不為藝，即莫不當根極於道。〔註40〕

「藝者，道之形也」是劉熙載對文藝本質的揭示，第一，他認為各種藝術門類都根源於道，道是藝所要盡的「意」，道既是《六經》中的聖人之道，

〔註38〕「佛門網——佛學辭典」http://dictionary.buddhistdoor.com/search（2015 年 10 月 4 日最終檢索）。

〔註39〕〔清〕劉熙載著；薛正興點校：《劉熙載文集·藝概·經義概》，頁 198。

〔註40〕〔清〕劉熙載著；薛正興點校：《劉熙載文集·藝概·序》，頁 53。

也是萬事萬物的本質和規律〔註41〕。第二，藝是體現道的「象」，藝可以是文、詩、賦、詞、曲等文學作品，也可以是書法、繪畫、音樂等藝術門類。劉熙載認為「孤質非文，浮艷亦非文也」〔註42〕，採取一種較為通達的態度，主張質文並重，在《藝概・文概》中也有相似之論：

> 昌黎曰：「學所以為道，文所以為理耳。」又曰：「愈之所志於古者，不惟其辭之好，好其道焉耳。」東坡稱公「文起八代之衰，道濟天下之溺」。文與道，豈判然兩事乎哉！〔註43〕

他引述韓愈、蘇軾之言，強調文與道的緊密聯繫，「文與道，豈判然兩事乎哉！」既強調內容美，也不忽視形式美，是其文質並重的美學觀點。

在文、詩、賦、詞、曲當中，劉熙載認為散文的特點與作用在於使讀者明白、醒悟，他曾在《詩概》將詩與文作比較：「文所不能言之意，詩或能言之。大抵文善醒，詩善醉。」〔註44〕而敘事類的散文，更要達到「寓」的作用，他在《藝概・文概》說：「敘事有寓理，有寓情，有寓氣，有寓識。無寓，則如偶人矣。」〔註45〕亦即文章必須呈現作者的理、情、氣、識，否則便味同嚼蠟，枯燥乏味，展現其重視「寓」的寫作觀。

至於如何在文中盡「理、情、氣、識」之「意」，劉熙載依循「尚曲隱，避直露」的審美傳統，總結出「客筆主意，主筆客意」〔註46〕的寫作方法，《藝概注稿・前言》對此有所說明：

> 《經義概》中有一段話可以幫助我們找到答案：「襯托不是閑言語，乃相形相勘緊要之文，非幫助題旨，即反對題旨，所謂客筆主意也。」原來所謂客筆其實就是襯托、所謂閑筆。主意就是文章的主題、主旨。主筆就是文章的寫作的用力點。客意是文章的旁義，主題、主旨以外的意思。〔註47〕

〔註41〕以文而言，《藝概・文概》：「文無論奇正，皆取名理」，《持志塾言》：「理也者，高不入於空，卑不溺於器者也」、「一事有一理，萬物共一理」，可見劉熙載之理，是事物的一般規律。因此，《藝概・文概》中對儒家仁義之道、道家《莊子》的道、萬事萬物之道都與以肯定。

〔註42〕〔清〕劉熙載著；薛正興點校：《劉熙載文集・藝概・文概》，頁56。

〔註43〕〔清〕劉熙載著；薛正興點校：《劉熙載文集・藝概・文概》，頁72。

〔註44〕〔清〕劉熙載著；薛正興點校：《劉熙載文集・藝概・詩概》，頁117。

〔註45〕〔清〕劉熙載著；薛正興點校：《劉熙載文集・藝概・文概》，頁87。

〔註46〕〔清〕劉熙載著；薛正興點校：《劉熙載文集・藝概・文概》，頁86。

〔註47〕〔清〕劉熙載撰；袁津琥校注：《藝概注稿》，頁11。

以文字襯托主旨，或以文字襯托旁意，這種置此於彼的表現方式，亦即所謂「言在此而意在彼」的效果。

寓言旨在寓理，且強調的便是「藉外論之」以求「親父不為其子媒。親父譽之，不若非其父者也。」〔註48〕因此便成為劉熙載寄寓自己讀書所得所想，「闡前人所已發，擴前人所未發」〔註49〕的最佳途徑。

（二）「承擬諸子」的寓言觀

劉熙載的寓言觀，首先可由他秉承古代諸子的傳統——以人名作書名，得知其以效仿諸子寓言散文為目標，而其對諸子散文的喜愛，更可從《昨非集·序》見端倪：

> 此集始名為《四旬集》，蓋集中所編入，大率四十以前作也。余之少也，學不知道，雖從事於六經，然頗好周秦間諸子，又氾濫諸仙釋書，并騷人辭客之悲愁放曠、惜衰暮、感羈旅者，亦未嘗不寓目焉。〔註50〕

先秦諸子為了宣傳自己的學說，在遊說中，增強感染力和說服力，為達到「一語稱心，高官厚祿」，避免「一語失智，宮刑刖足」，諸子或獨創，或廣泛使用民間神話、傳說、故事、比喻，創造了許許多多人物形象鮮明、情節生動有趣、意涵深刻雋永的寓言，《墨子》、《孟子》、《列子》、《莊子》、《韓非子》、《呂氏春秋》等書中，便存有大量耳熟能詳的寓言，且各具特色。

劉熙載重視諸子文，自然不會忽視諸子散文充滿寓言的特點，且劉熙載尤其偏愛《莊子》，在《藝概·文概》中花了許多篇幅介紹《莊子》寓言的藝術特色，並分析它對後世散文的影響：

> 《莊子》寓真於誕，寓實於玄，於此見寓言之妙。〔註51〕

> 後世學子書者，不求諸本領，專尚難字辣句，此乃大誤。欲為此體，須是神明過人，窮極精奧，斯能托寓萬物，因淺見深，非光不足而強照者所可與也。唐宋以前，蓋難備論。《郁離子》最為晚出，雖體不盡純，意理頗有實用。〔註52〕

〔註48〕〔戰國〕莊周；〔清〕郭慶藩；王孝魚點校：《莊子集釋》，頁948。
〔註49〕〔清〕劉熙載著；薛正興點校：《劉熙載文集·藝概·文概》，頁53。
〔註50〕〔清〕劉熙載著；薛正興點校：《劉熙載文集·昨非集·序》，頁609。
〔註51〕〔清〕劉熙載著；薛正興點校：《劉熙載文集·藝概·文概》，頁60。
〔註52〕〔清〕劉熙載著；薛正興點校：《劉熙載文集·藝概·文概》，頁82。

這兩則指出劉熙載認為寓言的寫作方法要：「寓真於誕，寓實於玄」、「托寓萬物，因淺見深」，也就是用虛構、荒誕的方法寄託真實，在淺近的事物中看出深遠的道理。劉熙載〈莊子題辭〉一詩說：「南華自道是荒唐，我道南華語太莊。應為世間莊語少，狂人多謂不狂狂」〔註53〕，亦指出莊子「由虛見實」、「虛實相結合」的藝術表現，並顯示出他對諸子文的深入研究和喜愛。

另外，諸子寓言的一大特點是多以人物為主角，且諸子有時也是寓言中的一角，例如：《墨子‧所染》中的「染絲」寫墨子見人染絲，體悟治國與染絲道理相同：在於環境會改變人的性格品質；《莊子‧山木》中的「山木與雁」寫莊子與弟子遇「以不材得終其天年」之木，以及「以不材而死」之雁，曉諭弟子處乎「材與不材之間」的處世哲學；《列子‧黃帝》的「列子教尹生」寫尹生向列子學御風而行，請教道術多次不得解答便離去，後復返，再次向列子請教，才為之解答自己花了七年工夫達到忘我的境界方能御風而行；《晏子春秋‧內篇‧雜篇》的「水土異也」寫晏嬰出使楚國，楚靈王故意安排來自齊國盜竊犯，意指齊國人好竊，晏嬰以「橘生淮南則為橘，生於淮北則為枳，葉徒相似，其實味不同。」揭示環境對人的影響；《管子‧小問》中的「傅馬棧」寫齊桓公問管馬最難之處，管仲回答：「傅馬棧最難：先傅曲木」以曲木、直木喻人或擬人，用意在說明：用不肖者必然引致不肖者，用賢明者必然引致賢明者。劉熙載寓言，亦以人物為主，並偶以「寤崖子」之名進入寓言中，和諸子寓言風格相似，這是劉熙載喜愛諸子，創作寓言散文的又一線索。

二、時代背景

創作者面臨的時空社會背景，雖然不像創作者個人的思想、理念對藝術作品有直接的觸動，但是其中的影響，往往是在長期而不知不覺中產生的。正如劉熙載所言：「文之道，時為大。」〔註54〕因此本節從政治背景、學術背景、寓言發展三個途徑著手，了解劉熙載寓言散文的創作外緣，由於劉熙載寓言散文《寤崖子》大抵撰於四十歲（咸豐二年1852）以前，因此，分析時間鎖定在清初至咸豐二年之間。

〔註53〕〔清〕劉熙載著；薛正興點校：《劉熙載文集‧昨非集卷三‧莊子題辭》，頁696。

〔註54〕〔清〕劉熙載著；薛正興點校：《劉熙載文集‧藝概‧文概》，頁63。

（一）政治背景——內憂外患

劉熙載所處的時代，正好是清朝由盛轉衰的階段。劉氏出生（嘉慶十八年）前的康熙、雍正、乾隆三朝，是清代鼎盛時期，也是中國歷史上最壯盛的時期之一。清朝政府入關後，大力整頓吏治，掃除明末以來的貪風和頹風；發展農業生產，豐厚了盛世的物資條件；安定邊疆，消除邊患；興辦教育，整理典籍。對讀書人恩威並施，一方面藉科舉表彰儒術，籠絡士人，忘記民族仇恨；一方面大興文字獄，控制士人思想，使重視考據、講求義理成為學術主流。一般士人或為避禍，或為功名，大多埋首經傳，究心訓詁，明末的抗清意識，也隨著時光推移日趨淡薄。在高壓與懷柔並進的朝廷政策，以及康熙、雍正、乾隆三朝皇帝的勵精圖治之下，清初朝政穩定，社會承平，經濟繁榮，遂有「康乾盛世」之美譽，並在亞洲區域穩固中華正統的地位。然而，自嘉慶以來的鴉片貿易問題，至道光二十年的第一次鴉片戰爭（1840），以及隨之而來的太平天國起義（1851），如此繁榮昌盛之景，開始受到外患與內憂的強烈衝擊，而嘉慶十八年（1813）出生的劉氏，正目睹了這一系列的政治局勢轉折與變化，以下分述之：

首先，在對外關係方面，依據廖敏淑《清代中國對外關係新論》之爬梳，清朝的世界觀以乾隆中葉作為分水嶺，前後有著涇渭分明的不同面貌。乾隆前，清朝將絕大多數外國民族歸入「外國」之下，最多稱其「遠人」，而將有正式封貢關係之屬國稱為「外藩」；乾隆後，清朝為了凸顯清朝做為天朝的地位，開始將外國與屬國都稱為「夷」，自稱「中國」、「中朝」、「內地」、「天朝」等，以區別帝國版圖、統治勢力與文化優劣。〔註55〕

在清朝「天朝加華夷」觀念過度的擴張與演變下，自身的優越感、對外國的無知與輕視，以及對於茶葉市場的壟斷，導致英國發動戰爭，而清朝政府最終付出沉痛的代價。19 世紀英國史研究者特拉維斯・黑尼斯三世（W. Travis Hanes Ⅲ）用現代的世界情勢比擬當時的中英鴉片戰爭：

> 我想像這樣一幅場景：哥倫比亞麥德林可卡因壟斷集團成功地發動一起對美國的軍事襲擊，迫使美國允許可卡因合法化，並允許該壟斷組織將毒品出口到美國五個主要城市，不受美國監督並免予徵稅；美國政府還被迫同意販賣毒品的官員管理在這些城市活動的所

〔註55〕詳見廖敏淑著：《清代中國對外關係新論》（臺北：政大出版社，2013 年），頁397～413。

有哥倫比亞人。此外，美國還必須支付戰爭賠償 1000 億美元──這是哥倫比亞向美國輸出可卡因所發動戰爭的花費。這幅場景當然荒謬絕倫，就連最出格的科幻小說作家也無法做出如此狂熱的想像。然而，類似的事件在 19 世紀的中國確曾發生過，而且不只一次，而是兩次。〔註56〕

此比擬生動地演繹出鴉片戰爭背後所隱含的道德、倫理、政治和社會問題，正是兩個自認優越的國家，權力腐敗、人性貪婪的反映，誠如特拉維斯·黑尼斯三世（W. Travis Hanes Ⅲ）所言：鴉片戰爭是一個帝國的沉迷和另一個帝國的墮落。就墮落的帝國──英國而言，在兩次鴉片戰爭中，英國以船堅炮利橫行於中國東南沿海，默許士兵肆無忌憚偷竊、破壞中國古老而珍貴的文物，其專橫跋扈、厚顏無恥的態度連本國人也不齒，諷刺其為「維多利亞早期的海盜」〔註57〕。就沉迷的帝國──清朝而言，鴉片對清朝的傷害，不僅是黎民百姓的形疲神困，更嚴重的是，它暴露出國家的各種社會危機：政治腐敗、軍備廢弛、經濟積貧、人民困苦與道德敗壞。

第二，在對內關係方面，咸豐元年（1851），洪秀全（1814～1864）率領的太平天國農民起義在廣西桂平市金田鎮金田村爆發，在經濟衰敗，百姓匱乏的背景下，太平天國很快地席捲全中國，並以拜上帝教反對傳統的儒、釋、道三教，將孔孟儒學稱為「妖書邪說」，頒布命令，嚴加禁止：「凡一切孔孟諸子百家妖書邪說者盡行焚除，皆不准買賣藏讀也，否則問罪也。」（黃再興〈詔書蓋璽頒行論〉）〔註58〕此舉促使曾國藩（1811～1872）等理學人士紛紛投筆從戎，積極參與鎮壓太平天國的活動，並呼籲君主按孔孟程朱之學修身養性，號召仕紳集團潔己奉公，教育庶民尊君親上，以改善朝綱紊亂、吏治腐敗、民生凋敝的亂象。

直到咸豐十年（1860），太平軍擊潰清朝江南大營，清政府所倚重的正規軍──八旗、綠營皆潰不成軍，漢人地方勢力──湘軍終於成為新崛起的實力派，支撐起清王朝岌岌可危的半壁江山，「理學」成為挽救危機和衰落

〔註56〕見特拉維斯·黑尼斯三世；弗蘭克·薩奈羅著；周輝榮譯：《鴉片戰爭：一個帝國的沉迷和另一個帝國的墮落》（北京：三聯書店，2005 年），頁 1。

〔註57〕此為當時《倫敦時報》給自己人取的具嘲諷意味的綽號，轉引自《鴉片戰爭：一個帝國的沉迷和另一個帝國的墮落》，頁 175。

〔註58〕〔清〕洪秀全等撰：《太平天國印書》（南京：江蘇人民出版社，1979 年），頁 464。

的思想武器，而「理學大臣」在朝中的地位也日漸顯要，例如倭仁（1804～1871）、李棠階（1798～1865）、吳廷棟（1793～1873）三位理學名士，在當時有「海內三大賢」之稱，理學士人也開始在全國發跡，包括江蘇劉熙載、廖壽豐（1836～1901），以及河南李棠階、劉廷詔（不詳），陝西賀瑞麟（1824～1893）、楊樹椿（1819～1874），安徽吳廷棟（1793～1873）、方宗誠，湖南曾國藩、郭嵩燾（1818～1891）等七十人分布於全國十七省分，〔註59〕在地方倡導內聖外王之學，顯示出因社會動盪而導致士紳集團的政治力量日益突出的現象。

盱衡嘉慶、道光、咸豐期的社會，內憂外患的清朝，正如時人所喻：「譬之於人，五官猶是，手足猶是，而關竅不靈，運動皆滯。」〔註60〕這種情況觸動了清朝有識之士的憂患意識和自我認同感，他們開始反省、思考：如何不受他國欺凌？如何改善現況？並產生「效法西方器物制度」與「堅守儒家德治教化」兩種截然不同的聲音。

劉熙載認為社會危機的直接原因是道德廢，人心壞，故主張「正人心，乃撥亂反正之本」〔註61〕，堅信依儒家的道德規範，保持孔孟之正氣，方能培育出正人君子，使天下化危為安，因此，在《寤崖子》中，藉由寓言散文蘊含以儒道（程朱理學和陸王心學）矯世之枉、懲惡勸善的信念。

（二）學術背景——博通調和

清代學術乃由否定明季士大夫「空談心性」而發，以經世致用為宗旨，反對宋學之鑿空說經。清初在顧炎武（1613～1682）、閻若璩（1636～1704）等眾多學者復興「古學」的口號下，開創出新的樸學文化，於是出現了眾星燦爛的「乾嘉學派」，並有吳派、皖派、揚派三派先後相承，反映一代學術產生、發展、變化，乃至終結的過程。

首先，以惠棟（1697～1751）為首的吳派在乾嘉學派發軔之初，以恢復、弘揚漢學為己任，傾力發掘、鈎稽漢儒經說，但不免有嗜博、泥古、佞漢的弊端；接著以戴震（1724～1777）為首的皖派，則以實事求是為學風，試圖通過

〔註59〕詳見史革新：《晚清學術文化新論》（北京：北京師範大學出版社，2010年），頁11～12。

〔註60〕張穆：《鴉片戰爭時期思想史資料選輯·海疆善後宜重守令論》（中國科學院近代史研究所，近代史資料編輯組編輯；北京：中華書局，1963），頁92。

〔註61〕〔清〕劉熙載著；薛正興點校：《劉熙載文集·持志塾志·正物》，頁37。

批判理學，以考證、歸納、條列的治學方法，糾正吳派泥古、佞漢的弊病；而至阮元（1764～1849）為代表的揚派，在推闡實事求是的同時，更試圖尋找一條超越漢、宋，會通古、今的途徑，做到論必有據，據必有信。因此，吳派、皖派、揚派雖始終堅持由古書的文字、音韻、訓詁尋求義理，但誠如張舜徽（1911～1992）所言：「論清代學術，以為吳學最專，徽學最精，揚州之學最通。」〔註62〕三派在學術的不同發展階段，表現出各自不同的特色，這與學派的地區特點、風土人情、文化淵源有一定的關係。

以劉熙載出身的揚州而論，清代揚州府，領二州（高郵、泰州）、六縣（江都、甘泉、儀徵、興化、寶應、東台），此地域雖在清初經「揚州十日」之難而元氣大傷，但在主政者的德懋棠蔭之下，氣象日漸復甦，經濟文化繁榮，經學大師輩出。例如：乾隆年間，盧見曾（1690～1768）兩次任鹽運使，治理揚州，提倡風雅，使鹽商大起園林，薈集四方學者菁英，與吳敬梓（1701～1754）、鄭板橋（1693～1765）等文人雅士優游吟詠其間。由於主政者和學者們的致力推動，揚州在乾隆、嘉慶、咸豐年間，成為生活富裕、學風鼎盛之江南文化中心，具有舉足輕重的地位。

劉熙載於嘉慶十八年出生於揚州興化縣，自然也受到了揚州學術文化風氣之影響，表現出博通、調和的學術特點：研究範圍不限於經學，還兼治史、諸子、詩詞、琴棋書畫，研究小學、天文、曆算、文字、聲韻等等，並克服前輩學者的固守和偏頗，對孟、荀、墨思想進行「變通」。

另一方面，嘉道時期，漢學繁瑣考證，致使士人埋頭紙堆，不關心現實社會和國事民情的流弊充份表現出來，給程朱理學復興提供有利的時機，漢宋合流逐漸成為一種學術發展的趨勢，加上西方新思潮的衝擊，更促使漢宋學調和，漢學長於考據而拙於思辨，宋學重於義理而忽於實證，兩者截長補短，使儒學更具兼容性。劉熙載亦持這種主張，肯定漢學的實事求是，以及宋學的即物窮理，不拘門戶之見，因此，《寤崖子》中也有肯定程朱理學、陸王心學的寓言散文作品。

在多元的學風、博學的傳統之外，龔鵬程指出揚州學派還具有另外兩項特點：「文人的氣質」和「才性的生命」，揚派學者焦循（1763～1820）認為，真正的經學，需要「以己之性靈，合諸古聖之性靈，並貫通於千百家著書立

〔註62〕張舜徽：《清儒學記‧揚州學記第八》（濟南：齊魯書社，1991年），頁378。

言者之性靈。以精汲精，非天下之至精，孰克以與此。」〔註 63〕除了客觀的實證考據之外，尚須主觀精神的相通，因此，揚派學者重視文辭，兼擅詩文，他們是以文學心靈為生命核心的一群文化人。〔註 64〕

是故，劉熙載將其治學的所得所感，與其文人的才氣才性結合，創作出《寤崖子》一系列仿諸子寓言散文——充滿故事性、寄託性——的精彩作品，使生硬的哲理學說轉化為平易近人的寓言，並將物理學、生物學、心理學等領域的現象、觀念融於作品中，表現了「游於藝」的生命情調。

（三）寓言發展——醒世傳教

清代寓言發展有三個突出的現象：一是繼承元明兩代以詼諧玩世包裝改革社會的精神，藉舉重若輕的笑話達到寓教於化的作用；二是在神魔小說的影響下，出現了許多藉異域神怪搬演世間人情的設計；三是歐洲《伊索寓言》的輸入，一方面也刺激、促進中國寓言文體觀念的形成，一方面為清代寓言內容注入新的創作養分，人們不僅翻譯它、傳播它，而且模仿它，將它中國化。二者皆對劉熙載寓言散文有間接影響，以下分述之：

首先，不論清代或明代的笑話型寓言（在笑話之外具有發人深省的作用），皆是沿承先秦「有益理亂」、「有關名教」、「寓莊於諧」的表述傳統。明清寓言作者在集權的政治社會背景下，加而開拓先秦「寓莊於諧」的幽默智慧，透由蒐集、潤飾民間俚俗笑話，意圖搏君一笑，並諷諭醒世、取古戒今、排憂解悶，成為一代寓言之特色。劉熙載並未追隨這股「通俗笑話」的寓言潮流，但是在部分作品中保留先秦諸子「文人詼諧」的一面，例如〈株拘它〉中的株拘它無意間犯了自相矛盾的錯誤、〈鄲醫〉中的鄲醫以智取勝，將鄲巫諷刺得啞口無言、〈善射〉中的章熟讀《爾雅》卻不知求證反思，所以言行拙昧，這些文字雅馴端正、內容偏向機智反諷的作品，與其他同時代作者如：吳沃堯的辛辣諷罵呈現出截然不同的風貌。

第二，清代「鬼狐寓言」多為短篇小說，如蒲松齡（1640～1715）的《聊齋誌異》、袁枚的《子不語》和紀昀的《閱微草堂筆記》，作者運用夢和異域為媒介，小說中那些不可能發生於現實的獨特、神秘、魔幻的情節，除了有引

〔註63〕〔清〕焦循：《雕菰集・卷 13・與孫淵如觀察論考據著作書》（北京：中華書局，1985 年），頁 213。

〔註64〕詳見龔鵬程：《清代揚州學術研究・清朝中葉的揚州學派》（臺北：臺灣學生書局，2001 年），頁 72～83。

人入勝的作用，更重要的是它強化了諷刺現實的張力，另一方面，藉著鬼狐花妖的內在設計，作者能以超自然力量對小說人物進行因果報應，進而賦予小說勸懲的寓意，達到改正惡行的目的。然而，劉熙載的理念恰恰相反，他認為「契券所以防奸也，而啟奸者有之；桃棘所以驅鬼也，而致鬼者有之。聖人知其然，故於怪力亂神，但不語之而已。而世或顯著之以示戒，譬如縱風止燎，豈為無益而已哉！」〔註65〕以鬼狐警世不但無益，還助長盲信「怪力亂神」之風，因此，《寤崖子》中即使有提及鬼怪的寓言散文，如〈辨惑〉、〈辟怪〉、〈山海經〉，但結局都是在教育讀者：鬼怪只不過是因「不常見」、「自我猜疑」或「人為欺騙」造成的誤會，可看出劉熙載欲矯枉當時「鬼狐寓言」的意圖。

第三，歐洲《伊索寓言》在中國的流傳，始於利瑪竇（Matteo Ricci，1552～1610），利瑪竇明朝萬曆十年（1582）至澳門學漢文，翌年至廣東傳教，他所著的《畸人十篇》（1608）透過與當時士大夫的談話，引述西方《聖經》、歷史、名人故事，傳播天主教教義。繼利瑪竇之後，法國傳教士金尼閣（Nicolas Trigault，1577～1629），在明熹宗天啟五年（1625）與泉州人張賡（1570～？）合譯《況義》，「況」為翻譯故事，「義」為故事寓意，是第一本《伊索寓言》譯本，收《伊索寓言》二十二則。清道光二十年（1840），劉熙載二十八歲時，第二本中譯本《意拾寓言》，於廣州和澳門出版，由英人羅伯特湯姆（Robert Thom，1807～1846）口述，蒙昧先生（不詳）紀錄，共譯介八十二則《伊索寓言》。雖然劉熙載一直要到清同治三年（1864）被命為廣東學政，才有可能見到《意拾寓言》，然在此之前，歐洲寓言已透過翻譯自然地融入中國的寓言傳統、文化氛圍中，而傳教士們以《伊索寓言》作為宣傳教義的方式，和劉熙載以《寤崖子》作為闡釋儒家思想的方式有異曲同工之妙。

對於漢文化發展產生的寓言風氣，以及西方文化輸入的新寓言潮流，劉熙載或吸取或剔除，從而培育出具有自己特色的寓言散文。

總結本章所述，要點如下：

一、「寤崖」就〈寤崖子傳〉所言，為劉熙載自謙之詞，目的在「告誡、勉勵自己，體寤人事道理，不與世浮沉。」劉熙載一生刻苦勵學，堅持不懈，且涉獵廣博，將讀書視為重要的精神寄託；為官清廉耿介，氣節凜然，不汲汲於美官厚祿；講學認真，躬行實踐，以新穎的教學內容與方法培

〔註65〕〔清〕劉熙載著；薛正興點校：《劉熙載文集‧寤崖子‧善戒》，頁631～632。

育出在各領域的優秀人才。綜而言之，不論在求學、仕宦、講學上，劉
熙載都「貞介絕俗」，有別於一般士大夫，展現其「已窖已崖」的智慧。

二、劉熙載寫作寓言散文的內因，與其文學觀與寓言觀有關，劉熙載在《藝
　　概‧序》揭示文藝本質：「藝者，道之行也」，他認為各種藝術門類都根
　　源於道，道是藝所要盡的「意」，藝是體現道的「象」，散文的特點與作
　　用在於使讀者明白、醒悟，因此必須有所「寓」，寓之法貴在「客筆主意，
　　主筆客意」，再加上劉熙載對諸子散文的愛好，便是寫作寓言散文的內因。

三、劉熙載寫作寓言散文的外緣，與當時的政治背景、學術背景、寓言發展
　　有關，在鴉片戰爭的衝擊下，中國逐漸淪為半殖民國家，列強對中國的
　　侵略，以及太平天國對孔孟程朱的批判，促使劉熙載形成以儒學經世的
　　思想，而揚州學派重視通博、辭采的學術精神，以及西洋傳教士藉《伊
　　索寓言》作為宣傳教義的方式，感染了劉熙載將所學、所得以「蜜蜂式」
　　學習法〔註66〕，重新醞釀、轉化為寓言散文作品問世。

〔註66〕英國十七世紀哲學家法蘭西斯‧培根（Francis Bacon, 1st Viscount St Alban，
　　　　1561～1626）在其書《學術的進展》將學習分成「螞蟻」、「蜘蛛」與「蜜蜂」
　　　　三種類型。螞蟻是「被動式學習」雖然多元，但學習時只會將作者所說的內
　　　　容照單全收，不假思索的記憶下來，不會主動的思考、組織與內化。蜘蛛是
　　　　「主動式學習」，因為蜘蛛會吐絲結網，蒐集食物，如同在學習時以系統化的
　　　　歷程，思考、組織與內化材料。蜜蜂則是「創造式學習」，蜜蜂能將採集的食
　　　　物釀成滋味甜美的蜂蜜，為食物增添價值，正如在學習時能利用系統化的思
　　　　考歷程，讓材料變成對自己有用的資料，再進一步醞釀、轉化為創造性的個
　　　　人見解或創作。原文為"Those who have treated of the sciences have been either
　　　　empiricists or dogmatists. Empiricists, like ants, simply accumulate and use;
　　　　Rationalists, like spiders, spin webs from themselves; the way of bee is
　　　　between:ability to covert and digest them." Francis Bacon:*The New Organon*
　　　　(Cambridge University Press, 2002), p.79.

第三章　劉熙載寓言散文的題材

　　「題材」是藝術家在立意後，所選取予以加工表現的材料，也就是藝術作品直接描寫的物件。誠如章學誠《文史通義・說林》言：「文辭，猶財貨也；志識，其良賈也。人棄我取，人取我與，則賈術通於神明。知此義者，可以斟酌風尚而立言矣。」〔註1〕題材之於寫作，正如財貨之於經商的重要性。如何在他人用過的題材和論點上創新，或開發出他人沒用過的新題材和新論點，是藝術家畢生努力鑽研的目標，由於每位創作者的寫作用意不同，因此每位創作者選取、剪裁、改造材料的方式，也都不盡相同，使作品風格更具多采多姿。

　　劉熙載認為：「文之道二：曰循古，曰自得。」〔註2〕《寤崖子》四十二篇寓言散文的題材，有間接而得（轉化前人作品），也有直接而來（作家獨創作品），前者範圍廣泛，包羅經、史、子、集；後者除了涵蓋心理學，還涉及前人較少開拓的物理學、生物學內容。劉熙載有機加工這些「間接素材」與「直接素材」，創作出具有自己獨特風格的寓言散文。本章就循古、自創兩種題材進行來源、轉化或類型的探討，以挖掘劉氏蘊含在其中的匠心巧思。

第一節　循古作品的題材來源與轉化

　　寓言創作中，後代沿用前代的題材，是一種極為常見的現象。〔註3〕吸取

〔註1〕〔清〕章學誠：《文史通義》（臺北：廣文書局，1967年），頁6。
〔註2〕〔清〕劉熙載著；薛正興點校：《劉熙載文集・昨非集卷二・論文》，頁651。
〔註3〕陳蒲清：《寓言文學理論・歷史與應用》，頁112。

前人作品，一方面可以借助經典故事構思巧妙、比喻確切、情節自然、語言生動的優勢，一方面可以使讀者更快熟悉作品，進而對作品產生認同感。劉熙載循古作品的來源，囊括經、史、子、集四類圖書，對作品的轉化，也有擴充、融合、逆反、仿作四種變化，顯現出其揚州學派博通、調和的學術特點，以及文人、才性的生命情調。

一、循古作品的題材來源

「經、史、子、集」四部分類法，是中國古典典籍最廣泛使用的分類方法。此法最早始於西漢成帝劉向（77B.C.～6B.C.）、劉歆（約 50B.C.～23）父子先後主持編成的《七略》，《七略》將當時蒐集整理的典籍分為六藝、諸子、兵書、數術、方技、詩賦六大類，加上概論性質的輯略，總題《七略》。西晉荀勖（?～289）的《晉中經簿》將六略改為四部，甲部錄經書（相當於六藝），乙部錄子書（包括諸子、兵書、數術、方技），丙部錄史書，丁部為詩賦等，奠定四部分類的基礎。而四部體制的最終確立，體現在唐初所編的《隋書・經籍志》，從此，四部分類法為大多數史志、書目所沿用。本節則採用清乾隆時期由紀昀等百餘位學者主編的《四庫全書總目》為分類依據，以了解劉熙載循古作品題材來源之主流。

（一）經部

「經部」含括政教、綱常倫理、道德規範的教條，主要是儒家的典籍，包含儒學十三經：《周易》、《尚書》、《周禮》、《禮記》、《儀禮》、《詩經》、《春秋左傳》、《春秋公羊傳》、《春秋穀梁傳》、《論語》、《孝經》、《爾雅》、《孟子》。《寤崖子》中〈株拘它〉採用《周易》素材，〈問射御〉採用《儀禮》素材，〈翼名〉採用《詩經》素材，〈辟怪〉、〈鵲占〉採用《春秋左傳》素材，〈辨欲〉採用《論語》素材，〈善射〉採用《爾雅》素材，〈解苟〉、〈師曠〉、〈封難〉、〈馮婦〉、〈觀物〉五篇採用《孟子》素材。以下舉出自《孟子》的〈師曠〉、〈馮婦〉、〈觀物〉三篇做說明。

第十四篇〈師曠〉敘述盲臣師曠以為自己僅善於聽力，故欲讓位給離婁，離婁則以自己「黜聽以養視」的學習經驗，說明專心致志的重要。師曠是春秋時代的音樂家，離婁則是傳說中視力超凡的人，其相關記載見於《孟子・離婁上》：「離婁之明，公輸子之巧。不以規矩，不能成方圓。」趙注：「離婁，古之明目者，黃帝時人也。黃帝亡其玄珠，使離朱索之，離朱即離婁也，能視

百步之外，見秋毫之末。」〔註4〕劉熙載巧妙將離婁與師曠放置同一時空，演出一場精采絕倫的學習之辯。

第三十五篇〈馮婦〉借用《孟子・盡心下》中的馮婦，原典中的馮婦「善搏虎，卒為善士。則之野，有眾逐虎。虎負嵎，莫之敢攖。望見馮婦，趨而迎之。馮婦攘臂下車。眾皆悅之，其為士者笑之。」〔註5〕馮婦自憑一身蠻力與助人熱情，在眾人的慫恿下，不知自止，最後喪失性命。劉熙載為馮婦新增一名弟子，描述其因驕傲自滿最終鑄成大錯，喪失性命，兩人的性格和下場相似，具有深刻的警醒意味。

第四十篇〈觀物〉是以《孟子・告子上》「通國之善弈者」——弈秋為例，《孟子》：「使弈秋誨二人弈，其一人專心致志，惟弈秋之為聽；一人雖聽之，一心以為有鴻鵠將至，思援弓繳而射之。雖與之俱學，弗若之矣。為是其智弗若與？曰：非然也。」〔註6〕強調專心致志的重要，劉熙載進一步以彈琴和下棋做比較，說明學習有兩種：一需藉由天賦，如彈琴；一需透由苦練，如下棋，在原典上擴充出更大的漣漪。

總結《寤崖子》題材出自經部之寓言散文，大多來自《孟子》，《寤崖子》與《孟子》的關聯性，可從題材和表現方式二方面窺探。首先，在題材方面，《寤崖子》傳承《孟子》由生活中取材，內容多歷史故事，即使是民間故事、自創故事，也少有虛妄的影跡，絕大多是理性、客觀的例子，寓言中的角色也是歷史人物，或是可能出現在現實生活中的人物，如《孟子》中的子產、趙簡子、性急而揠苗助長的農夫、戰場上的逃兵，以及《寤崖子》的魯連先生、陳仲子、曹參、養魚者和賣酒舍人等。第二，表現方式方面，《孟子》常使用對比手法，將兩種不同的人或人性相互映襯，增強寓言的說理效果，例如「通國之善弈者」中兩個學棋的人學習態度一專心一分心，「齊人有一妻一妾」的齊人在外乞食於祭者，在家驕其妻妾，《寤崖子》亦常以映襯法呈現，如〈無妄〉的之韓者無妄，之魏者有期，兩人下場不同，〈秦醫〉醫任治病激進，醫讓治病保守，皆不受扁鵲認可，亦是以映襯法呈現。

劉熙載於《藝概・文概》評《孟子》「孟子之文，至簡至易，如舟師執舵，

〔註4〕〔戰國〕孟子撰；〔清〕阮元校勘：《十三經注疏附校勘記・孟子》（臺北：藝文印書館，1989年），頁123。
〔註5〕〔戰國〕孟子撰；〔清〕阮元校勘：《十三經注疏附校勘記・孟子》，頁254。
〔註6〕〔戰國〕孟子撰；〔清〕阮元校勘：《十三經注疏附校勘記・孟子》，頁201。

中流自在，而推移費力者不覺自屈。」〔註7〕讚揚孟子之文簡潔平易，有從容自然之美，就像船工掌穩船舵，讓船在中流中輕鬆自如地往前駛去，使費力行船者相形見絀，足見其對此書的重視與精熟，故能將其中素材化入自己的作品之中。

（二）史部

「史部」包括各種體裁的歷史、地理和典章制度著作，分為正史、編年、紀事本末、別史、雜史、詔令奏議、傳記、史鈔、載記、時令、地理、職官、政書、目錄、史評十五類。《寤崖子》中有〈學墨〉、〈辟怪〉、〈陳仲子〉、〈范蠡〉、〈饗螳螂〉、〈荀卿〉、〈曹參〉、〈鄭醫〉、〈秦醫〉九篇採用《史記》素材，其中〈辟怪〉一篇也引《國語》中的素材，〈封難〉採用《晏子春秋》素材。以下舉採用《史記》素材的〈學墨〉、〈陳仲子〉、〈范蠡〉、〈饗螳螂〉、〈鄭醫〉五篇做說明。

第七篇〈學墨〉敘述鄉里長老藉魯連先生點化善博者的故事，曉諭學墨者以言語勝父兄是悖德之行：

> 有學墨氏之道而歸者，聒聒然稱道於兄弟之前，父兄皆不能難。翼日，問於里之長老，曰：「吾學信無以尚與，何父兄皆不能難也？」長老曰：「子聞齊之博者乎？齊有善博者求與魯連先生博，魯連先生曰：『爾負矣！』其人曰：『吾尚未博，何言負乎？』曰：『博，賤技也。賤技以不能為勝，以能之為負。爾固猶幸未博也，博而勝，是愈負矣！』其人愧且悟而止。今子於父兄，謂可勝乎？勝父兄，悖德也。是故小勝則小負，大勝則大負。子之道相率而入於負，恐博者亦不善之矣。」（〈學墨〉）〔註8〕

寓言中的魯連先生即為魯仲連，戰國齊國人，為遊說名士，也是現代「和事佬」的代名詞，其「義不帝秦」、「致書燕將」的事蹟見於《史記·魯仲連鄒陽列傳第二十三》：魯連雲遊至趙國，適逢秦軍圍困趙國首都邯鄲，魯連挺身而出，鼓舞抗戰派，促成趙與梁、燕、齊、楚聯合形成東方陣線；幾年後，燕將被困孤城，魯連又致書燕將，勸其勿繼續頑抗，消解無謂的屠殺，兩次遊說咸動之以情、曉之以理，且事後逃避爵賞，脫屣而去，故受歷代人心折傾慕。劉

〔註7〕〔清〕劉熙載著；薛正興點校：《劉熙載文集·藝概·文概》，頁59。
〔註8〕〔清〕劉熙載著；薛正興點校：《劉熙載文集·寤崖子·學墨》，頁615。

熙載以魯連先生銳於為人釋難解亂的俠客形象，為寓言散文增添傳奇色彩。

第二十篇〈陳仲子〉敘述淳于髡說陳仲子為齊相，此二人均為戰國齊人，但是否曾有交集，並未有記載。《史記・魯仲連鄒陽列傳第二十三》提及陳仲子「辭三公為人灌園」以保其身，《史記・滑稽列傳第六十六》描述淳于髡「長不滿七尺，滑稽多辯，數使諸侯，未嘗屈辱」，他機智地以「三年不飛不鳴止之大鳥」比喻齊威王沉湎不治的劣行，以「穰田者所持者狹，而所欲者奢」比喻齊威王請救兵卻又小氣的心態，成功地批逆鱗、正風氣。劉熙載取淳于髡與陳仲子一入世一出世的特性，將兩人巧妙安排在一起，激盪出人生方向的選擇。

第二十二篇〈范蠡〉寫范蠡師計然謀國與宅身之道，計然授之「因時」的智慧。此概念出自《史記・貨殖列傳第六十九》，計然曰：「貴上極則反賤，賤下極則反貴。貴出如糞土，賤取如珠玉。財幣欲其行如流水。」計然精闢地揭示「商品價格」與「市場需求」間的平衡關係，商品價格上漲，生產者自然集中資源於此，當供大於求，價格則會狂跌，反過來也是同樣的道理。生產者經營時，還要抓對時機，果斷拋售，不能一味等待高利潤，也要抓對時機，果敢買進，人膽投資。范蠡將計然授越王勾踐的治國之法用於「治家」，乃置產積居，與時遂而不責於人，成為卓越的商人，正如司馬遷所言：「故善治生者，能擇人而任時。」〔註9〕成功的關鍵在於把握時機，劉熙載依此核心理念，虛構了計然兩次以時間過早或過晚「刁難」范蠡求師問學的情節，暗示「任時」、「因時」的智慧。

第二十三篇〈饗螳螂〉出自《史記・廉頗藺相如列傳第二十一》記趙國孝成王不能知人善任，以趙括取代廉頗的史事，說明上位者用人要用名副其實的人才：

> 趙王信秦之間。秦之間言曰：「秦之所惡，獨畏馬服君趙奢之子趙括
> 為將耳。」趙王因以括為將，代廉頗。藺相如曰：「王以名使括，若
> 膠柱而鼓瑟耳。括徒能讀其父書傳，不知合變也。」趙王不聽，遂
> 將之。……及括將行，其母上書言於王曰：「括不可使將」……「始
> 妾事其父，時為將，身所奉飯飲而進食者以十數，所友者以百數，
> 大王及宗室所賞賜者盡以予軍吏士大夫，受命之日，不問家事。今
> 括一旦為將，東向而朝，軍吏無敢仰視之者，王所賜金帛，歸藏於

〔註9〕〔西漢〕司馬遷撰；〔宋〕裴駰集解；〔唐〕司馬貞索隱；〔唐〕張守節正義：《史記》（北京：中華書局，2013年），頁3926。

家，而日視便利田宅可買者買之。王以為何如其父？父子異心，願
王勿遣。」王曰：「母置之，吾已決矣。」〔註10〕

　　司馬遷以藺相如、趙母向趙孝成王的進言，揭露趙括在軍事能力方面，
僅會紙上談兵，不知合變，在領導與人品方面，只重私利，不顧下屬。劉熙載
結合《史記》記載、《淮南子》「螳臂擋車」與《說苑‧正諫》「螳螂捕蟬，黃
雀在後」的故事，改寫此段歷史如下：

> 螳螂止平原君舍，平原君待之以饗禮。或請其故，曰：「為其氣勇而
> 善擊。今秦強趙弱，欲勝秦，非以是屬戰者之氣不可也。」公孫龍
> 聞之，駕而見，曰：「君之禮螳螂至矣，然吾不與君之知螳螂也。夫
> 天下有氣者不卻，無聲者不泄，故無聲者常得完氣。氣不沈而聲囂，
> 此蟬之所以為螳螂制也。趙括聲過其實，非制勝才。今趙命將，以
> 是子代廉將軍，而君不言其不可用，得毋所禮在螳螂，而所取在蟬
> 乎？秦將白起之用兵，不勝則不發。彼方養力伏機，待間而動，君
> 不急請罷括，復廉將軍，是使秦之獨有螳螂也。括不足惜，奈趙國
> 何？」平原君素知龍循名核實，往往中要，欲遂從之；然卒不一言
> 者，猶冀括能為螳螂於一日也。（〈饗螳螂〉）〔註11〕

　　《淮南子》記齊莊公出獵，欣賞螳螂的「天下勇武」，讓道於螳螂，劉熙
載將史事中的趙孝成王改為趙國宰相平原君，將上書的藺相如、趙括母改為
公孫龍子，並增添「螳螂」一角，暗示平原君重視勇武，卻忽略勇武背後暗藏
的危機，即秦將白起之用兵如螳螂，養力伏機、待間而動，而趙將趙括之用
兵如蟬，氣不沈而聲囂，以動物的特性生動的刻劃出趙括沉不住氣又自大狂
傲的形象，增添形象性與寓言性。

　　第二十八篇〈鄴醫〉寫的是西門豹為鄴令前，鄴地的迷信風氣，見於《史
記‧滑稽列傳第六十六》。西門豹，戰國初期人，在魏文侯時任鄴縣縣令，時
民間流行一種惡俗：每年讓一位美麗少女，坐在一條裝飾華美的船上，當船
捲入漳河渦流傾覆後，表示河伯（河神）收納娶妻，該年不會再溺其人民。這
種殘忍的儀式其實是廟裡的巫婆（祝巫）、地方的長者（三老）與城內的官吏
（廷椽）勾結剝削百姓的手段，他們每年向百姓收數百萬，用二三十萬為河
伯娶婦，其餘的錢三者分用。西門豹上任後將計就計，利用他們宣揚的迷信

〔註10〕〔西漢〕司馬遷撰：《史記》，頁 2951～2952。
〔註11〕〔清〕劉熙載著；薛正興點校：《劉熙載文集‧寤崖子‧饗螳螂》，頁 625。

來打擊他們，以祝巫、三老代美女獻祭，揭穿「河伯娶婦」斂財消災的把戲，智懲巫婆和三老，讓民眾不再受騙困貧。劉熙載吸取了西門豹的計策，安排鄴醫「以其人之道還治其人之身」，用機靈的言論，諷刺鄴巫如惡狗攔門，過程精彩，妙趣橫生。

總結《寤崖子》題材出自史部之寓言散文，全出自《史記》，劉熙載吸取原書中對歷史人物的形象描繪，為其編撰番外故事，有時將原著中的行動和總體敘述線移至其他角色身上，如〈學墨〉、〈陳仲子〉、〈范蠡〉；有時增添新角色或支援角色，如〈饗螳螂〉、〈鄴醫〉。在經典中發展出子系列，可見劉熙載對這些內容了解之精深雄厚與再創作之新意巧思。

（三）子部

「子部」包括包括諸子百家及釋道宗教著作，分為儒家、兵家、法家、農家、醫家、天文算法、術數、藝術、諸錄、雜家、類書、小說家、釋家、道家十四類。《寤崖子》中：〈解荀〉採用《荀子》素材，〈辨欲〉、〈饗螳螂〉採用《淮南子》素材，〈翼名〉採用《公孫龍子》素材，〈魯叟〉採用《傳習錄》素材，〈蜀莊〉、〈師曠〉、〈儒問〉、〈蔣氏狗〉四篇採用《莊子》素材，〈吸靈〉採用《陰符經》、《老子》素材，〈山海經〉採用《山海經》素材，〈饗螳螂〉篇採用《說苑》素材，〈陳仲子〉、〈曹參〉採用《郁離子》素材，〈觀物〉採用《列子》素材，尚有一篇〈善飲酒〉採用《孔叢子》素材。以下舉採用《莊子》素材的〈蜀莊〉、〈儒問〉、〈蔣氏狗〉三篇做說明。

第十篇〈蜀莊〉出自《莊子・內篇・逍遙遊》，描述有個宋國人善於製作防凍傷藥，他的家族靠著這個祖傳秘方，世世代代以漂洗絲絮為業，勉強度日，一日，一位客人以百金求得此藥方，並立即將藥進貢給吳軍作為水戰利器，戰成後，此人得到吳王的割地封賞。〔註12〕莊子的本意是在強調「所用

〔註12〕《莊子・內篇・逍遙遊》惠子謂莊子曰：「魏王貽我大瓠之種，我樹之成而實五石，以盛水漿，其堅不能自舉也。剖之以為瓢，則瓠落無所容。非不呺然大也，吾為其無用而掊之。」莊子曰：「夫子固拙於用大矣。宋人有善為不龜手之藥者，世世以洴澼絖為事。客聞之，請買其方百金。聚族而謀曰：『我世世為洴澼絖，不過數金；今一朝而鬻技百金，請與之。』客得之，以說吳王。越有難，吳王使之將。冬，與越人水戰，大敗越人，裂地而封之。能不龜手一也，或以封，或不免於洴澼絖，則所用之異也。今子有五石之瓠，何不慮以為大樽而浮乎江湖，而憂其瓠落無所容？則夫子猶有蓬之心也夫！」〔戰國〕莊周；〔清〕郭慶藩；王孝魚點校：《莊子集釋》，頁36～37。

之異也」，一件東西有沒有用處，不單在於它本身的價值，還在於如何使用它，正如「尺有所短，寸有所長」，所以要做到「物盡其用，人盡其才」，充分發揮每件人、事、物的作用。劉熙載以莊子「無待的思想」重新審視「封賞」與「洴澼絖」的價值高低，強調莊子的比喻大純乎「道者」而非「利者」，因此，即使物質上是「洴澼絖」，只要「以不危為安，不貪為富，不屈為尊，不辱為榮」，那麼就是心靈上的「封賞」了。

第十九篇〈儒問〉出自《莊子・雜篇・天下》：「慎到棄知去己，而緣不得已，泠汰於物，以為道理，曰：『知不知，將薄知而後鄰傷之者也。』」、「惠施多方，其書五車，其道舛駁，其言也不中。」〔註13〕慎到、惠施與莊子同時，莊子評論此二人，一尚秉棄智巧，一尚多知駁雜，劉熙載利用二人各偏一端的思想見解，設計由一儒者問學慎者與學惠者慎、惠之學：

> 有學慎到之道者，有學惠施之道者，二人與儒遇。儒問學慎者，曰：「慎何尚？」曰：「尚無知。」曰：「瞀矣，且慎安能無知？世亦安得有慎道哉？」問學惠者曰：「惠何尚？」曰：「尚多知。」曰：「雜矣，且惠安能多知？世亦安得有惠道哉？」兩人皆怫然。復問學慎者，曰：「子之舍儒而慎也，果知儒不如慎乎？」曰：「知之。」復問學惠者，曰：「子之舍儒而惠也，抑知惠不如儒乎？」曰：「不知。」曰：「儒道之懿，難為子二人言之。第子二人，一不知儒而知慎，是所謂無知者，妄矣；一知惠而不知儒，是所謂多知者，妄矣。吾故曰：『世無慎惠之道。』」（〈儒問〉）〔註14〕

譏諷學慎者不知儒而知慎，知慎卻說「無知」，所以妄矣；學惠者知惠而不知儒，不知儒卻說「多知」，所以妄矣，運用情節趣味化呈現兩人的學說缺陷。

第三十六篇〈蔣氏狗〉出自《莊子・雜篇・徐无鬼》，描述孔子至楚國拜會楚王，楚王熱情地設宴款待，並邀請孫叔敖及市南宜僚二人來當陪客，在宴會開始之前，請孔子以酒祭天，並講幾句祝詞。孔子稱譽市南宜僚「弄丸而兩家之難解」，讚美孫叔敖「甘寢秉羽而郢人投兵」，因為兩人是「不言之言」的賢者，因此孔子也運用「不言之辯」的法則祝詞。此篇探討「不言」之義，揭示有德之大人「反己而不窮，循古而不摩」，因此「狗不以善吠為良，

〔註13〕〔戰國〕莊周；〔清〕郭慶藩撰；王孝魚點校：《莊子集釋》，頁1100～1104。
〔註14〕〔清〕劉熙載著；薛正興點校：《劉熙載文集・寤崖子・儒問》，頁623。

人不以善言為賢」。劉熙載從「狗不以善吠為良」一句出發，塑造一隻善吠的蔣氏狗，但盜參戶而入，擔囊揭篋而出時，狗則臥戶側，寂無聲，令蔣氏大怒，經鄰居老者教誨才明白恕己之不知，苛責狗之不知，是不智之舉，使莊子「不言之言」的智慧更加淺顯易懂。

總結《寤崖子》題材出自子部之寓言散文，以《莊子》為大宗，《莊子》一書原本就充滿寓言故事，劉熙載或融合原書中的故事產生新故事（如〈蜀莊〉），或從莊子思想衍伸出新故事（如〈儒問〉、〈蔣氏狗〉），某些篇更承襲《莊子》為角色取名的象徵性，可謂貌異心同，不做表面模仿，更能抓住原著的精神。

（四）集部

「集部」包括歷代作家個人或多人的散文、駢文、詩、詞、散曲等集子和文學評論、戲曲等著作。分為楚辭、別集、總集、詩文評、詞曲五類。《寤崖了》中：〈株拘它〉採用蘇洵（1009～1066）〈辨奸論〉素材，〈海鷗〉採用吳莊（1624～？）〈紫燕與黃鸝〉素材，〈彭祖〉採用蘇軾（1037～1101）〈代滕甫論西夏書〉與陳靖（宋）〈彭祖觀井圖銘序〉素材，以下舉〈海鷗〉一篇做說明。

吳莊為清代文學家，自號六一老人，一生以教讀、行醫為業，著有《無罪草》、《吳鱵放言》等書，《吳鱵放言》首條自言此書作於年六十後喪偶鱵居之時，「天能鱵我身，不能鱵我心」〔註15〕，故於書中率肆胸臆，〈紫燕與黃鸝〉即出於此書，原文如下：

> 紫燕與黃鸝交飛，黃鸝曰：「子安歸？」紫燕曰：「吾歸堂」。紫燕曰：
> 「子安歸？」黃鸝曰：「吾歸柳」。紫燕曰：「柳固不若堂之安也。」黃
> 鸝曰：「不然！夫柳者，天也；堂者，人也。吾晝遊乎柔枝，夕蔭乎茂
> 葉。吾飛翔自如，而不知夫為人之為拒與為閉也。吾鳴吾天籟，而人
> 乃以吾為笙簧，為晛睍也。吾游乎柳，而吾有時而去，柳無日而不存
> 也。若夫堂，有戶有限，而子且為人之拒之、閉之也。子噪而嘩焉，
> 而人且憎子也。堂之中有盛有衰、有興有廢，其盛也、興也，子不得
> 而與焉；其衰也、廢也，吾憂子之共之也。而子顧沾沾焉，以處堂自

〔註15〕〔清〕吳莊著：《叢書集成續編‧吳鱵放言》（臺北：新文豐出版公司，1989年）頁565。

幸，宜乎子之與雀而同議也。」紫燕曰：「善。」故君子任天不任人。

　　燕子喜親近人類，會在樓道、房頂、屋簷等的牆上或突出部上為巢，又以蚊、蠅等昆蟲為主食，因此在人類眼中是益鳥。黃鸝喜生活於闊葉林中，鳴聲清脆、圓潤、響亮，節奏鮮明，旋律悠揚，在古詩詞中多具有自適逍遙的形象，〔註16〕吳莊以黃鸝點醒紫燕，依傍人而居住，也就得依傍著人的喜惡，是危險而不可靠的，因此必須「任天不任人」，方能不受限制。此寓言本於《孔叢子·論勢》：「先人有言：燕雀處屋，子母相哺，煦煦然其相樂也。自以為安矣。竈突炎上，棟宇將焚，燕雀顏色不變，不知禍之及己也。」〔註17〕吳莊將流傳已久的先人言，擴充為具有擬人角色相互對話的寓言故事，劉熙載又將此篇作品改寫如下：

> 鷗於海渚遇巷燕。燕謂鷗曰：「我至子所，而子不至我所，何也？」曰：「吾性傲以野，不樂依人焉故也。」曰：「我以依人而處，故飆風得所障，凍雨得所蔽，熾日得所護。以是觀之，子其病矣！」曰：「吾病而有不病者存，不若子之昧病於未見也。」曰：「我之得以依人者，以人不之憎且愛之也。子之病我者，恔其愛乎？」曰：「子謂人之於我，愛乎？憎乎？」曰：「皆無之。」曰：「吾以傲野自適，人之憎愛，非所論也。即以人論，吾以不見愛，故不見憎。然則，見愛者其危哉！」燕不喻而去。其後巷人方食，燕泥汙其羹，因怒而逐燕，燕於是始思鷗言。（〈海鷗〉）〔註18〕

　　劉熙載在角色與情節安排上均有更動。首先，在角色方面，吳作中的黃鸝換做在大海翱翔的海鷗，使其自由自在的象徵意味更濃。在情節方面，將情節開展從單純的紫燕黃鸝交飛，互問安歸，改成巷燕問海鷗：「我至子所，而子不至我所，何也？」表示海鷗深明居人處的隱憂，故從不主動親近人類，凸顯海鷗具遠見的形象。吳作中，黃鸝勸告紫燕，自然的柳樹永遠存在，人造的廳堂有盛有衰，故非長久安居之處，劉熙載增添海鷗對於「人與我關係」的辯論，強調「不見愛，則不見憎」，充滿思辨的趣味。結尾從燕子肯定黃鸝的勸告，改成燕子不聽海鷗的勸告，直到燕子受人驅趕，才想起海鷗所言，

〔註16〕如杜甫〈絕句〉「兩個黃鸝鳴翠柳，一行白鷺上青天」、〈蜀相〉「映階碧草自春色，隔葉黃鸝空好音」、韋應物〈滁州西澗〉「獨憐幽草澗邊生，上有黃鸝深樹鳴」、晏殊〈破陣子〉「池上碧苔三四點，葉底黃鸝一兩聲，日長飛絮輕」。
〔註17〕〔秦〕孔鮒撰：《孔叢子》：（北京：中華書局，1985年），頁112。
〔註18〕〔清〕劉熙載著；薛正興點校：《劉熙載文集·寤崖子·海鷗》，頁617～618。

讓情節更加高潮迭起，真可謂「思而學，學而思」，青出於藍，更勝於藍。

二、循古作品的題材轉化

　　劉熙載對於循古主張「用古而變古」，要求作者的首要任務是讀書為學，加強自己的學識，以補足天生才氣的差別，〔註19〕接著要能「務去陳言」，不但不可「勦襲古人之說以為己有」，更要在識見上「高出一頭，深入一境」〔註20〕，換言之，後代作家吸收前人舊作創作新作時，既要有所繼承，也要經過孕育變化，把握前人作品的精神實質，跳脫摹字擬句、拾人牙慧，另闢蹊徑，「闡前人所已發，擴前人所未發」〔註21〕。唯有囊括傳統，才能跳出傳統，唯有博采古意，方能避免異奇，故謂「文貴法古，然患有一古字橫住胸中」、「善用古者能變古」〔註22〕。

　　陳蒲清整理出在傳統題材上推陳出新的主要途徑有四：擴充、逆反、融合、仿作，〔註23〕此四種途徑已能包含劉熙載的循古、變古之法，故以下從此四方面探討《寤崖子》中循古作品的題材轉化。

（一）擴充

　　陳蒲清認為擴充是在前人的基礎上加強描繪，使細節更生動，形象更豐滿，例如菲德魯斯（Phaedrus the Epicurean，140B.C.～70B.C.）改寫《伊索寓言》，就是沿襲《伊索寓言》的基本框架，使情節更曲折化、情節化。〔註24〕《寤崖子》使用擴充法是在前人的文句或思想的基礎上加以拓展，增添情節，使原來的概念更加清楚，或者創造出新的意涵。作品有：〈學墨〉、〈魯叟〉、〈范蠡〉、〈荀卿〉、〈曹參〉、〈問射御〉、〈郯醫〉、〈馮婦〉、〈蔣氏狗〉、〈善射〉、〈觀物〉、〈秦醫〉、〈善飲酒〉等十三篇，以下舉〈荀卿〉、〈問射御〉、〈善射〉、〈善飲酒〉四篇為例。

　　首先，第四篇〈荀卿〉描寫荀卿的天才與遭遇。荀卿為戰國晚期趙國人，

〔註19〕「有識量斯可有才。才貴能渾之不露，發之不誤，非識量何以主之？」見〔清〕劉熙載著；薛正興點校：《劉熙載文集・持志塾言・才器》，頁31。

〔註20〕「昌黎尚『陳言務去』。所謂『陳言』者，非必勦襲古人之說以為己有也。只識見議論落於凡近，未能高出一頭，深入一境，自『結撰至思』者觀之，皆陳言也。」見〔清〕劉熙載著；薛正興點校：《劉熙載文集・藝概・文概》，頁72。

〔註21〕〔清〕劉熙載著；薛正興點校：《劉熙載文集・藝概・文概》，頁83。

〔註22〕〔清〕劉熙載著；薛正興點校：《劉熙載文集・藝概・文概》，頁90、70。

〔註23〕陳蒲清：《寓言文學理論・歷史與應用》，頁114。

〔註24〕陳蒲清：《寓言文學理論・歷史與應用》，頁114。

生卒年代不詳，荀卿生平事蹟，鮮少載諸典籍，其中《史記》是最為詳細的線索，《史記·孟子荀卿列傳》記載如下：

> 荀卿，趙人。年五十始來遊學於齊。……齊人或讒荀卿，荀卿乃適楚，而春申君以為蘭陵令。春申君死而荀卿廢，因家蘭陵。李斯嘗為弟子，已而相秦。〔註25〕

荀卿因齊人讒言，遂至楚國發展，受春申君賞識，任蘭陵令，直至春申君死。劉熙載在「齊人或讒荀卿」一句上擴充發展如下：

> 荀卿被讒於齊，將之楚。……荀卿既至楚，就館，春申君往見曰：「竊聞先生明王道、述禮樂之日久矣，禮樂、王道一也，敢問以王道治今日之楚，楚遂王乎？」曰：「君不聞『百里可王』乎？而況楚之大乎！」曰：「以王道治國，而國不治者，有諸？」曰：「有之，是必絿於紛而舛之者也。所謂『一人牽羊，一人荷棰隨之，則不能前』者是也。」於是春申君心憚荀卿，以為若獲大用，且將制己也，為之嘿然久之，乃曰：「吾知先生非可小試者，然願且為政於蘭陵，吾將法虞邱之避位焉。」荀卿既為蘭陵令，治化之行，能來遠人。忌者見於春申君，曰：「今荀卿將自以百里王矣，若何？」春申君惑，謀使人往代之。荀卿聞之，亟謝去，卒如齊所料也。(〈荀卿〉)〔註26〕

荀卿在齊國遭人毀謗遂往楚國，齊人於是預言荀卿在楚也會遭遇相同情況，果然，楚國令尹春申君起初特地前去請教荀卿，發現荀卿的能力遠高於己，於是開始忌憚他，先佯裝尊敬荀卿，派他治理蘭陵，後一聞他人閒言閒語，立即擔心荀卿稱王，使人往代之。先前欲避位讓賢的說詞，不攻自破，然而荀卿聞之，即請去。曲折的情節更凸顯荀卿的智慧與他人的善嫉，齊國人的預言，也暗示了蓋世之才不論身在何時何地，都會遭小人排擠陷計的悲哀。

第二十七篇〈問射御〉以《禮記·禮運》〔註27〕與《禮記·射義》〔註28〕

〔註25〕〔西漢〕司馬遷撰：《史記》（北京：中華書局，2013年），頁2838。

〔註26〕〔清〕劉熙載著；薛正興點校：《劉熙載文集·寤崖子·荀卿》，頁625～626。

〔註27〕「夫禮必本於天，動而之地，列而之事，變而從時，協於分藝，其居人也曰養，其行之以貨力、辭讓：飲食、冠昏、喪祭、射御、朝聘。」見〔西漢〕戴德；〔清〕阮元校勘：《十三經注疏附校勘記·禮記》（臺北：藝文印書館，1989年），頁414。

〔註28〕「射求正諸己，己正而後發；發而不中則不怨勝己者，反求諸己而已矣。」見〔西漢〕戴德；〔清〕阮元校勘：《十三經注疏附校勘記·禮記》（臺北：藝文印書館，1989年），頁1020。

之中「射求正諸己」的精神，安排有人向窫崖子請教，窫崖子質疑現代科技設計的出發點並非來自仁與禮，即使巧也必自敝；第三十七篇〈善射〉以《爾雅·釋鳥》所錄：「鸐鶇，人射之必銜矢射人，故又名隓羿，蓋羿且為之隓也。」設計故事，藉由敢於質疑書本資訊的「奮」，成功射下鸐鶇，反駁《爾雅》所言，說明讀書思辨求證的重要。第四十二篇〈善飲酒〉則從《孔叢子·儒服》「堯舜千鍾，孔子百觚」兩句出發，說明飲酒是心靈上的太和境界，因此賢人可以千鍾、百觚不醉。

運用擴充法的寓言散文，因人物、故事出自經典，故能給讀者似曾相識卻又耳目一新之感，擴充法可以從原作的一個點（一句話、一個角色、一個事件、一個概念）延伸出無限多條線，構成一個嶄新的面，這是循古變古題材轉化的作品中比例佔最高的。

（二）融合

陳蒲清認為融合就是吸收前代作品的內容，把它作為自己作品的一個組成部分，例如歐洲中世紀著名動物史詩〈列納狐的故事〉就吸收了古代希臘寓言和古印度寓言的不少情節。〔註29〕《窫崖子》中使用融合法則是吸收兩位以上前人作品的內容或思想，將作品中的一句話、一個概念、一段情節組合成自己作品中的一部分。作品有：〈株拘它〉、〈解苟〉、〈辨欲〉、〈翼名〉、〈吸靈〉、〈師曠〉、〈辟怪〉、〈儒問〉、〈陳仲子〉、〈封難〉、〈饗螳螂〉等十一篇。主要有二種融合方式，說明如下：

第一，運用融合法的作品，大多是融入經典文句作為寓言散文的論證輔佐，例如：〈株拘它〉在說明「以小觀人」的道理時，引用《周易》：「乾為馬，坤為牛」，表示抽象而大的「乾坤」可以象徵具體而小的「牛馬」，再引蘇洵〈辨奸論〉「礎潤蟻出」說明一葉知秋的道理；〈辨欲〉以《論語·學而》子夏曰：「賢賢易色」，以及《孟子·告子上》孟子曰：「飽仁義，不願膏粱之味」解釋「欲」有層次之別；〈翼名〉引《詩經》詩句「亦白其馬」、「有馬白顛」，證明古人已覺察體悟公孫龍子之「白馬非馬」邏輯；〈吸靈〉引《陰符經》：「人，萬物之盜；萬物，人之盜。」和《老子道德經》：「咎莫大於欲得」印證人與外物如磁石鐵針般相吸，但過分依賴外物，其實是被外物所擁有。這種寫作手法相當於修辭當中的「明引」或「暗引」，目的是在加強寓言散文說服

〔註29〕陳蒲清：《寓言文學理論·歷史與應用》，頁117。

力，而引用熟典，不但能強化內容，更能增添寓言散文的文采與音節。

第二，融合有時是比較、辯證兩種思想後，產生一種新思想，如：〈解荀〉探討孟子性善與荀子性惡的思想相異處，最後認為二人是殊途同歸，旨意都是在使性為善；〈翼名〉一篇，將公孫龍子的「白馬非馬」邏輯與《左傳·成公二年》：「唯器與名，不可以假人……若以假人，與人政也，政亡，則國家從之，弗可止也已。」之「正名觀念」結合，強調名實一致；〈儒問〉將慎到尚摒棄智巧，惠施尚多知駁雜，並列二種各偏一端的思想，凸顯儒學的優點；〈辟怪〉結合《春秋左傳》宣公三年和哀公七年對「大禹鑄鼎」〔註30〕與「仲雍文身」〔註31〕的敘述，說明這些歷史軼事都只是後人的微權猜測，正如怪一樣不可信。此種寓言散文，是在原典上激盪出新的火花，刺激讀者貫通經典。

最後一種融合法是結合前人故事題材，融會出新的作品，有〈師曠〉、〈陳仲子〉和〈封難〉。以〈封難〉為例，其結合《孟子·滕文公下》「陳仲子廉」與《晏子春秋·內篇雜篇雜下》中「國之閒士待臣而後舉火者數百家」之故事，產生新的寓言：

〔註30〕《春秋左傳》宣公三年記：「春，不郊而望，皆非禮也，望，郊之屬也，不郊，亦無望可也。晉侯伐鄭，及郔，鄭及晉平，士會入盟。楚子伐陸渾之戎，遂至于雒，觀兵于周疆，定王使王孫滿勞楚子，楚子問鼎之大小輕重焉，對曰，在德不在鼎，昔夏之方有德也，遠方圖物，貢金九牧，鑄鼎象物，百物而為之備，使民知神姦，故民入川澤山林，不逢不若，螭魅罔兩，莫能逢之，用能協于上下，以承天休，桀有昏德，鼎遷于商，載祀六百，商紂暴虐，鼎遷于周，德之休明，雖小，重也，其姦回昏亂，雖大，輕也，天祚明德，有所底止，成王定鼎于郟鄏，卜世三十，卜年七百，天所命也，周德雖衰，天命未改，鼎之輕重，未可問也。」〔春秋〕左丘明撰；〔清〕阮元校勘：《十三經注疏附校勘記·左傳》（臺北：藝文印書館，1989年），頁367。

〔註31〕《春秋左傳》哀公七年記：「夏，公會吳于鄫，吳來徵百牢，子服景伯對曰，先王未之有也，吳人曰，宋百牢我，魯不可以後宋，且魯牢晉大夫過十，吳王百牢，不亦可乎，景伯曰，晉范鞅貪而棄禮，以大國懼敝邑，故敝邑十一牢之，君若以禮命於諸侯，則有數矣，若亦棄禮，則有淫者矣，周之王也，制禮上物，不過十二，以為天之大數也，今棄周禮，而曰必百牢，亦唯執事，吳人弗聽，景伯曰，吳將亡矣，棄天而背本，不與，必棄疾於我，乃與之，太宰嚭召季康子，康子使子貢辭，太宰嚭曰，國君道長，而大夫不出門，此何禮也，對曰，豈以為禮，畏大國也，大國不以禮命於諸侯，苟不以禮，豈可量也，寡君既共命焉，其老豈敢棄其國，大伯端委以治周禮，仲雍嗣之，斷髮文身，羸以為飾，豈禮也哉，有由然也，反自鄫，以吳為無能為也。」〔春秋〕左丘明撰；〔清〕阮元校勘：《十三經注疏附校勘記·左傳》，頁1008～1009。

封與難皆齊士也，窊崖子遇之，而問以域中之賢者。封曰：「吾知陳仲子。夫三日不食，其操不改。如其賢！」難曰：「吾知晏子。夫國之簡士，多待之舉火者。如其賢！」窊崖子謂封曰：「子將使己為仲子乎？人為仲子乎？且晏子之賢何如？」不應。謂難曰：「子將使己為晏子乎？人為晏子乎？且仲子之賢何如？」不應。又謂封曰：「子之賢仲子，固以其能不受也。然彼亦不遇晏子耳，使遇晏子，彼雖不受，此猶欲施之。」謂難曰：「子之賢晏子，固以其能施也。然彼亦不遇仲子耳，使遇仲子，彼雖樂施，此必不受之。」二子皆爽然自失。窊崖子乃顧從者而言曰：「吾將假封之有餘、以濟難之不足也。」二子以為誚詈之，急走去。從者曰：「夫子何以知彼之有餘、不足也？」曰：「世俗之情，富者常畏貧吝，故賢貧之不受者，己必富而吝者也。貧者常畏富吝，故賢富之樂施者，己必貧而貪者也。固知齊人之俗，不可與處貧富也久矣。」（〈封難〉）〔註32〕

此篇有兩個妙處，第一是將陳仲子與晏子相並映襯。《孟子‧滕文公下》記：陳仲子自我要求高，為了「廉潔」，即使「三日不食，耳無聞，目無見」，也只食掉在地上被蟲咬過的李了，恢復體力；為了「廉潔」，即使食物已吞食下肚，發現是由兄長「不義之祿」換得的鵝，立即嘔出。《晏子春秋‧內篇‧雜篇雜下》記：景公飲酒，田桓子侍，望見晏子，遂請景公罰晏子喝酒，因為晏子隱君之賜，「衣緇布之衣，麋鹿之裘，棧軫之車，而駕駑馬以朝」，晏子解釋「嬰非敢為富受也，為通君賜也」，使父之黨無不乘車、母之黨無不足於衣食、妻之黨無凍餒、國之閒士待臣而後舉火，才是彰顯君王賞賜的最佳方法。

同樣是「官祿」，陳仲子只看它的表面，卻沒有思考它的作用，就一味拒受，一味避世，因此孟子批評他這樣的作為並不能算是廉潔，更不能提倡和推廣，因為他只是把「廉」的概念侷限在外在形式和物質上，並未確實了解、體現「廉」的意涵，所以孟子尖刻諷刺要做到陳仲子那樣，除非變成蚯蚓「上食槁壤，下飲黃泉」，只吃泥土，只喝地下水。劉熙載亦贊同孟子的觀點，安排「救民百姓而不夸，行補三君而不有」的晏子與之對比，凸顯出陳仲子行為之極端與愚昧。

第二個妙處是，窊崖子問封、難兩人「齊國賢者」，封答：「吾知陳仲子。」難答：「吾知晏子」，窊崖子分析二人的心理，嘲笑他們其實一人貧而貪，一

〔註32〕〔清〕劉熙載著；薛正興點校：《劉熙載文集‧窊崖子‧封難》，頁624。

人富而吝，諷刺後人並未由衷感佩、尊崇生活簡樸、愛國愛民的晏子，以及清廉自律欲整頓世風的陳仲子，而是富者冀「個人自掃門前雪」，貧者望「天下人為我而生」。

簡言之，運用融合的方法，或將前人文句當作佐證，或從前人思想中進行辨證，或結合故事產生新故事，變化無窮，這是循古變古的方法中，作品佔第二多的。

（三）逆反

陳蒲清所言逆反，就是利用原有故事做翻案文章，即反其意而用之，如《伊索寓言》中的「龜兔賽跑」寫龜勝兔敗，說明勤奮勝於自滿，羅丹（1936～）則以「第二場龜兔賽跑」兔勝龜敗，教育兒童反省自我的重要。〔註 33〕《寤崖子》中使用逆反法的作品有：〈蜀莊〉、〈彭祖〉、〈山海經〉、〈鵲占〉等四篇，以下舉〈彭祖〉為例。

彭祖是中國神話中的長壽仙人，並以享壽八百多歲著稱於世，具有善於養身健身，恬靜達觀的正面形象。歷來對彭祖推崇至極，「彭祖觀井」的故事書面化最早見於宋代，蘇軾和陳靖各有一篇作品提及此故事：

> 俗言彭祖觀井，自系大木之上，以車輪覆井，而後敢觀。（蘇軾〈代滕甫論西夏書〉）〔註 34〕

> 淳化中，予將命之狄丘。道由彭門，有客得彭祖觀井圖以為貺。中有臺榭、人物、山水，森森然，蓋狀其佳象幽致，表繪事之工，予無取。所慕者，唯彭氏面井而覆之以輪，背樹而纜之以繩，憑杖斂躬，踟躕而迎視，兢然若將墜也。嗚呼！古人臨事而懼之有若是，檢身遠害之有若是，後之君子得無效歟！（陳靖〈彭祖觀井圖銘序〉）〔註 35〕

民間流傳彭祖觀井，必在井上覆輪，在身上繫繩然後往，這種戰戰兢兢，如履薄冰的態度，是用以警惕世人遇事謹慎小心，方能保身、全生，蘇軾與陳靖咸繼承此精神，警惕君子效法彭祖檢身遠害。劉熙載卻從不同的角度看

〔註 33〕陳蒲清：《寓言文學理論・歷史與應用》，頁 115。
〔註 34〕〔宋〕蘇軾撰：《蘇東坡全集》奏議類第五十九卷（臺北：世界書局，1967 年），頁 586。
〔註 35〕曾棗莊，劉琳主編；四川大學古籍整理研究所：《全宋文》第四冊（成都：巴蜀書社 1989 年），頁 120～121。

「彭祖觀井」：

> 彭祖將觀於井，先繫其身於大木。有童子見而問之曰：「不繫，則必
> 至於溺乎？」曰：「雖未必溺，然充吾養生之道宜致慎也。」曰：「所
> 貴乎養生者，守其形乎，抑全其神乎？且境之溺人者多矣，何必
> 此？」乃進問曰：「爵祿名譽，其榮足以溺人者也，子能辭榮乎？」
> 曰：「能。」「聲色飲食，其樂足以溺人者也，子能忘樂乎？」曰：
> 「能。」「貪生畏死，其惑足以溺人者也，子能袪惑乎？」彭祖不應。
> 童子曰：「觀是，則子自溺其心之甚也，尚不如溺於水者可手援出
> 矣。」（〈彭祖〉）〔註36〕

劉熙載描述彭祖繫繩觀井，童子質疑彭祖能保全身體，但能否保全精神，
排拒榮、樂、惑、生之溺，彭祖原本自信能超脫榮、樂、惑之誘，但自知尚未
超脫生死之惑，故不敢回應。此篇揭示「養神」勝於「養形」，耽於「榮」、
「樂」、「惑」、「生」都是一種精神上的溺，除去心溺，才是真正的養生之道。

章學誠《文史通義・說林》言：「文辭，猶品物也；志識，其工師也。橙
橘楂梅，庖人得之，選甘脆以供籩實也；醫師取之，備藥毒以療疾痰也。知此
義者，可以同文異取，同取異用，而不滯其跡者矣。」〔註37〕相同的食物，
可以是美食，也可以是藥物，寫作也是如此，蘇軾、陳靖、劉熙載皆取「彭祖
觀井」之民間故事為寫作素材，但蘇、陳美譽彭祖的謹言慎行，劉則感慨彭
祖的生死之溺，可謂「同文異取」，為讀者開啟另外的視野。

（四）仿作

陳蒲清認為仿作就是不直接借用，但從內容到形式都有意模仿前人作品。
〔註38〕《寤崖子》中使用仿作法的作品有：〈海鷗〉、〈陳仲子〉、〈曹參〉三篇，
以下舉〈曹參〉為例。

〈曹參〉故事形式源自《郁離子・蛩蛩駏虛》：

> 孫子自梁之齊，田忌郊迎之而師事焉。飲食必親啟，寢興必親問，
> 孫子所喜，田忌亦喜之，孫子所不欲，田忌亦不欲也。鄒爽謂孫子
> 曰：「子知蛩蛩駏虛之與蟨乎？蛩蛩駏虛負蟨以走，為其能齧甘草以
> 食己也，非憂其將為人獲而負之也。今子為蟨而田子蛩蛩駏虛也，

〔註36〕〔清〕劉熙載著；薛正興點校：《劉熙載文集・寤崖子・彭祖》，頁 620。
〔註37〕〔清〕章學誠：《文史通義》，頁 5。
〔註38〕陳蒲清：《寓言文學理論・歷史與應用》，頁 118。

子其識之。」孫子曰:「諾。」〔註39〕

劉基藉傳說中的一種異獸——「蛩蛩駏虛」與「蟨」〔註40〕互助合作,比喻田忌與孫臏的關係。孫臏為戰國初期的軍事家,曾與龐涓同窗,龐涓出仕魏國後,擔任了魏惠王的將軍,但是他認為自己的才能比不上孫臏,於是暗地派人將孫臏請到魏國加以監視,並捏造罪名將其處以臏刑和黥刑,孫臏在齊國使者的幫助下投奔齊國,受齊威王任命為軍師,輔佐齊國大將田忌兩次擊敗龐涓,取得桂陵之戰和馬陵之戰的勝利,奠定齊國的霸業。劉基藉此寓言對某些過分殷勤以達目的人做了批評與諷刺,蛩蛩駏虛背負蟨而行,是因為蟨把甘草分給自己,倘若沒有甘草,蛩蛩駏虛還不將蟨摔下來嗎?同理,阿諛奉承的小人必將唾棄已無法提供好處的人。劉熙載的〈曹參〉胎自《郁離子·蛩蛩駏虛》,命意、蓄勢皆甚奇。原文如下:

> 曹參有舍人入見,參問曰:「我之為將何如?」辭讓若不敢言者再。又問曰:「外人之稱我者何如?」曰:「功則多矣,惜掩於韓將軍。且君,漢王之故人也;韓將軍以後來,而君為其屬,人多為君恥之。君不若自請於漢王,勿與之俱,則君之功,足以暴於天下矣。」參笑而應之曰:「諾。」次日,召舍人謂之曰:「參至不肖,而吾子從之不去,何也?」曰:「以君之高義,善必錄而勞不蔽也。此如蛩蛩駏虛之負蟨,蟨必分甘草以食之,未嘗枉其力也。」參曰:「吾聞世之為大將而私且忮者,功則歸己,過則歸下。今吾以功見稱於人者,惟韓將軍能與我共功,而不相掩也。向使所屬非韓將軍,且得致此乎?夫韓將軍亦吾之蟨也。子願為蛩蛩駏虛,乃欲吾失吾蟨何邪?」(〈曹參〉)〔註41〕

曹參和韓信都是幫劉邦打天下的名將,但是曹參一直是韓信的副手,較少獨立作戰,所以知名度低於韓信,但曹參的高明之處就在於能明白自己的定位,配合劉邦、韓信做好自己該做的工作。例如:韓信東擊趙時,曹參留代

〔註39〕〔明〕劉基原著;傅正谷評注:《郁離子評注》(天津:天津古籍出版社,1987年),頁169。

〔註40〕《說苑·復恩》:「孔子曰:北方有獸,其名曰蟨,前足鼠,後足兔。是獸也,甚矣其愛蛩蛩巨虛也,食得甘草,必齧以遺蛩蛩巨虛。蛩蛩巨虛見人將來,必負蟨以走。蟨非性之愛蛩蛩巨虛也,為其假足之故也,二獸者亦非性之愛蟨也,為其得甘草而遺之故也。」〔西漢〕劉向撰:《說苑》(北京:中華書局,1985年),頁49。

〔註41〕〔清〕劉熙載著;薛正興點校:《劉熙載文集·寤崖子·曹參》,頁626~627。

地清掃殘敵，殺代戚將軍于鄔城；韓信將兵詣垓下會戰時，曹參留齊，擊未服者，使韓信在前線放心殺敵。可見曹參善於從全局出發，並甘願做好配角。後來他在齊國為相，和繼蕭何為漢惠帝宰相的實績證明，他確實是個有能力的人才。

　　劉熙載安排舍人、曹參與曹參、韓信三人的三層關係，先以「蚤蚤駏驢」比喻舍人，「蛩」比喻曹參，再以「蚤蚤駏驢」比喻曹參，「蛩」比喻韓信，兩次轉換，凸顯在職場中，上下階層的關係，必須「共功」──在上者要能有度量、有義氣，方能使下屬願意付為其效力，因此誠如司馬遷所言：「曹相國參攻城野戰之功所以能多若此者，以與淮陰侯俱。及信已滅，而列侯成功，唯獨參擅其名。」〔註42〕功不相掩，互敬互諒，是營造出運作良好的行政體系所不可或缺的。劉熙載雙重轉換的寫法，呈現出世界上每個人的關係就如同層層不絕的「蚤蚤駏驢」與「蛩」，環環相扣，絲絲相聯，在寫法與主旨上均能脫胎前人之作。

　　歸結第一節「循古作品的題材來源與轉化」，循古作品在《寤崖子》四十二篇中佔二十九篇。在題材來源部分，使用到子部題材的作品有十五篇，使用到經部題材的作品有十二篇，使用到史部題材的作品有十篇，使用集部題材的作品有三篇。〔註43〕在題材轉化方式上，使用擴充法的有十三篇，融合法的有十篇，逆反法的有四篇，仿作法的有三篇。〔註44〕由下圖可以明顯看出劉熙載的寫作主要傾向：

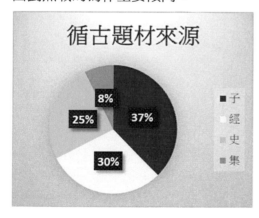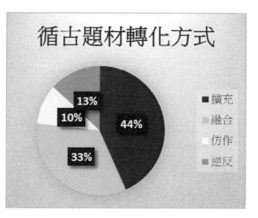

〔註42〕〔西漢〕司馬遷撰：《史記‧曹相國世家第二十四》，頁2453。
〔註43〕具有兩種以上來源的作品細目可參考附錄二：《寤崖子》寓言散文題材分析
　　　　表。
〔註44〕〈曹參〉同時使用擴充與仿作。

劉熙載的寓言散文以先哲的思想為主要內容，並以擴充、融合兩種方式，既繼承前人思想，也發展出自己的體會，實踐他在《藝概‧文概》闡明發揚的變古精神：「闡前人所已發，擴前人所未發」，《寤崖子》既博采傳統，也有益於革新的成分，體現美的繼承性與發展性。吳小林認為劉熙載的美學思想帶有對傳統美學觀點總結的性質〔註45〕，這種「總結」的性質，也反映在其寓言散文循古題材的來源與轉化方式當中，這是他在寓言這塊園地的獨特貢獻。

第二節　自創作品的題材類型

寓言的創作途徑，除了在傳統題材上推陳出新，另一種就是透過生活經驗的累積、碰撞而產生火花，也就是「從活處看」──從生活中看出道理來，不空洞說理，不限於一般化，而是由環境、際遇中悟入，心中有感而發，自然流露為文，即可達到「真」的境界，並避免「僻」〔註46〕的現象。劉熙載自創的作品題材類型，包含自然科學類與社會科學類，開創出有別於前輩作家與同期作家的題材領域，展現其多元的學術能力。

一、自然科學類

劉熙載不同於一般士大夫治學專注於文、史、哲，他在數理、天文方面，也有研究和著述，例如〈天元正負歌〉明加、減、乘、除和消、開之法，〈星野辨〉記最近新測星度，改正分野不足之處。《寤崖子》自創作品的自然科學類題材，即反映了他兼治文、理的治學特色，其中以物理學和生物學兩方面的內容最為顯著，故以下從此二方面展開論述。

（一）物理學

「物理學」本與化學、天文學都歸屬於自然哲學的範疇，直到十七世紀歐洲科學革命後，才從自然哲學中獨立出來，成為了一門自然科學，廣義而言，物理學是在探討宇宙中各種事務運作的原理，以及許多事情為什麼會這樣或那樣發生，例如：光、力、聲音、物體的運動、功和能、電與磁……等等。《寤崖子》中使用物理相關題材的有：〈器水〉、〈吸靈〉、〈師曠〉、〈問和〉

〔註45〕見吳小林：《中國散文美學》（臺北：里仁書局，1995年），頁487。
〔註46〕「文之道有二：曰循古，曰自得。循古者尚正，而庸者託焉；自得者尚真，而僻者託焉。」見〔清〕劉熙載著；薛正興點校：《劉熙載文集‧昨非集卷二‧論文》，頁651。

四篇。

第二篇〈器水〉以容器中流出的水得知：「善之源於性」，人性之中必有善，才能表現出善的一面。一般而言，水的淨化方法有下列幾種：一、沈澱法。二、過濾法。三、蒸餾法。四、化學處理法。五、RO 逆滲透法。這些方式都必須經過好幾道程序，方能去掉水中的雜質，將容器中之濁水恢復為清水，因此劉熙載言「欲清其流，必盡清其器中之水」，用簡單的生活例子解釋善的根源。

第十四篇〈師曠〉談專心致志的道理，最後以陽燧取火的例子作結，寤崖子曰：「吾嘗以陽燧取火，置艾一左一右，欲火之齊生則不生也。夫以日之精，其用且有所不給，況人乎？」〔註47〕陽燧是古時的銅質凹面鏡，古人利用「平行射入凹面鏡的光線，會反射後聚集在焦點上」的原理，將陽燧的凹面面向太陽，再將物品放在凹面鏡的焦點上，使之受集中反射的太陽光加熱，甚至燃燒。這種集中光線在一個焦點使之燃燒的現象，用來比喻人專注意念於一事物上，最後成功達成目標，再恰當不過了。

第四十一篇〈問和〉談「隨時通變」之道，劉熙載以生活中每個人都能感受的冷、熱為例，讓艱深的道理易於明白：

> 或問「和」，寤崖子曰：「古之辨和者多矣，子何問？」曰：「請視吾所不足者。」曰：「子知氣與風乎？氣遇風則散，天地之和氣為沆瀣，必無風之夜始有之。風與氣，子願孰為乎？氣在人為呵，風在人為吹。凡物，呵之暖而吹之冷，故人遇熱羹則吹之，遇硯冰則呵之。子又可知所自處矣。」曰：「氣無不善，風無善乎？」曰：「子何以辭害志哉？今亦姑以和者為氣可也。」（〈問和〉）〔註48〕

熱的傳遞方向必由溫度高的物體傳向溫度低的物體，與其質量、密度或比熱無關。熱的傳播方式有三種：傳導、對流、輻射，「吹物使之冷卻，呵物使之融化」是經由氣體的流動來傳播熱能，因此屬於熱的對流。熱對流通常發生在流體內或流體和容器之間有溫度差時，因為溫度的差異使流體間密度不同，當液體或氣體物質一部分受熱時，體積膨脹，密度減少，逐漸上升，其位置由周圍溫度較低、密度較大的物質補充，此物質再受熱上升，周圍物質又來補充，如此循環不已，藉由流動之流體將熱量傳播到各處。因此，用口

〔註47〕〔清〕劉熙載著；薛正興點校：《劉熙載文集‧寤崖子‧師曠》，頁619。
〔註48〕〔清〕劉熙載著；薛正興點校：《劉熙載文集‧寤崖子‧問和》，頁635。

對熱羹吹氣時，鄰近空氣發生對流作用，把熱羹的熱帶走，使之冷卻，而用口對硯冰呵氣時，鄰近空氣也發生對流作用，但是是將口氣中的熱送到硯冰上，使之升溫。吹氣和呵氣是人類對熱的應用，這個自然而然的動作，在不同狀態下有截然不同的作用，而在敏銳的劉熙載筆下，則成為掌握「和」的方法了。

　　第十二篇〈吸靈〉談「人」與「外物」的關係，劉熙載巧妙以「碎屑」和「鐵針」喻人，以「琥珀」和「磁石」喻外物，提出質疑：是外物、琥珀、磁石去吸人、碎屑和鐵針呢？還是二者相吸？原文如下：

> 耳、目、口、鼻莫不有靈，靈為物吸，道之大殘也。故吸耳靈者，聲；吸目靈者，色；吸口、鼻靈者，臭、味。原其始，則我必吸物，物乃吸之。吸物者，靈之欲也；吸於物，亦足欲乎？頓牟，吸芥者也，然烏知非芥之吸頓牟邪？磁石，吸針者也，然烏知非針之吸磁石邪？屑頓牟、磁石以合於針、芥，則針、芥移而頓牟、磁石從之。然則吸之權，果奚屬也？故夫貪財者死於財，干名者死於名，務生生之厚者死於生，皆智以吸物蔽者也。蓋聞之：人，萬物之盜；萬物，人之盜。聖人知盜物者之不能無盜於物也，故戒其所以受之，無受者，無漏者也；關其所以入之，無入者，無出者也。老子曰：「咎莫大於欲得。」又曰：「得與亡孰病？」而人於物方務於得而未已也，宜不免吸靈者之日眈眈也。（〈吸靈〉）〔註49〕

　　第一，「碎屑」與「琥珀」相吸，是電的作用力。希臘哲學家泰利斯（Thales，640～546B.C.）偶然發現用毛布擦拭琥珀時，周圍的灰塵、絨毛等輕微物質，會不約而同的吸附在琥珀表面，他反覆實驗與研究，得出一個結論：透過不同物體相互摩擦，可以互相吸引，此現象稱為摩擦起電，而所帶的電稱為靜電。十九世紀末，湯木生爵士（Sir Joseph John Thomson，1856～1940）實驗證明電的流動，是由於原子裡帶負電的電子的流動。換言之，組成物質的原子不帶電，因為其中電子所帶的負電和質子所帶的正電相互抵銷，但如果原子增加電子，或失去電子，原子就會變成帶負電荷或正電荷。

　　隨著原子種類不同，原子核對電子的束縛力也各不相同，因此，在擦拭的過程中，琥珀把對電子束縛力較弱的布的電子搶過來，從而使自己帶負電。當帶負電的琥珀靠近碎屑，碎屑「感應」而使裡面每個原子產生正負電分離

〔註49〕〔清〕劉熙載著；薛正興點校：《劉熙載文集・寤崖子・吸靈》，頁618。

的現象，碎屑靠近琥珀的那端是正，較遠的那端是負，正負電有相吸的特性，所以看起來碎屑就被琥珀給吸過去了。

第二，「鐵針」與「磁石」相吸則是磁的作用力。磁鐵是具有磁力的物質，早在數千年前，人類就發現這種具有磁性的礦石，稱之為磁石，並將它利用於導航，而可以被磁鐵吸引的物質，如鐵、鈷、鎳則稱為磁性物質。磁鐵的兩端具有不同的磁性，一端是指北極（N極），一端是指南極（S極），和電荷一樣，磁鐵也具有「異性相吸，同性相斥」的特性。當磁性物質靠近磁極時，靠近磁極的一端會感應成異性的磁極，遠離磁極的一端則會產生相同的磁極，此一現象稱為「磁化」。

綜而言之，帶負電的「琥珀」與中性的「碎屑」感應起電，因而相吸，而具有磁性的「磁石」吸引「鐵針」，並使鐵針中的分子磁鐵，從原本兩極指向四面八方，變為指向同一個方向。因此，肉眼所見的琥珀吸碎屑，或是磁石吸鐵針，是由於碎屑中的正電與帶負電的琥珀異性相吸，鐵針中分子磁鐵的某一磁性與磁石的某一磁性異性相吸。劉熙載在有限的科學知識中，大膽提出兩者相吸的假設，雖然並不完全正確，但抓住了科學是出於懷疑的精神，並將電力與磁力的作用，與人心慾望的作用相連結，克制物慾的主題雖是承襲前人之作，但比擬之法則別出機杼。

（二）生物學

「生物學」廣泛研究生命的所有面相，包括生命起源、演化、分布、構造、發育、功能、行為、與環境的互動關係，以及生物分類學等等。《寤崖子》中使用生物相關題材的有：〈魚習〉、〈墨者〉、〈噓唏〉、〈志臧〉四篇。

第三篇〈魚習〉談「性觀其習，習乃成性」，劉熙載以養魚為例，魚與其生長的水質息息相關，若一開始以雨水養魚，魚適應雨水的環境，反之，若一開始以井水養魚，魚則適應井水的環境。此與生物學中的「適應」有關，原文如下：

> 畜文魚傋者，寤崖子之鄰也。寤崖子向聞畜是魚者，水宜井，雨入焉則病。試之果然。間以語傋者，傋者曰：「瞀哉，子之畜魚也！子信以為魚之性病雨乎？今夫民之生於北者不畏寒，生於南者不畏暍，非其性也，其習也。夫魚之生卵於水也，草則承之，必置水於他器，移草於中，煥諸日，一日而芑，再日而蘇，三日而其中隱然如有物，四日而化。使其初，不雨之避，則芑焉者已與雨相習，

況繼此乎？今育卵者，始則取水於井，而避雨如恐不及，是既習于井矣，而雨何以入焉？畜魚之久者孰與吾？未或有病於雨者，使之熟習焉而已，豈別有所以易其性也哉！」窮崖子聞之，恍然若有悟也，欲進請其所學，而弟子尋至，曰：「夫子何與彼言？今將有切問也！」曰：「何問？」曰：「將問乎性與習也。」曰：「性觀其習，習乃成性。」請益，不答。頃之，指傭者曰：「盍師此？此至人也！至人學於萬物，性習之理，吾與爾深求之而愈闊者，此乃於畜魚得之也。」（〈魚習〉）〔註50〕

適應（Acclimatization）是指個體對不同環境條件的遺傳適應性。例如：平地人到高山住一段時間後，紅血球數會提高，以運送更多氧氣；養魚的人幫魚換水時一次只換一部份，目的在配合魚適應不同水質所需的時間。生物無法脫離環境而獨自生活，環境也會受到生物的影響而發生改變，不同的環境可能孕育出各具特色的生物，各種不同的生物也生存在風貌各異的環境中。正如同人的言行習慣無法完全脫離性格的影響，但是性格也會受到人的言行習慣影響而發生改變，例如天生害羞內斂的人不常在大眾面前發言，但若不斷給予他發言機會，使之練習而成習慣，那麼他也可以從害羞逐漸轉為大方，是故「性觀其習，習乃成性」。

第六篇〈墨者〉談儒家「親親」符合人之常情，墨家「兼愛」過於理想，不可實踐。劉熙載以墨者「以手障頭」的動作，說明頭的重要性大於手，正如父母的重要性優先於外人。「以手障頭」是人的「意識動作」，人從接收刺激到反應的過程依序是：受器接收刺激，由感覺神經將訊息傳至中樞神經（腦），中樞神經（腦）判斷訊息，下達指令給運動神經，再由動器表現反應動作。「意識動作」的發生與大腦意識有關，換言之，意識動作是經由大腦控制的動作。人愛至親好友，就如同以手保護腦部，是經由個人意識判斷得出的——血緣親親意識。

第十三篇〈噓唏〉談「戒心除欲」以「養質蓄神」，劉熙載以「我之噓」與「天地之吸」說明人馳騁於慾望，失去自我，受制物質的狀態。「呼吸」是生物的一種生理現象，以人來說，人類利用肺部吸入與呼出空氣，將空氣中的氧氣分子轉化為二氧化碳，從中獲取所需的能量，並放出二氧化碳。人若只有呼氣沒有吸氣，將無法維生，正如人放棄自身的思考能力，一味滿足肉

〔註50〕〔清〕劉熙載著；薛正興點校：《劉熙載文集·窮崖子·魚習》，頁613。

體的欲望，迎合外在的價值觀，心也就會跟著紛亂，因此劉熙載提醒世人掌握「天地之噓」，投向自然，享受造物者提供給我們的自然美景，以達到逍遙自在的心靈境界。

第三十一篇〈志臧〉談知足，劉熙載設計一隻螞蟻每天祈禱變為飛蟻，以食懸而空、隔於水之食，故事生動有趣。螞蟻，是一種具有社會性的昆蟲，屬於膜翅目。飛蟻又名大水蟻，通常指翅膀未脫落前的白蟻，外型雖然和螞蟻相近，但在分類學上屬於蜚蠊目。劉熙載利用二者相近的外型，虛擬一隻有大妄想的小螞蟻，每天癡人說夢，想變成飛蟻，諷刺不切實際、欲壑難填的人，其實也常做如此荒唐可笑的舉動。

先秦寓言中，《列子》寓言如「杞人憂天」、「二小兒辯日」、「扁鵲換心」、「偃師造人」等，富於科學色彩，表現了先民對天地宇宙、日月星辰、人體構造、機械工藝方面濃厚的興趣，面對科學尚未能解答的問題，先民做出大膽的猜想，這類題材的寓言在後代作品很少見，《寤崖子》這八篇自然科學題材的寓言散文，可謂難得且豐富多樣的後繼之作。

歸結自然科學題材，不論是人的意識動作、適應習慣、呼氣吐氣，或是用凹面鏡集中光能、用口吹氣散播熱能、用磁力、電力吸引物品，都與日常生活息息相關，透由敏銳的觀察力與豐富的想像力，科學家在周遭事物發現定律、發明物品，讓生活更便利，文學家則在尋常事物中發掘真理、創造作品，讓生活充滿驚喜。

二、社會科學類

社會科學是十八世紀啟蒙運動後才興起的學科，主要研究對象包括：社會學、統計學、政治學、國際關係、經濟學、法律學、行政學、教育學、心理學、人類學、地理學、歷史學。心理學是一門研究人類及動物的心理現象、精神功能和行為的科學，寓言是一種與人類文化關係密切的文體，故事中人物角色的言行又與其心理現象有密切關係，因此社會生活當中較常見的心理現象和規律也是歷代寓言中常見的題材。《寤崖子》自創作品運用心理效應題材的有：〈辨惑〉、〈虛邑酒〉、〈市藥〉、〈求忘〉、〈無妄〉、〈善戒〉、〈圉叟〉七篇。

第十六篇〈辨惑〉旨在破除人對怪的疑惑，剖析「有怪之怪」與「無怪之怪」。所謂「有怪之怪」是人類「少見多怪」的心理，亦即當一種新事物、新理論剛出世時，人們受到「思維惰性」的影響，易產生抗拒、害怕、排斥的現

象。所謂「無怪之怪」是一種「思維定勢」（thinking set），亦即用已有的知識經驗來看待當前的問題的一種心理反應傾向，當心理認定聽到、看到的是鬼怪作祟，則越想越認為就是如此。劉熙載分析人的思維盲點，提醒人們「怪」往往是由心生，我們要留意的是自己的心理，避免思維僵化而自己嚇自己，自己侷限自己。

第二十六篇〈虛邑酒〉談「君子貴遠謀」，故事描述一富人酒醉仍索飲，舍人機智以水摻酒，獲得富人的賞識：

> 虛邑之酒舍，有富人過而索飲，舍人視其顏酡，知其已醉而來也。乃取水數升而投酒，以弱半進焉。富人飲而美之，多與之直。其里之業酒者聞之，曰：「今而知酒固以薄勝釅也。」爰師其法，以期有遇。然嘗其酒者，輒吐而去，卒無市者焉。寤崖子曰：「甚哉，幸心之不可有也！里人以一生之業，伺一時爽味之口，彼蓋但見人之獲幸，孰知至己則無幸哉！是以君子貴遠謀，而無誘於近利也。」（〈虛邑酒〉）〔註51〕

此故事展現「邊際效應」（marginal effect）的道理，當消費者在逐次增加一個單位消費品的時候，帶來的單位效用是逐漸遞減的，以故事中醉酒的富人來說，第一杯酒帶來的滿足是最大的，但喝得越多，單一杯酒帶來的滿足就越小，換言之，物質消費達到了一定的程度，人們就開始對這種狀況的消費產生厭倦的心理。舍人看準時機，改變酒的口味，讓富人的味蕾再次獲得刺激與滿足，這種精準眼光使他能抓住顧客，在其他酒家中脫穎而出。反之，其他酒家不懂隨機應變、掌握顧客心理，盲目跟從潮流，將不利於長遠發展。

第二十九篇〈市藥〉強調「識貨識人」的重要，寓言中的晉人由於「刻板效應」（stereotypes effect），以為上等貨價錢一定高，下等貨價錢一定低，因此退回好貨，反而以高價購得假貨，最後加重病情，延滯治療時間。劉熙載由識貨推展至識人，告誡世人勿囿於刻板印象，並以此評價人、事、物，如此將因偏見、成見造成損失。

第三十篇〈求忘〉諷刺逃避現實之人，主人翁中山人求忘不得，後呼妻子，妻子不應，方明白自己之所求無益於己。此篇與「稀缺效應」（scarcity effect）有關，稀缺效應是指當人們得不到某樣事物時，會對此稀有東西產生本能的佔有欲，例如，人們總是愛聽祕聞、愛講秘辛，中山人因為無法「忘」

〔註51〕〔清〕劉熙載著；薛正興點校：《劉熙載文集·寤崖子·虛邑酒》，頁627。

所以越想忘，當他以為妻子「忘了自己」，「忘」對他來說也就失去吸引力，反而不希望自己被遺忘，故醫生說：「彼遇忘者，則彼不忘矣。」當「忘」已不再稀奇時，自然也就不再吸引中山人了。因此，人應該小心行事，切勿落入「稀缺效應」的陷阱中，追求不切實際的目標。

第三十二篇〈無妄〉描述兩個商人在路上同樣遇到盜匪打劫，回答相同的答案，卻得到截然不同的下場：

> 趙有二客，一口吃，一否，皆營商。詣日者問利不利焉，筮皆得「無妄」。日者曰：「妄者，望也。無過望，利將自至。」既而，吃者之韓，不吃者之魏。之韓者路遇盜，客曰：「期期。」盜色變，跽而請罪。客不喻所以，謾大言曰：「期期，姑赦汝。」盜謝去。蓋盜名「期期」，疑客呼其名，以為非神不能前知若此也。之魏者聞之，曰：「有是哉！吾得之矣。」异日，亦於路遇盜。客曰：「期期。」盜怒曰：「吾豈畏期期者乎？」乃盡攫其資，且重抶客，然後去。蓋魏有善獲盜者，名「期期」。盜以為援以恫喝之也。其後趙人知二客事，以語日者，且曰：「此豈所謂無望之福，無望之禍者乎？」日者曰：「此一然，一不然。夫占之道，聲音可通於意理。吃者之『期期』無所期者也；不吃者之『期期』，有所期者也。有期非無望也，是以禍福异也。（〈無妄〉）〔註52〕

此篇與「莫非定律」〔註53〕（murphy's law）相關，根據「莫非定律」：凡是可能出錯的事，都會在未來出錯。寓言中的之韓者因為口吃，遇到盜匪時，情急之下只能發出「期期」之音，意外說中盜匪之名，嚇退盜匪；之魏者有預期的回答「期期」，希望可以免去災禍，反而惹怒盜匪。莫非定律認為，容易犯錯是人類與生俱來的弱點，不論科技多發達，事故都會發生，所以，

〔註52〕〔清〕劉熙載著；薛正興點校：《劉熙載文集·寤崖子·無妄》，頁630～631。
〔註53〕莫非定律是關於事情如何出錯的幽默規則，簡練地揭露了「人生總難事事順遂」這條顛撲不破的真理。一切都從莫非原始定理而來：會出錯的事，一定會出錯。（If something can go wrong, it will.）莫非定律誕生於1949年，以Edward A. Murphy命名，他是愛德華空軍基地的工程師，專門研究人類對加速度承受的能力。他發現同仁總是會把加速計的固定器裝反，因而脫口說出莫非的原始定理。有受試者在記者會上引述這句名言，於是它很快在航太工程研究者之間散播開來，並陸續有人加上新的法則。1958年「莫非定律」一詞正式收入韋氏字典。見Arthur Bloch原著；林為正譯：《完全莫非定律》（臺北：書林出版有限公司，2005年），封面內。

在事前應該盡可能想得周到、全面一些，發生不幸或遭受損失應坦然應對，關鍵在於總結所犯的錯誤，而不是企圖掩蓋它。寓言中的之韓者與之魏者，以營商為業，應該考量所有風險，在出發前作好防範措施，而非冀求倚靠偏運度過危機。

第三十四篇〈善戒〉揭示有效的勸說須不露痕跡，不當的勸說反而會導致反效果。寓言中的富叟戒其鄰之子勿為竊，鄰之子原不懂竊，富叟的勸戒反而興起他學竊的念頭，這與心理學中的「禁果效應」（forbidden fruit effect）有關。「禁果」（forbidden fruit）一詞源自《聖經》，神禁止亞當和夏娃吃知善惡樹上的果實，但夏娃禁不住誘惑偷吃禁果，最後被貶到人間。這種因禁止所引起的逆反心理現象稱之為禁果效應，對人們來說，無法知曉的「神秘」事物，比起能接觸到的「平常」事物，具有更大的誘惑力，也更能強化人們渴望接近和了解的訴求，換言之，「期待─召喚」結構就是「禁果效應」存在的心理基礎。禁果效應也普遍存在於教育中，學校越是禁止的事，有些學生越是要做，若改以引導、討論的方式，也許可以降低禁果效應的強度。

第三十八篇〈圃叟〉中的東叟和西叟，面對偷東西的鄰居，採取兩極化的處理，一個選擇原諒，一個選擇撻伐，探討教化的方法：

> 東叟與西叟皆藝圃，鄰竊其蔬。一日，鄰詣東叟，具陳其實，且言不安。東叟曰：「何害？吾已早備子所取之分數矣。」鄰詣西叟，如見東叟之辭。西叟怒而縶之。鄰呼不應，方自曝日而斃蝨也。東叟聞之，往解焉，曰：「蝨之齧子也，幾何？」曰：「微矣。」曰：「今有百年以上之人之蝨乎？」曰：「無有矣。」「有千萬年以上之人之蝨乎？」曰：「愈不聞也。」「何以不聞？」曰：「其人且死，蝨於何有？」東叟乃前而為西叟壽，西叟惘然。東叟曰：「惟子尚有此身，故蝨得而齧之。齧之微，不足以損其得之多也。使子非存此身以藝為此圃，鄰惡得而竊之？吾是以為子壽也。」或問窶崖子曰：「東叟視西叟愈乎？」曰：「似愈。」曰：「庶幾其君子乎？」曰：「未也。夫君子於此，乃當化其鄰而無身之見存也。」（〈圃叟〉）〔註54〕

在行為取向的學習理論中，行為會因其立即後果而改變，愉快的後果會強化行為，不愉快的後果則會弱化行為，愉快的後果稱為增強物（reinforcers），

〔註54〕〔清〕劉熙載著；薛正興點校：《劉熙載文集·窶崖子·圃叟》，頁633～634。

不愉快的後果稱為懲罰物。要弱化不良行為時，應給予無增強（忽視）、撤離型懲罰（如禁止喜歡的作業或情境），或呈現型懲罰（如給予不愉快的作業或情境），然而，關於是否該懲罰、何時懲罰、如何懲罰等問題，行為取向的學習心理學家一直爭論不已，有些學者認為懲罰的效果是短暫的，尤其是呈現型的懲罰，而且懲罰會產生攻擊性，使人想逃離被懲罰的情境。有些學者認為只有當增強方法無效時，才可訴諸懲罰，且應採取溫和方式，謹慎使用。〔註55〕

寓言中的東叟允許鄰居偷竊的行為，是正增強鄰居偷竊的行為，而西叟懲罰鄰居偷竊的行為，雖然是呈現型懲罰，但因為沒有教導鄰人正當行為，所以只是暫時壓抑其不良行為，甚至可能會導致鄰人不再自首，不再為自己的行為負責。因此，劉熙載藉寤崖子評論：「君子當化其鄰而無身之見存也」，如何讓鄰人明白自己的過錯，由衷懺悔與改過，才是長久之計。

社會科學題材，以心理效應為主，心理效應是社會生活當中較常見的心理現象和規律，它具有積極與消極兩方面的意義，劉熙載覺察人們的心理，將此運用在寓言故事中，提醒人們正確地認識、瞭解、掌握自己的心理。

總結第二節「自創作品的題材類型」，自創作品在《寤崖子》四十二篇中佔十五篇。其中使用自然科學題材類型的作品有八篇，使用社會科學題材類型的作品有七篇。由下圖可以明顯看出劉熙載的寫作主要傾向：

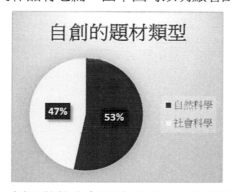
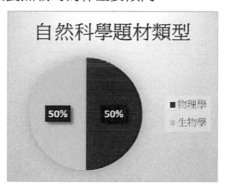

劉熙載的自創型寓言散文，除了秉承歷代寓言細緻刻劃人物心理反應的精神，更能以前人少開發的自然科學的題材，闡揚前人探討過的：人性善惡、親親兼愛、盡心除欲、專心致志、止於本分、因時自處等議題，這種「變而不失其正」、「變而不失其真」的表現，正實踐他「自得者尚真」〔註56〕的原則，

〔註55〕參見 Robert E. Slavin 原著；張文哲譯：《教育心理學理論與實際》（臺北：學富文化事業有限公司，2005年），頁170～177。
〔註56〕〔清〕劉熙載著；薛正興點校：《劉熙載文集‧昨非集卷二‧論文》，頁651。

避免自創作品易產生的僻怪不實文風。

　　劉熙載的自然科學題材寓言涉及科學知識，雖然囿於當時的知識限制，尚未能達到當代「知識寓言」〔註57〕的標準，只能初步涉及簡單的生物、物理現象，但畢竟與其同時代作家的寓言不同，他的嘗試性與開創性，為寓言注入一股新的活力。

　　總結本章所述，要點如下：

一、在「循古作品」方面，劉熙載廣泛採取經、史、子、集中的作品，靈活運用擴充、融合、逆反、仿作四種變化，創作出具有古味又有新意的寓言作品，體現了其「有識量斯可有才」〔註58〕、「學古以變古」的創作觀。

二、在「自創作品」方面，劉熙載將物理學、生物學、心理學的題材融入寓言中，既有自己的獨到見解，又能結合美的創造，實踐「自得者尚真」的創作觀，使文章具有獨創性，亦具有價值性。

　　由《寤崖子》的題材，可知劉熙載是個博通古今、橫跨文理的學問家，「風行水上渙」，長期積累蘊蓄的學識和感情（水），在創作衝動的力量下（風），產生這四十二篇循古與自創的寓言作品。劉熙載的寓言散文題材雜揉文學、史學、哲學、心理學、生物學、物理學，將科學與人文結合，透過文學的筆法表現出來，這種「劉熙載式」的寓言，具有獨特的「學者風格」。

〔註57〕即故事、哲理、知識三位一體的寓言，讓人讀了以後既獲得知識，又明白哲理。見顧建華：《寓言：哲理的詩篇》（臺北：淑馨出版社，1994 年），頁 50～53。

〔註58〕〔清〕劉熙載著；薛正興點校：《劉熙載文集·持志塾言·才器》，頁 31。

第四章　劉熙載寓言散文的主題思想

　　「主題」一詞源自德語詞 thema，原指樂曲中顯著而富有特色的主要旋律，為一樂曲的核心，亦為樂曲發展的要素，借用到文學創作中，指作品所欲表現的中心思想，相近於古文論中的志、道、意、主意、主腦等概念。〔註1〕劉熙載在《經義概》也述及主腦之重要：「凡作一篇文，其用意俱要可以一言蔽之。擴之則為千萬言，約之則為一言，所謂主腦者是也。……主腦皆須廣大精微，尤必審乎章旨、節旨、句旨之所當重者而重之，不可硬出意見。」〔註2〕主題是統攝作品的靈魂，也是寓言寓意之所在，因此，探究《寤崖子》寓言散文必先分析其主題思想，思索其寓意內涵。本章從「治經與論學」、「學習與立教」、「修身待人與處世」、「柄政與治國」從個人學習向外推展至待人、處世、治國，由小到大探討《寤崖子》之主題思想，而在進入《寤崖子》主題思想前，必須先掌握劉熙載的中心思想。

　　首先，《清史稿・劉熙載傳》記：「咸豐二年，命值上書房，與大學士倭仁以操守相友重，論學則有異同。倭仁宗程、朱，熙載則兼取陸、王。……熙載治經，無漢宋門戶之見，其論格物，兼取鄭義。」〔註3〕由此可得知劉熙載的思想以儒家為主，秉承宋明理學回歸孔孟的精神，重視聖賢經典蘊藏的義理，尋求道德實踐的先驗根據和入手方法，並兼採程朱理學與陸王心學兩派的主張，既肯定性無不備，也推闡知行并務。

　　其次，劉熙載早年既受儒家教育，也受佛老浸染，〈寤崖子傳〉記其父

〔註1〕詳見魏飴：《小說鑑賞入門》（臺北：萬卷樓圖書有限公司，1999 年），頁 203。
〔註2〕〔清〕劉熙載著；薛正興點校：《劉熙載文集・藝概・經義概》，頁 189。
〔註3〕〔清〕劉熙載撰；袁津琥校注：《藝概注稿》，頁 891。

為隱君子，曾讚其：「是子可以入道，殆少欲而能思者也。」〔註4〕父親的隱者思想帶給劉熙載潛移默化的影響，他自言：「憶余自始學以來，知聖賢之道不易明，欲從他道參驗之，至如陰陽道釋之言，苟有明之者，必竭誠以問，不憚再三焉。」〔註5〕顯示他涉獵道家學說，另有詩：「昔余學道尚年少，數訪仙踪問壺嶠」〔註6〕、「安得結鄰偕隱士，菊籬携酒近相過」〔註7〕、「尚憶樽前傾素志，白頭終欲隱漁簑」〔註8〕等，表達他慕仙訪道、潛山隱市的內心渴望。

因此，《寤崖子》一書所反映的思想，是多樣而豐富的，在「治經與論學」、「學習與立教」、「柄政與治國」三方面可見得他的儒家思想，在「修身待人與處世」中則可發覺其融會道家，展開精神自由的生命羽翼，正如徐祥林所言：「劉熙載對道、釋感興趣，對其進行研究，乃至在一些作品，特別是在他早年、中年的作品中表現出道、釋的影響，是很正常的；然而，劉熙載一生的主要思想傾向而言，佔主導地位的仍是儒家思想。」〔註9〕本章以劉熙載早年詩文《昨非集》、晚年整理儒家思想的《持志塾言》，以及《藝概》、《游藝約言》等書為輔，探索劉熙載的思想基源，希冀對《寤崖子》一書之主題有更全面的詮釋。

第一節　治經與論學

「治經與論學」主要談劉熙載對於儒家思想的認同與詮釋，包含他對程朱、陸王的繼承與開創，以及對名家、墨家的批評，因此可分為兩部分看：一是辨墨析名，包含〈墨者〉、〈學墨〉、〈儒問〉、〈翼名〉四篇；一是明性辨欲，包含〈器水〉、〈魚習〉、〈解荀〉、〈辨欲〉四篇。

〔註4〕〔清〕劉熙載撰；袁津琥校注：《藝概注稿》，頁885。

〔註5〕〔清〕劉熙載著；薛正興點校：《劉熙載文集・昨非集卷二・釋師》，頁646。

〔註6〕〔清〕劉熙載著；薛正興點校：《劉熙載文集・昨非集卷三・夢受丹經》，頁675。

〔註7〕〔清〕劉熙載著；薛正興點校：《劉熙載文集・昨非集卷三・京寓秋日寄友》，頁682。

〔註8〕〔清〕劉熙載著；薛正興點校：《劉熙載文集・昨非集卷三・得袁瞻卿明府書》，頁683。

〔註9〕徐林祥：〈晚清學者劉熙載的主導思想與價值取向〉，《青海社會科學》（第4期），2011年，頁113～118。

一、辨墨析名

　　劉熙載思想以儒為宗，對於墨家、名家學說不合儒家思想之處，他便提出批判，對於可與儒家思想相互印證的地方，便試著融會二者。

（一）辨墨

　　墨子所處的時代，約於春秋末到戰國初年，此時期周王朝權力式微，各國諸侯乘隙崛起，各自為政，互相攻伐，大欺小，強劫弱，兼併滅國之風日盛，燒殺掠奪之徑日劇，黎民「仰不足以事父母，俯不足以畜妻子，樂歲終身苦，凶年不免於死亡。」〔註10〕因此墨子提出「兼愛」、「非攻」、「節用」、「節葬」、「非樂」等奉勸執政者醫治國家內昏亂，外侵凌的症狀。

　　其中，以「兼愛」為其思想標誌，墨子認為「凡天下禍篡怨恨，其所以起者，以不相愛生也」〔註11〕、「天下兼相愛則治，交相惡則亂」〔註12〕，也就是說因為人與人相愛才能相利，所以要廣愛全體人類。墨子的兼愛根源於天，〔註13〕因為「天之行廣而無私」、「今天下無（論）大小國，皆天之邑也。人無（論）幼長貴賤，皆天之臣也。」〔註14〕因此，「人之愛人」也應如「天之愛人」一般。至於兼愛的實踐方法，《墨子‧兼愛中》記：「然則兼相愛，交相利之法，將奈何哉？子墨子言：『視人之國，若視其國，視人之家，若視其家，視人之身，若視其身……』」〔註15〕也就是要「愛人若己」，前提是先愛己之身、家、國，然後將心比心去愛人之身、家、國，可得知墨子言兼愛，並不含愛無等差之意。〔註16〕

　　然而，由於墨家旨在強調推己及人的公心，且未重視親親之殺之精神本

〔註10〕　〔戰國〕孟子撰；〔清〕阮元校勘：《十三經注疏附校勘記‧孟子‧梁惠王上》，頁24。
〔註11〕　〔戰國〕墨子；李漁叔注譯：《墨子今注今譯‧兼愛中》（臺北：台灣商務印書館，1974年），頁106。
〔註12〕　〔戰國〕墨子；李漁叔注譯：《墨子今注今譯‧兼愛上》，頁104。
〔註13〕　「曰順天之意何若？曰兼愛天下之人。」見〔戰國〕墨子；李漁叔注譯：《墨子今注今譯‧天志下》，頁210。
〔註14〕　〔戰國〕墨子；李漁叔注譯：《墨子今注今譯‧法儀》，頁18、19。
〔註15〕　〔戰國〕墨子；李漁叔注譯：《墨子今注今譯‧兼愛中》，頁107。
〔註16〕　「然而其所言之兼愛，並不函『愛無等差』之義。孟子斥其兼愛為無父，即示其無親親仁民愛物之差等。實則墨子之言本身並不涵此義。而此兩義並不相衝突。」見牟宗三：《墨子‧國史上的偉大人物（一）》（臺北：中華文化出版事業委員會，1954年），頁124。

源，再加上墨子以非儒〔註 17〕起家的背景，緣是，受到重視「親親」倫理的儒家從「愛無等差」的角度非難，孟子首言：「墨氏兼愛，是無父也。」對「天下之言，不歸於楊，則歸於墨」的情勢提出反擊與指責，雖對墨學缺乏深入、客觀的分析，但其評論對後世影響極大。

至宋代，朱熹註四書，附會孟子說，認為：「墨子愛無等差，而視其至親無異於眾人，故無父。無父無君，則人道滅絕，是亦禽獸而已。」〔註 18〕並進一步分析：「墨氏見世間人自私自利，不能及人，故欲兼天下之人人而盡愛之。」〔註 19〕、「詖辭，偏詖之辭也。世見詖辭，則知其人之蔽于一偏，如楊氏蔽于為我，墨氏蔽于兼愛，皆偏也。」〔註 20〕也就是說，朱熹認為墨子提出兼愛是針對時蔽而發，但墨子失在蔽于一曲，導致走上極端。

王陽明亦從「愛無等差」切入，認為墨氏兼愛，不得謂之仁，其原因在於：

> 墨子兼愛，行仁而過耳。……此其為說亦豈滅理亂常之甚，而足以眩天下哉？而其流之弊，孟子至比於禽獸、夷狄，所謂以學術殺天下後世也。〔註 21〕

> 仁是造化生生不息之理，雖瀰漫周遍，無處不是，然其流行發生，亦只有箇漸，所以生生不息。……父子、兄弟之愛，便是人心生意發端處，如木之抽芽；自此而仁民，而愛物，便是發榦生枝生葉。墨氏兼愛無差等，將自家父子、兄弟與途人一般看，便自沒了發端處；不抽芽便知得他無根，便不是生生不息，安得謂之仁？孝、弟為仁之本，卻是仁理從裏面發生出來。〔註 22〕

〔註 17〕「墨子學儒者之業，受孔子之術，以為其禮煩擾而不說，厚葬靡財而貧民，久服傷生而害事，故背周道而用夏政。」見〔漢〕劉安著；高誘註：《淮南子‧要略》：（臺北：廣文書局，1965 年），頁 484～485。

〔註 18〕〔宋〕朱熹著：《四書章句集注‧滕文公章句下》（臺北：大安出版社，1996 年），頁 380。

〔註 19〕〔宋〕朱熹撰；朱傑人，嚴佐之，劉永翔主編：《朱子全書‧朱子語類卷五十五》（上海：上海古籍出版社出版：新華書店上海發行所發行，2002 年），頁 1806。

〔註 29〕〔宋〕朱熹撰；朱傑人，嚴佐之，劉永翔主編：《朱子全書‧朱子語類卷五十二》，頁 1744。

〔註 21〕〔明〕王陽明撰；葉鈞點註：《傳習錄‧答羅整菴少宰書》（臺北：臺灣商務印書館，1965 年）頁 170。

〔註 22〕〔明〕王陽明撰；葉鈞點註：《傳習錄‧門人陸澄錄》，頁 68。

　　要言之，王陽明與朱熹均以為墨子之蔽在於「過」，忽略人與人有親疏、尊卑、長幼、上下、先後之別，王陽明更言：「父子、兄弟之愛，便是人心生意發端處」，指出墨子兼愛缺乏精神主體之「體」。

　　劉熙載兼承朱、王之說，主張：「貴貴，長長，賢賢，地道也；恤賤、慈幼、哀不肖，天道也。」〔註23〕將倫理根源於天，又言：「人倫乃天理所充，貫親義，信序別，本乎天賦五常之德，《皋陶謨》所謂『天敘有典』也。理以倫為著落，倫以理為主持，故性分職分，一以貫之。父慈子孝，兄良弟弟，夫義婦聽，長惠幼順，君仁臣忠，在《禮運》謂之『人義』。一『義』字，理一分殊，并該於內。」〔註24〕以張載、朱熹「理一分殊」說，強調知理一，盡分殊，故愛必從親人開始，在《寤崖子》中他用故事呈現此道理：

> 墨者請見，寤崖子扶杖見之，問之曰：「墨之貴老甚於少乎？」曰：「否。墨之視尊卑親疏，類皆同也，何獨至於老少而別之？」曰：「同之為道，可推諸子之一身乎？」曰：「何不可？」寤崖子舉杖擬其首，其人以手障之。寤崖子曰：「無然也。由同之道，首非貴，手非賤，不宜有所厚薄也。身乃苟有別焉，豈別者偽乎？抑子之於墨淺乎？不然，則欲逃杖宜先逃墨矣。」（〈墨者〉）〔註25〕

　　此篇，劉熙載安排寤崖子和墨者爭辯「兼愛」，寤崖子假裝舉杖打墨者的頭，藉墨者「以手障頭」的動作顯示出，人意識到「頭」（貴／厚）、「手」（賤／薄）的差別，說明愛己之父母子女優先於愛他人之父母子女，亦出於意識判斷，必為仁愛的擴充源頭，反駁、嘲弄墨家「兼愛」的主張，申明儒家「親親」思想的必然性。在另一篇相關作品〈學墨〉中，學墨者以學問壓倒父兄，鄉里長老藉魯連先生點化善博者「博而勝，是愈負矣」的故事，曉諭學墨者「兼愛」思想的謬誤。「兼愛」思想有悖於德，違反「親親」所獲得的「贏」，其實是輸。

　　在辨墨的部分，劉熙載與朱熹、王陽明皆關注墨家的「兼愛」思想，從實踐的角度出發，肯定以血緣紐帶為基礎的親子情，是仁愛的基礎點，然後再從親情擴展到友朋、家園、鄉土，即所謂「老吾老以及人之老，幼吾幼以及人之幼」。

〔註23〕〔清〕劉熙載著；薛正興點校：《劉熙載文集‧持志塾言‧天地》，頁44。
〔註24〕〔清〕劉熙載著；薛正興點校：《劉熙載文集‧持志塾言‧盡倫》，頁27。
〔註25〕〔清〕劉熙載著；薛正興點校：《劉熙載文集‧寤崖子‧墨者》，頁615。

（二）析名

論名之說，在先秦有兩大支〔註 26〕：一支始於孔子，終於韓非，其基本旨趣在於道德和政治方面，其所謂「名」乃針對權分、職分而言，孔子言：「名不正，則言不順；言不順，則事不成；事不成，則禮樂不興；禮樂不興，則刑罰不中，刑罰不中，則民無所措手足。」〔註 27〕係就「君君，臣臣，父父，子子」說，孔子要求個體應盡與之名分（名）相應的理分（實），否則即是虛名，「正名」的目的是為了避免「貴賤不明，同異不別」〔註 28〕，後來發展為法家「以名責實，循名求實」的政治張本。

另一支始於老子，後轉為惠施、公孫龍等辯者〔註 29〕，其基本旨趣在於形上學與邏輯方面，其所謂「名」乃就知識而說，目的是在於從邏輯概念上進行抽象的分析。《公孫龍子·名實論》言：「夫名，實謂也。知此之非此也，知此之不在此也，則不謂也。知彼之非彼也，知彼之不在彼也，則不謂也。」〔註 30〕亦即名是實（客觀存在）的稱謂，因此若此、彼之名或實不相符，則不可再以此、彼之名稱謂此彼的存在。要言之，前者之「名實」是道德或政治取向，而後者之「名實」則為語言及認知的導向。

名家辯者之說，在中國哲學史上影響甚少，理學家中，僅有朱熹對此有評論：

> 曰：「如今看許行之說如此鄙陋，當時亦有數十百人從他，是如何？」
> 曰：「不特此也，如《莊子》書中說惠施鄧析之徒與夫『堅白異同』之論，歷舉其說。是甚麼學問？然亦自名家。」或云：「他恐是借此

〔註 26〕勞思光：《新編中國哲學史》（臺北：三民書局，2010 年），頁 362～366。

〔註 27〕〔春秋〕孔子弟子及再傳弟子，〔清〕阮元校勘：《十三經注疏附校勘記·論語·子路》（臺北：藝文印書館，1989 年），頁 115。

〔註 28〕〔戰國〕荀況撰；〔戰國〕楊倞注；耿蕓標校：《荀子·正名》（上海：上海古籍出版社出版，新華書店上海發行所發行，1996 年），頁 234。

〔註 29〕如《莊子·天下篇》：「惠施以此為大觀於天下而曉辯者，天下之辯者相與樂之。……桓團、公孫龍辯者之徒，飾人之心，易人之意，能勝人之口，不能服人之心，辯者之囿也。惠施日以其知，與人之辯，特與天下之辯者為怪，此其柢也。」《荀子·非十二子》：「不法先王，不是禮義，而好治怪說、玩琦辭；甚察而不惠，辯而無用，多事而寡功，不可以為治綱紀。然而其持之有故，其言之成理，足以欺惑愚眾；是惠施鄧析也。」都以「辯者」稱呼惠施、公孫龍子之流。

〔註 30〕〔戰國〕公孫龍子原著；丁成泉注譯：《新譯公孫龍子》（臺北：三民書局，1996 年），頁 102。

以顯理？」曰：「便是禪家要如此。凡事須要倒說，如所謂『不管夜
行，投明要到』，如『人上樹，口銜樹枝，手足懸空，卻要答話』，
皆是此意。」〔註31〕

或問：『許行恁地低，也有人從之。」曰：「非獨是許行，如公孫龍
『堅白同異』之說是甚模樣？也使得人終日只弄這箇。」〔註32〕

　　朱熹認為惠施、公孫龍子等之說不成學問，不過是近於禪宗「凡事倒說」
而已，可見朱熹所謂「格物致知」並未包含邏輯上之思辯問題。劉熙載雖然
也對名家之說，有所非難，但他企圖調和先秦名家兩支，取辯者對名實、類
別的概念加以豐富儒學的名實觀。首先〈儒問〉一篇，儒者分別問學慎者、學
惠者慎、惠之學，譏諷學慎者不知儒而知慎，知慎卻說「無知」，所以妄矣；
學惠者知惠而不知儒，不知儒卻說「多知」，所以妄矣，劉熙載未觸及慎、惠
兩者的思想內容，而是以文字遊戲諷刺慎學淺薄、惠學瑣碎，從反面凸顯儒
學的優越。另一篇〈翼名〉則運用名家之說發揚儒學：

　　《詩》曰「亦白其馬」，言白不僅馬也。曰「有馬白顛」，言馬不皆
　　白也。白不僅馬，馬去白在。馬不皆白，白去馬在。然馬之白與非
　　白，無足為馬之輕重。而白之馬與非馬，足為白之輕重。故增一字、
　　損一字、易一字，其中必有大原委焉。公孫龍〈白馬〉篇，與《詩》
　　義同。龍，名家者流也。《春秋》之法，名不可以假人。故或求名
　　而不得，或欲蓋而名章，誠慎之也。《詩》意蓋足以蔽之哉！（〈翼
　　名〉）〔註33〕

　　此篇以《詩經》「亦白其馬」和「有馬白顛」談名家的「白馬非馬」邏輯。
公孫龍說「白馬非馬」，理由是：「馬者，所以命形也；白者，所以命色也。命
色者非命形也，故曰：白馬非馬。」〔註34〕闡明「名」（形體、顏色、顏色加
形體等三個概念）脫離「實」的絕對獨立性。劉熙載認為：「亦白其馬」指白
色的不只是馬，還有幫馬裝飾的白巾，去掉馬，白色還在；「有馬白顛」，指馬
額頭上有白毛，馬不全是白色的，去掉白色，馬還在，皆符合「名」獨立於

〔註31〕〔宋〕朱熹撰；朱傑人，嚴佐之，劉永翔主編：《朱子全書·朱子語類·莊子》，
　　　　頁3902。
〔註32〕〔宋〕朱熹撰；朱傑人，嚴佐之，劉永翔主編：《朱子全書·朱子語類·老莊》，
　　　　頁3903。
〔註33〕〔清〕劉熙載著；薛正興點校：《劉熙載文集·寤崖子·翼名》，頁616。
〔註34〕〔戰國〕公孫龍子原著；丁成泉注譯：《新譯公孫龍子》，頁28。

「實」的概念。

又「白者不定所白，忘之而可也。白馬者，言白定所白也。定所白者，非白也。馬者，無去取於色，故黃、黑皆所以應。白馬者，有去取於色，黃、黑馬皆所以色去，故唯白馬獨可以應耳。」〔註35〕依此，劉熙載結論：在說馬時，對顏色並不加限制，是否為白色對馬來說並不重要，然而在說白馬時，就必須限制白色。

總結析名這一部分的內容，劉熙載認為《詩經》的用字已體現公孫龍〈白馬〉篇的涵義，以此將道德和政治方面的名（權分、職分）、實（相應的理分）與邏輯概念上的名（概念的稱謂）、實（客觀存在）相聯繫，以此警戒世人「名實一致」的重要，宣揚孔子春秋筆法。

二、明性辨欲

儒家以關懷自我生命為出發點，要求個體完成道德人格，並進而己立立人，己達達人，成為有意義的存在。因此，如何看待人性、正視人欲，便成儒者們必定關注與討論的問題。《寤崖子》中，劉熙載也試著以故事的方式闡釋人性、人欲，為明性辨欲做一貢獻。

（一）明性

自孟子與告子辯論人性開始，人性論便是歷代學者討論的重點。牟宗三認為自古言性，不過二路：一為「以理言性」，一為「以氣言性」。〔註36〕所謂「以氣言性」乃是以自然生命之本性為性，諸如生物本能、欲望、情緒，此路者有告子「生之謂性」、荀子「性惡」論等等。而「以理言性」則認為在「氣」之上還有「理」，「理」是人道德實踐的內在根據與本源，也是人之所以異於禽獸之處，此路者以孔子之仁為本，有孟子「性善」，朱熹「性即理」以及陸象山、王陽明「心即理」，皆是肯定人性內在有善，有可以為聖的力量。

劉熙載承「以理言性」一脈，他在《持志塾言》的〈存省〉、〈擴充〉、〈心性〉便屢次提及天所命的超越之性：

> 至善無惡之本體，人人有之。存養，是於這本來共有底保得定。（〈存省〉）〔註37〕

〔註35〕〔戰國〕公孫龍子原著；丁成泉注譯：《新譯公孫龍子》，頁38。
〔註36〕牟宗三：《才性與玄理》（臺北：學生書局，民64），頁1。
〔註37〕〔清〕劉熙載著；薛正興點校：《劉熙載文集·持志塾言·存省》，頁18。

天下原無善而變為惡之人。其變者，必其善非從源頭上流出。此君
子所以務養其源。（〈存省〉）〔註38〕

擴充之所以可信其必能且不窮者，只為「萬物皆備於我」。物類所
稟，往往亦有一偏之善。所以推擴不得者，限於天也。人性，萬物
皆備，而可自限乎？人有善端而不能充者，欲累之也。擴充須離克
治不得。（〈擴充〉）〔註39〕

天賦性於人，以全授之，人當以全歸之。故盡性是本分事，不能盡
性便是虧了本分。（〈心性〉）〔註40〕

天之理備於人，如每一瓜子內，皆有全瓜之性在。性統萬善，若於
事物上通貫不去，則所謂性者非性矣。（〈心性〉）〔註41〕

　　簡言之，劉熙載以為人性是純善，盡善是必然、應當之事，若不盡善則
是「必其善非從源頭上流出」、「虧了本分」。在〈器水〉與〈魚習〉兩篇，有
更深入的說明：

　　〈器水〉中，「吾」從觀容器流出的水得知：水清必要源清，揭示「善必
源於性」。從貧困者地底有祖產明白：「性無不備」。從點燃火把的不同方式明
白：殊途同歸，因此「性教歸一」，正如他在〈為學〉所言：「學也者，學其性
之所固有也」、「益其事之所不能，正是復其性之所固有。故欲盡性，則學無
已時。」〔註42〕

　　〈魚習〉一篇描述寤崖子從養魚駝者得知：養魚者最先使用的水，決定
魚日後習慣的水質，也就是說，魚對水質的喜好是來自後天的習慣，而非先
天的本性，寤崖子於是藉此例教導弟子「性觀其習，習乃成性」，亦即：「習染
之久，便成氣質，所謂『習與性成』也。變化氣質，當兼習染變之。以惡習變
壞氣質者，多矣。然則善其所習者，能將氣質變好何疑！」〔註43〕後天之習
可使氣質改變為善，也可使氣質改變為惡，強調後天學習對發揮性的重要。

　　至於「以理言性」與「以氣言性」兩派，劉熙載企圖調和二者：

〔註38〕〔清〕劉熙載著；薛正興點校：《劉熙載文集·持志塾言·存省》，頁18。
〔註39〕〔清〕劉熙載著；薛正興點校：《劉熙載文集·持志塾言·擴充》，頁21。
〔註40〕〔清〕劉熙載著；薛正興點校：《劉熙載文集·持志塾言·心性》，頁45。
〔註41〕〔清〕劉熙載著；薛正興點校：《劉熙載文集·持志塾言·心性》，頁46。
〔註42〕〔清〕劉熙載著；薛正興點校：《劉熙載文集·持志塾言·為學》，頁9。
〔註43〕〔清〕劉熙載著；薛正興點校：《劉熙載文集·持志塾言·為學》，頁12。

凡謂之善者，人所欲存也；謂之惡者，人所欲去也。或曰：「性可去乎？」曰：「惡乎可？」「然則荀子言人之性惡何也？」曰：「荀子欲去其累性之性也。」曰：「累性之性，荀子雖謂之非性，豈不可乎？」曰：「我不謂之性，人謂之性矣。我不謂之性，則人必大惑，而我終無以救其失，故不若性之也。荀子以為吾不謂之性，雖不謂性惡可也，是固不能害吾性焉爾；吾既謂之性，則不謂性惡不可也。吾惟先不狃此性焉爾，於是人以惡為性，荀子即以其所謂性者為惡。以性為惡而化之以禮義，此化性起偽之說也。」曰：「然則荀子偽禮義乎？」曰：「正以塞夫偽之者也。蓋以為無禮義而惡者，人或謂之真，我則惡真焉。禮義而善者，人或謂之偽，我則尚偽焉。如是而人庶或無不善者乎！」曰：「荀子之言性，异於孟子，何也？」曰：「其所言之性固异也。孟子自其無不善者而言，恐人之自棄也；荀子自其惡者而言，欲人之自治也。且性之善惡，譬諸人與盜焉：人能充乎不為盜者也，謂之善人可也；盜曰：『吾，人也。』不謂之惡人，不可也。」（〈解荀〉）〔註44〕

某人問主角荀子的性惡思想，主角解釋：荀子之性，乃是累性之性，此性在追求「目好色，耳好聲」等感官本能、滿足「好榮利，惡辱害」等心理、生理慾望，荀子以欲為性，因為這些生物生命之活動是實然可見的，而且其旨在強調「化性起偽」，透由禮義教化，恢復真正本性。荀子認為聖人之善也是由積而致，不由天生，因此肯定偽（人為）的工夫。

劉熙載藉由探尋、剖析荀子言性惡的背後原因與動機，調和荀、孟思想，消弭兩派爭端，總結「孟子自其無不善者而言，恐人之自棄也；荀子自其惡者而言，欲人之自治也。」相似的辯證路徑，在《藝概‧文概》與《游藝約言》的評析中亦可見：「孟子之時，孔道已將不著，況荀子時乎！荀子矯世之枉，雖立言之意時或過激，然非自知明而信道篤者不能。」〔註45〕「孟子以『性善』為宗，荀子以『勸學』為宗，其文亦若有性、學之別。蓋一則行所無事，一則奮然用力也。抑豈惟孟荀哉？百世之文，皆可以是等之！」〔註46〕綜合來看，劉熙載以為荀子「欲人自治」，雖然言辭有時過於激烈，但不可忽

〔註44〕 〔清〕劉熙載著；薛正興點校：《劉熙載文集‧寤崖子‧解荀》，頁614。
〔註45〕 〔清〕劉熙載著；薛正興點校：《劉熙載文集‧藝概‧文概》，頁59。
〔註46〕 〔清〕劉熙載著；薛正興點校：《劉熙載文集‧游藝約言》，頁753。

視他在成就人的道德實踐上的價值。

（二）辨欲

欲是人類期望滿足生理與心理需要的自然表現，是人類生命活動的原動力，然而欲壑難填，一味滿足欲，可能傷害自己與他人，因此如何看待欲，是哲人們不斷討論的問題。

先秦孔子、孟子皆體察出人有滿足生理與心理之需求，也有追求道德實踐、自我實現之意欲，如孔子言：「富與貴，是人之所欲也；不以其道得之，不處也」〔註47〕、「君子惠而不費，勞而不怨，欲而不貪，泰而不驕，威而不猛」〔註48〕、「好仁不好學，其蔽也愚；好知不好學，其蔽也蕩；好信不好學，其蔽也賊；好直不好學，其蔽也絞；好勇不好學，其蔽也亂；好剛不好學，其蔽也狂。」〔註49〕指出不論是對何種欲望的探求，都應堅守一定的原則，不可流於偏執。孟子言：「欲貴者，人之同心也」〔註50〕、「可欲之謂善」〔註51〕、「生亦我所欲也，義亦我所欲也；二者不可得兼，捨生而取義者也。」〔註52〕更深一層肯定「從其大體」之欲，才是人類欲望的最高層次，滿足最高層次的欲望才能獲得最大的喜悅，因此，能解舜之憂的唯有順於父母〔註53〕。

劉熙載亦視欲具有多層次、多樣性的特性，並將之視為一種能力，他在〈辨欲〉一篇描述：柳下惠見到糖，想到以糖奉養長輩，盜跖見到糖，想到以

〔註47〕〔春秋〕孔子弟子及再傳弟子，〔清〕阮元校勘：《十三經注疏附校勘記·論語·里仁》，頁36。

〔註48〕〔春秋〕孔子弟子及再傳弟子，〔清〕阮元校勘：《十三經注疏附校勘記·論語·堯曰》，頁179。

〔註49〕〔春秋〕孔子弟子及再傳弟子，〔清〕阮元校勘：《十三經注疏附校勘記·論語·陽貨》，頁155。

〔註50〕〔戰國〕孟子撰；〔清〕阮元校勘：《十三經注疏附校勘記·孟子·告子上》，頁204。

〔註51〕〔戰國〕孟子撰；〔清〕阮元校勘：《十三經注疏附校勘記·孟子·盡心下》，頁254。

〔註52〕〔戰國〕孟子撰；〔清〕阮元校勘：《十三經注疏附校勘記·孟子·告子上》，頁201。

〔註53〕「天下之士悅之，人之所欲也，而不足以解憂；好色，人之所欲，妻帝之二女，而不足以解憂；富，人之所欲，富有天下，而不足以解憂；貴，人之所欲，貴為天子，而不足以解憂。人悅之、好色、富貴，無足以解憂者，惟順於父母，可以解憂。」〔戰國〕孟子撰；〔清〕阮元校勘：《十三經注疏附校勘記·孟子·萬章上》，頁160。

糖黏在門閂上以便開啟門戶，劉氏以兩人見到糖後的不同心態和作為，說明欲有善惡之別，再以子夏、孟子之言說明：人明白「尊敬賢者」與「飽足仁義」之喜悅後，便能超越「愛好美色」與「膏粱之味」之欲，最後肯定人異於草木、禽獸之處在於人有欲，且人之欲具可塑性，可改變為善。要言之，劉熙載關注的欲是：人追求自我實現的力量，此力量可推動個體超越低層次的色、富、貴之欲，進而達到人生真善美的境界，不同於朱熹、王陽明以「失其正」、「有心之私」為欲，主張「存天理，去人欲」的理念，而是較接近孟子「可欲之謂善」的層面。

綜合此節，《寤崖子》寓言散文在「治經與論學」的寓意方面，劉熙載為讀者「辨墨析名」，傳達儒家親親的倫理觀，以及名實相符的自我要求，「明性辨欲」說明性善以及欲可移之為善的思想。劉氏一方面秉承孔、孟、朱、王的思想，一方面也試著調和儒墨、孟荀，具有對立統一的辯證特色。

第二節　學習與立教

此節談劉熙載的教育理念。學習是人類生存和進步的重要活動，至聖先師孔子創私人講學之風，促使教育普及化，並開啟後世對「教」與「學」內容、目標、準則、方法的討論。劉熙載撰寫《寤崖子》時，已從師、自學二十餘年，又有私塾授徒經驗，故書中也有不少反映其「教」、「學」體悟的寓言。試就「學習者」與「教學者」兩種角度分別展開論述，前者包含〈株拘它〉、〈魯叟〉、〈師曠〉、〈馮婦〉、〈善射〉、〈觀物〉、〈陳仲子〉七篇；後者有〈善戒〉、〈蔣氏狗〉、〈圉叟〉三篇，以下逐一闡析。

一、學習

儒家聖賢所論述的學習，重在道德之學，也就是學習如何面對、處理生命情感與存在價值，《寤崖子》中所談的學習，包含了學習的態度、方法、宗旨，不單適用於人生修練，也可用於一般的知識、技藝。

（一）學習態度

學習態度是學習者在學習歷程中所產生的知覺與感受，積極的學習態度是學習成功的基石，《寤崖子》中以〈馮婦〉、〈觀物〉兩篇討論「謙虛」、「勤奮」兩種態度，勉勵學子「見賢思齊焉，見不賢而內自省」。

1. 謙虛

《持志塾言·為學》言：「『以虛受人，寬以居之』。學如此，庶幾可大、可久」、「學以化其驕吝，而不善學者轉以長之。蜀許慈、胡潛并為博士，至矜己妬彼，更相克伐，由所學者特口耳記誦之末耳」。〔註54〕戒勉學習者抱有廣闊開放的胸襟，以虛懷若谷的態度，廣泛接受他人的教益，虛心了解不熟悉的學問，砥礪自己精益求精，如此才能避免畫地自限，自取其禍，以〈馮婦〉篇中的馮婦弟子為例：

> 馮婦語弟子以搏虎之要曰：「可畏勿畏，可玩勿玩，固吾氣以待物，雖蚊虻之過吾前，吾必以虎視之也。」弟子自負囊曰已盡婦技，而疑婦無以進之，乃退而嬉笑曰：「吾將以蚊虻為猛於虎也，而吾師一視之，勇哉！」未幾，鄰有噬犬，屬為執之，應手而辦，輒鷲然自喜。他日，夜行於麓，有虎即之，意以為犬也，挌之不勝。比知其為虎，而身已踣，不能爭矣。（〈馮婦〉）〔註55〕

馮婦弟子自以為學遍馮婦之技，再加上打狗初捷，於是狂傲自大，夜行時竟錯認虎為狗，最終葬送性命。因此窳崖子評論：「無備、生驕，將致大敗」揭示驕傲自滿將導致大禍，告誡人切勿輕忽。

2. 勤奮

人之稟賦才能，有先天之差別，孔子曰：「生而知之者，上也；學而知之者，次也；困而學之，又其次也；困而不學，民斯為下矣。」〔註56〕劉熙載以彈琴、下棋說明天賦與人機之別：

> 觀物弗察者，稱名不類，如世以琴棋并稱是已。亦秋之弈，吾不得見矣，然度不能過於今之善弈者，且或不及之也。伯牙之琴，吾不得聞矣，然知今之善琴者遠不能及也。何者？琴，天機也；弈，人機也。天機順乎自然，人機鑿而愈入，故於古今各有近爾。然使有人於此，挾天以勝人，遂可謂之古人乎？曰：不可。夫所貴乎天者，忘乎天者也。挾天以勝人，是亦人也。是非惟不能以琴化弈，且將以弈之心而琴也，故不可也。（〈觀物〉）〔註57〕

〔註54〕〔清〕劉熙載著；薛正興點校：《劉熙載文集·持志塾言·為學》，頁 11、14。

〔註55〕〔清〕劉熙載著；薛正興點校：《劉熙載文集·窳崖子·馮婦》，頁 632。

〔註56〕〔春秋〕孔子弟子及再傳弟子，〔清〕阮元校勘：《十三經注疏附校勘記·論語·季氏》，頁 149。

〔註57〕〔清〕劉熙載著；薛正興點校：《劉熙載文集·窳崖子·觀物》，頁 634～635。

下棋是人機，憑藉後天訓練，因此後人可以超越弈秋；彈琴是天機，仰賴先天資質，因此至今難有人超越伯牙。「天機」和「人機」雖然起始點不同，但是，擁有「天機」也不可自恃天賦，必須「忘天機」、持續砥礪，才能深入堂奧；而「人機」可經由後天努力獲得成功，因此「學問之事，祇患止，不患遲」〔註58〕，敏以求之，亦可有所成就。

《寤崖子》談學習態度的要旨，可用孔子所言「敏而好學，不恥下問，是以謂之文也」〔註59〕概括，謙虛謹慎的學習態度、禮賢下士的求教精神，是精進自己的不變法則。

（二）學習方法

正確的學習方法是增進學習效率的必要條件之一，《寤崖子》中有「力行」、「專一」、「求證」、「以小徵大」四種方式供學習者參考。

1. 力行

道德之學是必須落實到生活中實踐的活動，孔子極重視學與行的結合，甚至以行為重，其言：「弟子入則孝，出則弟，謹而信，汎愛眾而親仁；行有餘力，則以學文」〔註60〕、「古者言之不出，恥躬之不逮也」〔註61〕、「君子恥其言而過於行」〔註62〕，強調將所學融入身心、生活中，而非純書本式的學習。理學家亦重視道德履踐，程頤、朱熹提出「知先行後」〔註63〕說，王陽明則以「知行合一」〔註64〕為其重要標誌，皆是討論知與行之聯繫。

〔註58〕〔清〕劉熙載著；薛正興點校：《劉熙載文集‧持志塾言‧為學》，頁13。
〔註59〕〔春秋〕孔子弟子及再傳弟子，〔清〕阮元校勘：《十三經注疏附校勘記‧論語‧公冶長》，頁44。
〔註60〕〔春秋〕孔子弟子及再傳弟子，〔清〕阮元校勘：《十三經注疏附校勘記‧論語‧學而》，頁7。
〔註61〕〔春秋〕孔子弟子及再傳弟子，〔清〕阮元校勘：《十三經注疏附校勘記‧論語‧里仁》，頁38。
〔註62〕〔春秋〕孔子弟子及再傳弟子，〔清〕阮元校勘：《十三經注疏附校勘記‧論語‧憲問》，頁128。
〔註63〕「致知力行，論其先後，固當以致知為先；然論其輕重，則當以力行為重。」見〔宋〕朱熹撰；朱傑人，嚴佐之，劉永翔主編：《朱子全書‧朱文公文集卷50‧答程正思》，頁2324。
〔註64〕如：「知是行的主意，行是知的功夫；知是行之始，行是知之成。」見〔明〕王陽明撰；葉鈞點註：《傳習錄‧徐愛引言》，頁11。「知之真切篤實處即是行，行之明覺精察處即是知。」〔明〕王陽明撰；葉鈞點註：《傳習錄‧答顧東橋書》，頁108。

　　劉熙載力主「行」，他在《持志塾言·為學》言：「後世為學之失，類多似乎入室而實未能升堂。與其口說精微，不如腳下先於大處立得定。『尊其所聞，行其所知』，是古人吃緊勉人為學語。人既從事於學，孰無已聞已知？而不尊之行之，雖日求諸未聞未知，何益焉？」〔註65〕亦即學必須在行中顯，方能謂之學，否則只是空口說。

　　〈魯叟〉篇以辨藥、熬藥的治病過程為喻，揭示「知行並重」的道理：魯叟、孔賢、孔智三人相遇於逆旅，魯叟自言多病，孔賢、孔智兩人於是分別向魯叟推行自己的理念「行」與「知」，最後，魯叟答以「治病，辨藥、熬藥不可偏廢」，表明自己主張「知行并務」。《持志塾言·力行》也有類似的比喻：

　　　　夜行者以火照路，照路祇為行路起見。學或務知不務行，與照路而
　　　　不行何异？〔註66〕

　　　　學不以躬行為主意，則所學者，必至於文滅質、博溺心，到要用時
　　　　俱不濟事。知而不行，知便糜爛了，然亦多由於知不切。若知得切，
　　　　使自強健有力，雖欲不行而不可已。電者雷之光，雷者電之力。「雷
　　　　電合而章」一語，可喻知行之道。〔註67〕

　　照路為行路，雷電合而章，因此，知行沒有先後次序，必須並進互發，從親自實踐中，才能將所學轉化為生命的一部分，此與王陽明「如言學孝，則必服勞奉養，躬行孝道……學射則必張弓挾矢，引滿中的；學書則必伸紙執筆，操觚染翰；盡天下之學無有不行而可以言學者，則學之始固己即是行矣。」〔註68〕將行貫穿於學的理念相近。

　　2. 專一

　　學習須力行，而力行則須專一。劉熙載〈力行〉云：「劉器之從學於司馬溫公，咨『盡心行己』之要，公教以『誠』，且令自不妄語。始力行一年而後成。可見力行不惟其多，貴在專一而切己。」〔註69〕在〈師曠〉一篇，劉熙載巧妙安排盲而聰的師曠，和不聾且明的離婁來一場學習之辯：

　　　　師曠夢與離婁讓席。曠曰：「我乃安敢比子？我能聽而不能視，子則

〔註65〕〔清〕劉熙載著；薛正興點校：《劉熙載文集·持志塾言·為學》，頁12。
〔註66〕〔清〕劉熙載著；薛正興點校：《劉熙載文集·持志塾言·力行》，頁25。
〔註67〕〔清〕劉熙載著；薛正興點校：《劉熙載文集·持志塾言·力行》，頁25。
〔註68〕〔明〕王陽明撰；葉鈞點註：《傳習錄·卷中錢德洪序》，頁68。
〔註69〕〔清〕劉熙載著；薛正興點校：《劉熙載文集·持志塾言·力行》，頁25。

視至明而非偏絀於聽者。我乃安敢比子！」婁曰：「余之聽，猶眾人也。眾人不稱余之善聽而子稱之，豈欲以子之聰，形且愧之邪？然子不知聽非余尚者，子未從事於養視故也。方余之養視也，恂焉若亡其身。其在耳也，雖有鐘鼓之音、雷霆之聲，皆若不聞，而萃精於視。物之不聞者善視，余神而則之猶恐不及，況敢耳目并竭乎？余嘗逮事黃帝，其時伶倫造律，同列薦余贊之，余恐視紛於聽，固辭，帝亦不強使也。余雖能聽，而黜聽以養視。鄉使子本能視，且得不黜視以養聽乎？今如子言，其為無養，信矣。」於是曠易辭而請，謂婁先進也，宜上座，婁始從之。窳崖子曰：「吾嘗以陽燧取火，置艾一左一右，欲火之齊生則不生也。夫以日之精，其用且有所不給，況人乎？觀此，乃令吾思離婁之言，并惜無如曠者之足以為質矣。」（〈師曠〉）〔註70〕

師曠以為離婁同時擁有視聽，勝於己，故讓座給離婁，離婁則以「黜聽以養視」的生命經驗現身說法：「專心致志，方能成功」，師曠聽畢，深感佩服，再次恭請離婁為上座。窳崖子補充陽燧取火的例子，說明專心為學處事，要專一持久，用心於一，方能脫穎而出。此則寓意同於荀子〈勸學〉所言：「螾無爪牙之利，筋骨之強，上食埃土，下飲黃泉，用心一也。蟹八跪而二螯，非蛇蟺之穴，無可寄託者，用心躁也……目不能兩視而明，耳不能兩聽而聰。螣蛇無足而飛，梧鼠五技而窮……故君子結於一也。」〔註71〕無論是追求道德品行，或是知識學問，都必須將人生的全部精神投注其上，持續不懈地努力，才能達到入微之境。

3. 求證

學習是認識未知的事物，思辨是是對習得的事物進行分析，求證則是進一步實證之。孔子認為學與思不能單獨進行，因為「學而不思則罔，思而不學則殆」〔註72〕，學習是為了汲取思辨的材料，學習者透過自身的思考、辨析才能提高學習境地，不然則有困於迷霧、誤入歧途之險，因此，孟子也說「盡信書則不如無書」〔註73〕，劉熙載創造了一個「飽讀詩書」但因盲信書

〔註70〕〔清〕劉熙載著；薛正興點校：《劉熙載文集·窳崖子·師曠》，頁619。
〔註71〕〔戰國〕荀況撰；〔戰國〕楊倞注；耿蕓標校：《荀子·勸學》，頁3〜4。
〔註72〕〔春秋〕孔子弟子及再傳弟子，〔清〕阮元校勘：《十三經注疏附校勘記·論語·為政》，頁18。
〔註73〕〔戰國〕孟子撰；〔清〕阮元校勘：《十三經注疏附校勘記·孟子·盡心下》，頁249。

本文字而出糗之士，生動、具體地告誡讀者思辨、求證的重要：

> 章善射，奮亦善射，而弗及。一日，同操弓矢適野，見鳥焉。奮延
> 章射，章謝之。固請，章曰：「之鳥也，觀其形狀，是名鸐䳏，人射
> 之必銜矢射人，故又名墮羿，蓋羿且為之墮也。今不舍此，或見傷，
> 奈何？」奮曰：「如未必傷，何故不射？吾猶未射，何知見傷？」竟
> 發一鏑，得之。歸而問章曰：「吾射，何以免傷乎？」曰：「幸也。」
> 曰：「頃子所言，亦嘗身試乎？」曰：「否，吾聞諸《爾雅》也。」
> 奮笑曰：「如子者謂之《爾雅》之士則可，謂之羿，則豈直墮而已哉！」
> （〈善射〉）〔註74〕

　　章之射術優於奮，面對鸐䳏，章卻以《爾雅》「人射之必銜矢射人」之說
不敢發箭，奮一箭中的，於是取笑章相信未經實證的資料，勉強可稱作「《爾
雅》之士」，豈能與后羿相比。此篇以章強文博記，卻未消化、內省所學，導
致只知其然不知其所以然，成為兩腳書櫥的悲劇，強調自我思辨能力以及求
證精神之重要，呼應《持志塾言·為學》：「孟子戒『弗思』，又戒『鑿』，窮理
者當以之」、「去蔽莫如思，即『火壯烟微』可喻也」〔註75〕。《龍門書院讀書
日記》每頁均印有「讀書要先曾疑，又要白得，張子曰：『於不疑處有疑，方
是進。』又曰：『心中有所開，即便札記，不思，則還塞之矣。』」〔註76〕可
知劉熙載對知疑、思辨的重視。

　　4. 以小徵大

　　思辨不僅要知疑，也要能以小徵大，透過觀察細微末節，理出事物的規
律，藉由融會所學所聞，貫通事物的道理，劉熙載安排株拘它與寤崖子的辯
論，為讀者揭示「以小徵大」的道理：

> 株拘它謂寤崖子曰：「觀物者必於其大，何子之所徵者小也？」寤
> 崖子曰：「乾為馬，坤為牛，安見大之异于小乎？蓋圓象天，軫方
> 象地，安見小之异於大乎？」曰：「吾猶恐子之以小而蔽大也，是
> 當與子詳辨之。然今者天將雨矣，願以异日。」曰：「將雨，子何
> 以知之？」曰：「礎潤而蟻出也。」曰：「雨之所係大矣，乃徵之
> 小而及於礎蟻。子恐我以小而蔽大，然則子知其將雨乎，蔽其將

〔註74〕〔清〕劉熙載著；薛正興點校：《劉熙載文集·寤崖子·善射》，頁633。
〔註75〕〔清〕劉熙載著；薛正興點校：《劉熙載文集·持志塾言·為學》，頁11。
〔註76〕轉引自徐林祥：《劉熙載及其文藝美學思想》，頁28。

雨乎？」（〈株拘它〉）〔註77〕

　　窳崖子以株拘它「從礎潤蟻出推得將雨」之言，借力打力，證得「以小」不會「蔽大」。《論語・學而》記子貢問孔子「貧而無諂，富而無驕，何如」，孔子答：「可也，未若貧而樂，富而好禮者也」〔註78〕，子貢將此與《詩經》聯結，獲得孔子讚許，是故，學習者當鍛鍊融會貫通能力，思而有得，學而有成；司馬遷從陳平年輕時主管分祭肉，分得很公平的細節，看出他是有遠大抱負以及能主管天下事的人；牛頓由熟透的蘋果從樹上掉了下來，大膽假設地球不僅吸引著蘋果，也吸引著地球表面上的一切物體，而且還吸引著遙遠的月亮和其他星體。培養見微知著的能力，可以掌握事務關鍵，解決問題。

　　《窳崖子》談學習方法有：力行、專一、求證、以小徵大，由淺到深、循序漸進的求學途徑，可供學子參考。

（三）學習宗旨

　　學習在提升知識、能力、德行之外，還要能學以致用，為生民、為國家貢獻、付出，孔子曾慨歎自己如玉待價而沽、如瓜徒繫不食，可知孔子欲兼善天下，不願獨善其身之心理。劉熙載認為「有益生人之用，方可為才」〔註79〕，其任教的龍門書院，即是以胡安定明體達用之學授諸生，〔註80〕培養學生成為國之棟樑，劉熙載亦鼓勵學生胡傳「在家則有益於家，在鄉則有益於鄉，在邑則有益於邑，在天下則有益於天下，斯為不虛此生，不虛所學。」〔註81〕相同的出世思想可見於〈陳仲子〉一篇：

> 齊聞陳仲子賢，使炙輠髡聘以為相。仲子辭曰：「吾聞一廉不勝眾貪。夫齊之習，使者所知也。今以不貲之身，而與知國政，眾將如見异物然，是無益於齊而有溈於身，不可為也。」髡曰：「出處，大事也。先生自定之。然僕願有質於先生也。僕之來也，道經淄水，

〔註77〕〔清〕劉熙載著；薛正興點校：《劉熙載文集・窳崖子・株拘它》，頁612。

〔註78〕〔春秋〕孔子弟子及再傳弟子，〔清〕阮元校勘：《十三經注疏附校勘記・論語・學而》，頁8。

〔註79〕〔清〕劉熙載著；薛正興點校：《劉熙載文集・持志塾言・才器》，頁31。

〔註80〕「凡肄業者，必先從事于《小學》、《近思錄》，以正其志趨，後及群籍，以備考索。故凡經史諸書悉購置焉。又書《朱子白鹿洞規》於堂，俾日見之，以資警省。月課性理、策論，期有合于胡安定經義、治事立齋之意。」見〔清〕應寶時等修；俞樾纂：《上海縣志・卷九學校・龍門書院記》，頁694。

〔註81〕〔清〕胡傳：《鈍夫年譜四卷》，頁114。

見溺者瀕死矣，僕惻然。適漁者二人操舟至，急呼之，曰：『盍救諸！』其一曰：『吾力能救之，然須予我千金。』其一曰：『吾視千金如草芥，今救之，子且謂我志在得金，吾何以辯？』竊以為是二人者，皆知有身而不知有溺者也。今齊俗之溺待救者急矣。先生其救之乎，抑願以不志於金成名乎？」（〈陳仲子〉）〔註82〕

　　陳仲子學識淵博，品德高尚，是戰國時期著名的思想家，齊國派淳于髡延請陳仲子當宰相，陳仲子顧慮自己在齊國「一傅眾咻」，不但無功，反而自毀聲譽，因此婉拒。淳于髡於是以「千金救人」的故事，暗喻陳仲子只知有身而不知有溺者。此篇諷刺「兩耳不聞窗外事，一心只讀聖賢書」之人，在危難時，只知獨善其身、明哲保身，棄國家和他人不顧。

　　總結學習這一部分的內容，劉熙載在學習態度上，以馮婦弟子的悲劇和天機人機之不同，說明謙虛與勤勉之重要；在學習方法上，以辨藥熬藥並重強調力行、以觸聽養視說明專一、以盲從《爾雅》提醒學者求證、以「礎潤蟻出推得將雨」解釋以小徵大之法；最後以歷史人物陳仲子為反例，期待學習者在學成後參與社會，造福人類，這些思想，有許多呼應儒家經典之處。

二、立教

　　教與學密切相關，《持志塾言‧立教》第一篇便明示「教學之道，一也。學以復性為歸；教人者，亦使之去其性所本無，求其性所固有而已矣。」〔註83〕換言之，立教之旨在於指引學生明辨是非，遷善黜惡，〈善戒〉以反例說明正確的教學方法：

窳崖子曰：「善戒者無迹。有迹，則戒之轉以導之。」鄭有富叟，戒其鄰之子勿為竊。鄰之子曰：「吾未知竊，焉知戒！」遂往就竊者而學焉。盡其術、歸而竊諸富叟。叟知之，始悔前言之不慎也。是故，契券所以防奸也，而啟奸者有之；桃棘所以驅鬼也，而致鬼者有之。聖人知其然，故於怪力亂神，但不語之而已。而世或顯著之以示戒，譬如縱風止燎，豈惟無益而已哉！（〈善戒〉）〔註84〕

　　富叟勸戒鄰之子不要偷竊，反而開啟鄰之子學習偷竊之心，富叟犯的錯

〔註82〕〔清〕劉熙載著；薛正興點校：《劉熙載文集‧窳崖子‧陳仲子》，頁623。
〔註83〕〔清〕劉熙載著；薛正興點校：《劉熙載文集‧持志塾言‧立教》，頁28。
〔註84〕〔清〕劉熙載著；薛正興點校：《劉熙載文集‧窳崖子‧善戒》，頁631～632。

誤在於不但未鼓勵鄰之子擴充本性原有的四端之心，反而助長他本性所無的偷竊之心，造成反效果，因此，寤崖子評論：「善戒者無迹」，不當的勸說譬如「縱風止燎」，有害無益，這也是聖人為何不語怪力亂神之由。同樣的意涵，見於〈圃叟〉：東叟和西叟種的菜各被鄰居所偷，東叟原諒鄰居，西叟責罰鄰居，東叟勸西叟寬恕微小的損失，寤崖子評論君子之道應以教化，闡明「過猶不及」的道理，那麼，正確的教學方法該當如何？〈立教〉云：

> 學者義理在心，若火之在薪，泉之在山。教者只是吹之使然，導之使達，非別有以予之。學祇是應病服藥，教只是應病予藥。教人者，使先認得所性之本然。乃可望其自為正，而終不走作。不然，如瞖一日離相，依舊有顛危之患。〈學記〉曰：「教也者，長善而救其失者也。」學者之質地不同，則各有當長之善，當救之失。教者豈得執一例以施之？〔註85〕

以學生為「主體」，了解學生之失，對症下藥，由是，教學方法並非有固定的方式，而是要能應學生資質、因時因地採取合適的方法，讓每一位學生都能適才適性的發展。

除了老師教學生，「教」還可以上推一層，也就是君主教黎民。孟子總結夏、商兩代滅亡的原因得出：「得天下有道，得其民，斯得天下矣」〔註86〕，荀子也引古訓曰：「君者舟也，庶人者水也。水則載舟，水則覆舟」〔註87〕，所以說，得天下的關鍵在於得民心，孔子教導冉有治民之先後次序是庶、富、教，〔註88〕庶（人口興旺）、富（生活富裕）、教（教化引導）正是穩定社會、獲得民心的三個重要進程，〈蔣氏狗〉一篇以主人與狗的關係，比喻君與民的相處之道，闡明國君有教化人民的責任與義務：

> 有蔣氏者得一狗，善吠，一日之中，見客而吠者數數焉。蔣氏甚喜，以為能警盜也，豢之以粱肉，惟恐不屬。一夕，盜穴戶而入，擔囊揭篋而出，狗臥戶側，寂無聲焉。旦日，蔣氏語鄰叟曰：「吾不恨喪資，恨狗之不稱其吠也，將餓斃之。」鄰叟曰：「子之咎狗，似也，

〔註85〕〔清〕劉熙載著；薛正興點校：《劉熙載文集‧持志塾言‧立教》，頁28～29。
〔註86〕〔戰國〕孟子撰；〔清〕阮元校勘：《十三經注疏附校勘記‧孟子‧離婁上》，頁132。
〔註87〕〔戰國〕荀況撰；〔戰國〕楊倞注；耿蕓摽校：《荀子‧王制》，頁24。
〔註88〕〔春秋〕孔子弟子及再傳弟子，〔清〕阮元校勘：《十三經注疏附校勘記‧論語‧子路》，頁132。

然恐狗之不受也。吾聞古有能知鳥獸之言者，如夷隸、貉隸是也。子嘗學此乎？曩子畜狗之始，狗嘗言『吠晝必吠夜，吠客必吠盜』乎？」曰：「不知也。」曰：「狗之智勝子乎？子且謂子之逆料夫狗之必能者，狗知之乎？」曰：「否。」曰：「是亦猶子之不知其言也。顧子於己之不知，則自恕焉；於狗之不知，則責之備焉。是以為己當愚，狗當智也。自非狗智素出己上，詎宜以此施之哉？」（〈蔣氏狗〉）〔註89〕

蔣氏狗善吠客，蔣氏喜，豢以美食，豈知狗遇盜反不吠，於是蔣氏大怒，欲餓斃之，鄰叟譴責蔣氏「恕己之不知，責狗之不知」的行為愚且不智。此篇發揮孔子「不教而殺謂之虐，不戒視成謂之暴，慢令致期謂之賊」的道理，主張國君當廣泛向人民宣導一國之法律、政令，培養人民遵禮守法的自覺意識。

綜合此節，劉熙載以故事重新構築儒家重行、專、思、謙、勤、用的學習思想，以及「長善救失」的教學方法，這些理念與他晚年所撰的《持志塾言》內容一致，也運用在龍門書院的教學方法與內容中，可見劉熙載躬行實踐的人格。

第三節　修身待人與處世

此節談劉熙載的人生哲學。分成修身、待人、處世三部份，修身部分，強調無妄、無欲、無待，包含〈無妄〉、〈鵲占〉、〈蜀莊〉、〈海鷗〉、〈吸靈〉、〈噓唏〉、〈彭祖〉、〈善飲酒〉等八篇；待人部分，有〈鄭醫〉、〈曹參〉二篇；處世部分，強調順境而處、因時而對，包含〈志臧〉、〈封難〉、〈求忘〉、〈范蠡〉、〈虛邑酒〉、〈秦醫〉、〈問和〉等七篇，以下逐一闡析。

一、修身

人的一生固然必須面對人與人、人與物之間的關係，學習與世界萬物相處，但是，安身立命才是人生最根本的功課，因為，人必須認識自己，透視生命，才能進一步確定自己的地位，印證自己的價值。劉熙載在《寤崖子》中提出無妄、無欲、無待三種修養境界，幫助讀者真切、喜悅的做自己。

〔註89〕〔清〕劉熙載著；薛正興點校：《劉熙載文集·寤崖子·蔣氏狗》，頁 632～633。

（一）無妄

《易經》第二十五卦「无妄」，卦辭為：「元亨利貞。其匪正有眚，不利有攸往。」示人遵循正當規律，便能發展元亨大通；不堅守正道，則將有災禍或過錯，不利於繼續前往，意即「不妄為」。朱熹注：「无妄，實理自然之謂。《史記》作无望，謂无所其望而有得焉者，其義亦通。」〔註90〕意味立身處事必須不存雜念，堅守正道，保持純粹、單純之心。《寤崖子》寓言散文，即以兩位商人遇盜和貚偷吃牛角的故事，闡明「不妄為」的道理。

在〈無妄〉一篇中，之韓者與之魏者請示日者，得到「無妄」的指點。之韓者因為口吃，無意間以「期期」一語儡退韓盜，之魏者有心學習，反以「期期」一語惹怒魏盜。日者解釋：有期則有妄，有妄則有禍。揭示「無所期」才能有福，心存投機，後果必定得不償失。另一篇〈鵲占〉原文如下：

> 貚將往食牛角，占於鵲。鵲曰：「凶，勿往。」貚不從，已，乃乘牛人之齁寐得食之。牛人寤而悔焉，易牛而毒其角。貚又將往，復占於鵲，鵲曰：「吉，往哉。」貚從之。已，乃食之而死。有問於鵲者曰：「子之占，吉凶相反，何也？」曰：「占之道，助義不助邪。彼之自問，吾移之為禦彼者問也。其前之凶，牛之凶也，吾因取以遏貚也。後之吉，牛之吉也，吾因取以誘貚也。」曰：「貚之於占，何以不前從後違乎？」曰：「前占，逆欲者也；後占，順欲者也。前從後違，非去欲者不能也。若貚者，其欲橫矣。前猶犯凶而必行，後豈能聞吉而不往哉？且吾之兩占，於貚無弗驗者，蓋後之吉，賀其死也，前之凶，兆其後之死也。」（〈鵲占〉）〔註91〕

貚兩次偷吃牛角，都先請鵲占卜。第一次是凶兆，結果偷吃得逞；第二次是吉兆，結果中毒而死。某問鵲其中的道理，鵲答：「占之道，助義不助邪。」先凶再吉，一方面是揣摩貚的心理慾望，一方面是預告貚的下場。揭示居心叵測者，即使暫時獲得利益，但最後必得不到好下場。

心念決定了人的行動方向，也就決定了未來的發展，當人有了不正或偏私的動機時，內心便開始計較利害得失，於是容易牽引自己開展平添紛亂的行動，害而不利，例如寓言中的之魏者和貚，其出發點都是「有妄」，因此最

〔註90〕 以上兩個引文，見闕名原著；〔宋〕朱熹注：《周易本義》（臺北：大安出版社，1999），頁112～113。

〔註91〕 〔清〕劉熙載著；薛正興點校：《劉熙載文集・寤崖子・鵲占》，頁631。

終都未能如願。是故，人必須破除心中的妄念，以真誠不虛的心，踏實的活在當下，正如無妄卦「六二，不耕穫，不菑畬，則利有攸往。」斬斷不切實際的盼望，忘我的付出，才能邁向成功的正道。

（二）無欲

人處在世界中，難免受到外在世界的吸引，然而，無止盡的刺激與誘惑，將迷亂人心，成為人生一切痛苦煩惱的根源，緣此，歷代哲人無不提倡寡欲、節欲、無欲、克欲，消解心智作用的機巧欲妄，回歸最基本、單純的生活方式。劉熙載在《持志塾言》也提及欲對修養心性的重要，如：「淡然無欲，粹然至善，存養者養此而已」〔註92〕、「害仁莫如忿，害義莫如欲。懲之窒之，乃所謂『損以遠害』也。忿亦從欲上起見。……故學莫先於寡欲。」〔註93〕為了更加形象化物欲對人自身的傷害，《寤崖子》舉了有趣的例子說明：

首先，〈吸靈〉以琥珀、碎屑和磁石、鐵針相吸的關係，具象化人與外物的相依關係，揭示人若過份依求外物，其實是沉淪於物慾，失去人的主體性，反為物所操控。因此，唯有戒心除欲才能保全身心。另外，〈噓唏〉則以「人吐氣」和「天地吸氣」為喻，具象化人們馳逐物質享受，以致精神疲敝的情狀，揭示人應該神、質相顧，戒心除欲，不為物累，進而「以物養己」：

> 天吸輕，地吸重，故烟火騰天，金石墜地。人處天地間而生有涯者，天吸其神，地吸其質，故神、質終不為人所自有。雖然，天地之吸與我之噓，相因而至者也。夫神、質宜相顧，不宜相背。質不顧神則神將往，是我之噓神於天也；神不顧質則質將敝，是我之噓質於地也；赤子精氣日旺一日，嗜欲開則日虧而日憊，謂之前不噓而後噓焉，可也。是故我噓則天地吸之，我不噓，則天地非惟不吸，而且噓之。豈有爽哉！然則天地之噓若何？曰：「凡所以佑其神、養其質者，皆是也。」（〈噓唏〉）〔註94〕

《老子》云：「五色令人目盲；五音令人耳聾；五味令人口爽。馳騁畋獵，令人心發狂；難得之貨，令人行妨。」〔註95〕表面上，看似是五色、五音、

〔註92〕〔清〕劉熙載著；薛正興點校：《劉熙載文集·持志塾言·存省》，頁18。
〔註93〕〔清〕劉熙載著；薛正興點校：《劉熙載文集·持志塾言·克治》，頁22。
〔註94〕〔清〕劉熙載著；薛正興點校：《劉熙載文集·寤崖子·噓唏》，頁618～619。
〔註95〕〔春秋〕李耳；〔魏〕王弼注；〔清〕紀昀校定：《老子道德經》二十五章（臺北：文史哲出版社，1990年），頁24。

五味、畋獵、難得之貨等外物在吸取人的靈，但，何嘗不也是人的欲望在吸引外物呢？因此，寤崖子告訴讀者：擺脫災禍的根本在於「知足」，回歸內在清靜的狀態，重視自我心靈的滿足，享受取之無盡、用之不竭的「造物者之無盡藏」——「江上之清風」與「山間之明月」——才能佑神、養質。

（三）無待

「待」是憑藉、依靠的意思，因此「無待」也就是從萬物存在的依待關係、人為訂定的價值觀念中超脫出來，無小無大，無貴無賤，不死不生，不受外在條件的限制，一切返回自我，如此才能達到莊子的逍遙之境。

劉熙載首先以海鷗和巷燕的故事，說明「有待」之危險：海鷗不同巷燕享受「依人而處」之便利，巷燕問其故，海鷗答：「令人愛則可能令人惡」，日後巷燕為人所惡，方明白海鷗所言。此篇寓言以海鷗之言與巷燕之遇，揭示心靈獨立自主才能享受真正的自由，巷燕依傍人類生活，就如同人追隨大眾一切的價值取向：功、名、利、祿、權、勢、尊、位，當自己無法達到此標準時，便可能遭到社會輕視鄙棄。劉熙載秉承莊子無待的思想，力圖解放人類思想的侷限與僵固，開拓出一個自由、無限寬廣的精神領域。

〈蜀莊〉、〈彭祖〉兩篇，分別破解人們對名利、生死的執著。〈彭祖〉中，童子質疑彭祖觀井繫繩，是陷溺於貪生畏死之中，正如同一般世人陷溺於爵祿名譽，聲色飲食，人只要無法突破這些心靈的枷鎖，即使身體自由健康，也是困在心囚之中，不得享有喜悅的自主權。〈蜀莊〉中，客質疑蜀莊在市集中占卜，如同泮澼絖者，是大材小用，蜀莊申明：封賞之實在於不危、不貪、不屈、不辱，自己實以達到封之境界。揭示個人的價值在於心境上的封賞——道，而非物質上的封賞——利。客禁錮於俗世之見中，蜀莊解構了貧富、生死之對立，引導客邁向「自在自得」的喜悅，也就是莊子思想的最高境界——逍遙，至於「逍遙之境」為何，劉熙載以飲酒為喻：

> 寤崖子自名善飲酒。或問曰：「飲酒可學乎？」曰：「在志。」其人於是歸，飲諸室而醉焉，號吅仙舞，甚則顛蹶，又甚則視墻垣及地皆動，久乃冥然而寐。翼日晏起，憨寤崖子甚，就而讓之。寤崖子曰：「子且不知酒，安知飲乎？我所謂酒者，太和也，非麴蘗也。太和不可以斯須去心，故善飲酒者，聖人為上，賢人次之，下者不足比數。堯、舜千鍾，孔子百觚，豈誠有其酒乎？亦太和而已矣。」曰：「麴蘗之為酒，必非和乎？」曰：「人和則酒亦受其名。酒之不

得以『和』名，如子者使之也。」曰：「吾欲屏酒，何如？」曰：「屏
之差善。然世之不飲者，豈皆和乎？子亦陶陶焉養其太和可矣。」
（〈善飲酒〉）〔註96〕

　　此篇敘述某人向寱崖子學飲酒，起初誤以為醉酒就是善飲酒，經寱崖子
指點才明白，飲酒是心靈上的太和境界。劉熙載以飲酒說明聖人、賢人的太
和境界在於內在心靈，而不在於飲酒時的外顯行為，將醉酒誤解為善飲酒，
正如同曲解外在消極頹廢、放任誑誕的行徑為逍遙，所謂太和是指人達到一
種平和的心理狀態，而太和之境之旨在於「不可斯須去心」，也就是乘道德而
遊，不帶一絲功利，以超越、淨化的心靈欣賞世界，純粹感受生命、天地的力
與美，這就是無待逍遙的境界。

　　總結修身這部分的內容，劉熙載雖然沒有提出實質、明確的修養工夫，
但他以道家思想為主軸，提醒人以無妄、無欲、無待的智慧，因應各種人生
處境。無妄、無欲、無待，這三者相互配合起來，也就是努力踏實去做自己能
做的每一件事，不隨世界的紛擾變化，堅持自己的生活原則，享有自己的快
樂。

二、待人

　　人與人之間的關係，要如何才能維持和諧、適當？《寱崖子》在〈曹參〉
與〈鄭醫〉中設計了與兩種不同類型之人的相處模式：一是與君子相處，一
是與小人應對。

（一）與君子相處——無私共功

　　〈曹參〉一篇描述曹參問舍人外人對自己的評價，舍人答：眾人多為曹
參和韓信之間的功勞分配感到不平，並比喻自己跟從曹參，就如同蛩蛩駏虛
跟從蟨，蛩蛩駏虛善走而不善食，蟨善食而不善走，兩者結合，相得益彰。曹
參聽後，亦借此喻，表示唯有韓信才能與自己「共功」：

參曰：「吾聞世之為大將而私且忮者，功則歸己，過則歸下。今吾以
功見稱於人者，惟韓將軍能與我共功，而不相掩也。向使所屬非韓
將軍，且得致此乎？夫韓將軍亦吾之蟨也。子願為蛩蛩駏虛，乃欲

〔註96〕〔清〕劉熙載著；薛正興點校：《劉熙載文集·寱崖子·善飲酒》，頁 635～
　　　　636。

吾失吾蟹何邪？」（〈曹參〉）〔註97〕

人與人之間亦是如此，相互尊重，取長補短，於人於己，皆大有益處，否則便損人不利己。劉熙載在《持志塾言・處世》提到：「改己之過，規人之過；取人之善，公善於人：皆性分內事，無一可已。」〔註98〕相較於「規人之過」，「公善於人」更需要真誠、無私的高貴情操。曹參正是如此，他不因為自己居於配角而嫉妒、排擠主角韓信，而是明白自己的定位、本分，盡力貢獻自己的才能，並且也肯定他人的才能，為彼此達到共功／雙贏，在人生的舞台扮演好自己的角色。

（二）與小人應對——不卑不亢

君子是具有道德修養者，小人則正相反，教育的理想是將每個人引導成為君子，但君子該如何與小人應對，〈鄲醫〉提供一例：

> 鄲俗信巫不信醫。病者召醫，必於巫決其可否。寢而巫謂醫方不可用，出己方以與之。醫益困。以故醫之無志行者，多徙業為巫。有一醫衣敝履穿，粗糲不飽，堅不徙業，其色若有自得者。一日與巫遇於道，巫心賤之，呼之曰：「盍避道乎？」醫曰：「兩避可也。」巫怒曰：「爾貧將行乞，避我宜也。今言兩避，有說乎？」曰：「爾鬼道也，我人道也。吾聞人觸鬼者不祥，鬼觸人者碎，故當兩避也。」巫愈怒，曰：「病者之門，吾能杜爾之入。我願為爾乎？爾願為我乎？」曰：「吾鄰有狗善吠，蹲於門，客不敢入。狗願為客乎？客願為狗乎？」巫終不能屈醫而去。無何，西門豹為鄲令，大懲巫，人始服醫之識力焉。（〈鄲醫〉）〔註99〕

鄲地信巫不信醫。一巫一醫遇於道，巫命醫讓道，並諷刺醫地位不如己。醫將巫比作攔門惡狗，雖能阻止客人入門，但終究是狗，不是人。此篇諷刺仗勢欺人者，自視甚高，實際上，言行舉止就像惡狗攔道，真正的君子不屑與之同流合汙。《持志塾言・處世》提到：「不敬人，不愛人，則己為傲戾之己，其不自愛敬亦甚矣！」〔註100〕遇到藐視、傷害自己的人，能做的就是自敬、自愛，維持自身的人格，如寓言中的鄲醫，雖然惡衣糲食，仍然「色若有

〔註97〕〔清〕劉熙載著；薛正興點校：《劉熙載文集・寤崖子・曹參》，頁626～627。
〔註98〕〔清〕劉熙載著；薛正興點校：《劉熙載文集・持志塾言・處世》，頁43。
〔註99〕〔清〕劉熙載著；薛正興點校：《劉熙載文集・寤崖子・鄲醫》，頁628。
〔註100〕〔清〕劉熙載著；薛正興點校：《劉熙載文集・持志塾言・處世》，頁43。

自得」，充滿自信。

總結待人之道，劉熙載強調無私、互助的情操，因為肯定別人也是肯定自己，化解對自我的執著，欣賞他人的優點，便是朝至善前進；當不幸遇到小人當道，更要自敬自愛，不卑不亢，捍衛自己的價值、尊嚴。

三、處世

俗語說：「天地間唯一不變的就是變」，人們所面臨的昨日、今日、明日都不相同，甚至每一剎那都在變化遷異之中。因此，《寤崖子》反映的處世哲學便是「順境而處」、「因時而對」，教導讀者在大化時間之流中，順著自然變化，安頓身心。

（一）順境而處

劉熙載在《持志塾言‧處境》開宗明義即言：「天下之境，萬有不齊，誰是一一歷過底？然必心上先能一一打得過，處之才免忻厭。是以君子雖或終身止處一境，要必有可以處一切境者存。」要言之，人應當要能順應時局的變化，「處逆境，能寬解而不自苦；處順境，能抑損而不自奉。」〔註101〕無論什麼樣的條件、環境下，都不以物喜，不以己悲。

〈封難〉中，寤崖子問封與難，齊國有什麼賢者，封答陳仲子，難答晏子。陳仲子窮而能不受，晏子富而能施，因此，寤崖子分析二人的心理，嘲笑他們其實一人貧而貪，一人富而吝。此篇嘲諷那些自以為高尚，其實表現不符人情的惺惺作態者，這是人困於貧富貴賤。

另外人也常哀於先天稟賦，如〈志臧〉，志臧向里人誇耀自己能變化，里人藉「蟻祝化蟲」的故事，譏諷志臧如同螞蟻妄想變成飛蟻，去吃更多食物，是貪心且不實際的。揭示做人要「止於其分」，接納無法改變的事，也暗示真正高明的變化，不是「貧化富，賤化貴」，而是「愚化智，不肖化賢」。

四十二篇寓言散文中，〈求忘〉的中山人表現出最消極的處世態度：

> 中山有人求忘，常曰：「是非憂樂，至無已也。有之孰若無之？憶之孰若忘之？忘則與無等矣。顧吾不能，奈何？」或告之曰：「忘不可求也。求忘則心愈擾，而忘愈不可得也。」弗聽。於是求忘不得則飲酒，飲酒不醉則詣醫。醫曰：「此未易為之方也。凡人之能

─────────────

〔註101〕以上兩則引自〔清〕劉熙載著；薛正興點校：《劉熙載文集‧持志塾言‧處境》，頁40、42。

憶，由於精強。今子精幸未衰，而求忘可乎？子姑去，俟吾發書且熟思焉。」歸而其妻知所往，患之，恐其求忘而得，且將至於忘己也。因使人屬醫謬其方。醫曰：「忘不忘，不在藥也。彼遇忘者，則彼不忘矣。」其妻聞之，悟。翼日，其人復詣醫求方，予之。既服，呼其妻，語不應。數呼之，仍不應。就而視之，則走避，若不相識者然。其人大惑曰：「服藥者我也，何吾妻亦有异也？」旋問於醫，醫曰：「子妻之不應也，子欲乎？」曰：「不欲。」曰：「彼猶子也。子自求忘，顧不許彼忘子乎？且求忘者，又可以呼人乎哉？然則忘之無益於子，子今知之矣。此吾向者所以委蛇待之也。」

（〈求忘〉）〔註102〕

一人訪醫求忘，醫生一面與之假藥，一面指點其妻，佯裝忘夫。那人見妻不識己，大吃一驚，終於了悟求忘不可得，且無益於己。諷刺妄圖絕世避俗、消極處世之人，其言行只不過是空想。

劉熙載認為「人之命有出於稟賦者，如體弱故病是也；有出於遭遇者，如歲歉故貧是也。於此能養身節用，盡其分所當然，而藥不妄服，財不苟得，則存乎以義處命者矣。」〔註103〕「封」富而期望人人不願受濟、「難」貧而夢想有人願意濟己、「志臧」妄想能變化、「螞蟻」妄圖能飛翔、「某人」企圖遺忘一切，他們都是不懂得「一境有一境當盡之事」〔註104〕之人，徒然把時間耗在做白日夢，未能獲得實現自我，貢獻己身的快樂，唯有〈志臧〉中的里人懂得止於其分、順境而處，為讀者指出了人生的康莊大道。

（二）因時而對

劉熙載在分析窮理時說：「因時制宜，因地制宜，因人制宜，窮理須是將理窮得活了，方有用。」〔註105〕《寤崖子》中處理事情的方法，也強調因時、因地、因人而對的原理與學問，主要反映於〈范蠡〉、〈虛邑酒〉、〈秦醫〉、〈問和〉四篇，依序解析如下。

首先，〈范蠡〉一篇，范蠡向春秋著名的謀士——計然請教謀國和宅身，范蠡依計然所約之時前往，卻被計然以時間過早或過晚而請回，究竟計然所

〔註102〕〔清〕劉熙載著；薛正興點校：《劉熙載文集·寤崖子·封難》，頁629。
〔註103〕〔清〕劉熙載著；薛正興點校：《劉熙載文集·持志塾言·處境》，頁41。
〔註104〕〔清〕劉熙載著；薛正興點校：《劉熙載文集·持志塾言·處境》，頁42。
〔註105〕〔清〕劉熙載著；薛正興點校：《劉熙載文集·持志塾言·窮理》，頁17。

欲傳達的是什麼呢？

> 范蠡師計然先生，嘗問謀國。先生曰：「此切問也，必筮日乃可。歸
> 而筮日以告。」至期往，先生方臥，久而後起，曰：「何其蚤也，吾
> 今不暇告爾，非不欲告，時未至也。」曰：「先生置是不答，請問宅
> 身，可乎？」曰：「此亦必筮日乃可。」筮告如初，至期往，先生已
> 俟於門外，曰：「何其晚也？吾今不及告爾，非不欲告，時已過也。」
> 乃揮蠡去，入而闔戶焉。蠡行且深念，有頃，乃悟曰：「吾聞天不言
> 而四時行。今謂吾師不言，師不已顯責以時之蚤晚邪！然則，自今
> 以往，凡吾所為亦惟因時，而勿先後之已矣。」故蠡之仕越策吳，
> 至二十年，乃乘吳敝而有吳，功成則去越，不俟終日，皆本計然之
> 教也。(〈范蠡〉) 〔註106〕

原來，計然是為了曉諭范蠡頓悟「因時」而行的智慧，范蠡日後為吳謀
國，隱身於越，皆本計然之教。此篇揭示以「因時而對」解開人生密碼，展現
急流勇進和功成身退的智慧。至於，如何因時而對，劉熙載以賣酒、治病、遇
冷熱三種情況為例說明：

〈虛邑酒〉中，酒舍舍人特別為偶發的酒醉客人調水沏而獲利，里之業
酒者仿其作法，結果滯銷。〈秦醫〉中，醫任主「任」，治病激進；醫讓主「讓」，
治病保守，兩人相互毀謗，扁鵲批評兩人皆為利己，主張治病應「因病之所
宜」、「不居功避謗」。〈問和〉中，某人問「和」，窳崖子以人「遇冷則呵，遇
熱則吹」為喻，說明依所處的時機行事就是「和」。此三篇，皆在反映「因時
而對」、「隨時變通」掌握偶然與必然的智慧。

約言之，識時務者為俊傑，「因時而對」是處事的最高原則與指標，而「順
境而處」是處事的最佳心態與立場。范蠡、酒舍舍人、扁鵲，因為能知幾，能
接受、面對、承擔種種變化，因此可以突破命運所帶來的變革與挑戰。

綜合此節，劉熙載融會了《易經》、《老子》、《莊子》的思想，提出無妄、
無欲、無待的修身境界，共功、自敬的待人之道，以及順境而處、因時而對的
處世原則，對應劉熙載的生平──他的儉約、自重，以退為進，以教書為志
業──足見這些人生智慧不單是他的讀書心得，更是他一生奉行的圭臬。

〔註106〕 〔清〕劉熙載著；薛正興點校：《劉熙載文集‧窳崖子‧范蠡》，頁624～
625。

第四節　柄政與治國

此節談劉熙載的政治理念。分成對內與對外兩部分，對內說明上位者用人應尚賢使能，包含〈市藥〉、〈饗螳螂〉、〈荀卿〉三篇；對外乃針對中西關係予以論述，包含〈辟怪〉、〈問射御〉、〈辨惑〉、〈山海經〉四篇，以下逐一闡析。

一、對內——用才

君、臣、民是治理國家社會最基本的三個要素。一國之政，一方面仰賴人民的擁戴，一方面依靠臣子的推行，因此，歷史上有作為的君主，其成功的秘訣便在於用才。

《中庸》記載魯哀公向孔子問政，孔子答：「文武之政，布在方策。其人存，則其政舉；其人亡，則其政息……故為政在人。」換言之，治理國家之大本大宗在於「尊賢使能」，因此，君主應具備卓越的識人能力，如此才能使「天下之士皆悅而願立於其朝」〔註107〕，劉熙載以〈市藥〉、〈饗螳螂〉、〈荀卿〉三個故事，蘊含舉賢才之重要與方略。

在〈市藥〉中，晉人旅居粵國生病，醫生囑咐用最好的藥，晉人強「不知」以為「知」，退回上等藥，以高價買到假貨，導致病情惡化，經醫生指點才悔不當初。以高價假藥治病，正如以善巧便佞、庸碌無能的小人管理國政，非但不能明正執行法令條律，甚而敗法亂紀，喪家敗國。作者一方面告誡世人勿像晉人自作聰明，反而自食惡果；一方面藉醫生之言嘆藥／馬／人不遇知己之憾，期待國君謹慎擇人，如此，才能達到舜、湯舉皋陶、伊尹治天下，「不仁者遠矣」之樂境。前人多將人才比喻為千里馬，如：九方皋相馬（《列子‧說符》）、驥遇伯樂（《戰國策‧楚策》）、買駿骨（《戰國策‧燕策》）、韓愈〈馬說〉、岳飛〈良馬對〉等，從不同角度反映才智之士的遭遇，說明了發掘人才、培養人才的重要性，劉熙載以藥比喻人才，凸顯用錯人才，就如同服錯藥，將傷身害國，甚至造成無法挽回的禍害，更具警惕性。

〈饗螳螂〉描述趙國宰相平原君看重螳螂的氣勇善擊，以禮款待，公孫龍聽聞此事，特地前去指點、勸告平原君：「蟬之所以制於螳螂，是因為氣不沉而聲囂，今趙將趙括名過其實，正如蟬將被養力伏機的秦將白起所制。」平原君聽後雖欲從之，但仍敵不過朝中他人。此篇結合現實與擬人，以「螳

〔註107〕〔戰國〕孟子撰；〔清〕阮元校勘：《十三經注疏附校勘記‧孟子‧公孫丑上》，頁64。

螂捕蟬」為喻，說明上位者用人須任用「名實相符」以及能固守「完氣」之人，方能克敵得勝，換言之，識人之法，在於「聽其言而觀其行」〔註108〕，選拔真才實學之人，切勿聽片面之薦言，而貿然用人。

〈荀卿〉則談國君舉賢才，必須真心誠意、堅定不疑的任用他們，否則前功盡棄。荀卿在齊國遭人毀謗遂往楚國。齊人預言荀卿在楚也會遭遇相同情況，果然，楚國令尹春申君起初特地前去請教荀卿，發現荀卿的能力遠高於己，於是開始忌憚他，先派他治理蘭陵，後又擔心荀卿稱王，欲使人往代之。荀卿聞之，即請去。荀子言：「人主之患，不在乎不言用賢，而在乎（不）誠用賢。」〔註109〕荀卿有才卻因遭毀謗排擠，而不得重用，揭示上位者需知人善任外，更要杜絕妒賢嫉能之風。

歸結柄政治國對內的寓意，劉熙載強調在上位者必須舉賢才，以買藥為喻，說明識人之重要；以趙括和荀卿兩位歷史人物的事蹟，說明用人前需考察之，任用後需信任之的智慧，最終在實現儒家以德治國的核心思想。

二、對外——辟怪

劉熙載的一生，橫跨嘉慶、道光、咸豐、同治、光緒初期，適逢清朝從盛世轉向衰落。《寤崖子》寫於劉氏四十歲以前，可推見當時的劉熙載已歷經虎門銷菸（1839）、第一次鴉片戰爭（1840）、中英〈南京條約〉許五口通商（1842）、中美〈望廈條約〉、中法〈黃埔條約〉（1844）等中西衝突事件，在西方的武力介入下，中國的門戶被迫洞開，從平等的開港通商到不平等的割地讓權，中國逐漸淪為半殖民國家，喪失民族尊嚴。在民族危亡之際，作為一位儒者，劉熙載具有強烈的民族意識，職是，他以文字為武器，將西洋人轉化為「怪」，並將他對泰西各國的觀點暗含在〈辨惑〉、〈辟怪〉、〈山海經〉、〈問射御〉四篇寓言故事中。〔註110〕

〔註109〕〔春秋〕孔子弟子及再傳弟子，〔清〕阮元校勘：《十三經注疏附校勘記·論語·公冶長》，頁43。

〔註109〕〔戰國〕荀況撰；〔戰國〕楊倞注；耿蕓標校：《荀子·致士》，頁139。

〔註110〕劉熙載排斥邪怪之思想，誠然與儒家「不語怪力亂神」之思想有關，本節將「怪」連結「西方人」形象，一方面受董運庭〈從《寤崖子》看劉熙載及其美學思想深層結構〉啟發，一方面從《續修興化縣志卷十三·劉熙載傳》以及余樾〈左春坊左中允君墓碑〉所記劉熙載對西方人的態度與《寤崖子》所記相似，推得「怪」與「西方人」相關聯，故將〈辨惑〉、〈辟怪〉、〈山海經〉、〈問射御〉歸入「柄政與治國」中。

首先，在〈山海經〉一篇，劉熙載化身為窊崖子，安排某人因《山海經》志海外之人物也多怪，問窊崖子「《山海經》可廢乎？」窊崖子反問：「外在實體之怪較怪？還是內在氣質之怪較怪？」暗示內在氣質之怪遠勝於外在實體之怪，並以畫鬼為喻，曉諭某人：畫鬼的畫家和寫奇國異人的作者，塑造鬼和人的恐怖外形，均是為了凸顯他們的邪惡內在：

> 或問窊崖子曰：「《山海經》可廢乎？」窊崖子曰：「何以言之？」曰：
> 「其志海外之人物也多怪。昔者梯航未達，有無不可徵。今既得而
> 徵其無焉，故也。」曰：「子且謂居彼於怪者，敬之乎，遠之乎？」
> 曰：「遠之。」曰：「今之不怪者，其形乎，其情乎？」曰：「其形。」
> 曰：「形怪者甚乎，情怪者甚乎？」曰：「情甚。」曰：「然則子何爭
> 於其形為？」曰：「彼猶我也。今有以貫匈、交脛、奇肱、聶耳詬我
> 者，我其受乎？」曰：「子何深與於彼也！子知畫鬼乎？或牛其身，
> 或虎其首，鬼之形怪未必如所畫之甚也。然輒畫之不疑者，直以螭
> 魅罔兩神姦難狀，不得已而托之於形，以當近似。故怪雖百出，見
> 者不謂怪也。彼其畫鬼，不為詬鬼，則是書之志海外，獨為詬海外
> 乎？」（〈山海經〉）〔註111〕

劉熙載藉貶低《山海經》中的奇國異人，在形象上已非常人，在性情上更是異類，實際上，是在貶斥當時的歐美等異邦之人。中西方文化初接觸時，中國人對西洋人的驚詫，不亞於《山海經》奇國異人的編寫者們，當時的清朝人以「番鬼」、「紅毛番」、「洋鬼子」、「碧眼夷奴」等充滿敵意的詞彙來稱呼西洋之人，他們奇特的外貌特徵（白皮膚、高鼻子、藍眼睛、紅頭髮等），以及迥異的文化習俗（緊身服裝、男女平等、飲食習慣等），都令中國人駭然不已。〔註112〕甚至，民間聽聞西洋人喜歡筆挺站立，又不肯向皇帝、官員下跪後，還產生西洋人沒有膝蓋骨，躺倒後要有人幫助才能站起來的謠言。〔註113〕

〔註111〕〔清〕劉熙載著；薛正興點校：《劉熙載文集·窊崖子·山海經》，頁622。
〔註112〕如十八世紀隨耶穌會修士傅聖澤至歐洲的胡若望，沒有「一客」餐點的觀念，
　　　　當菜一上桌就夾走自己想要的；沒有「男女平等」的觀念，拒絕和女管家同
　　　　桌用餐。見史景遷著，黃秀吟、林芳梧譯：《胡若望的疑問》（臺北：唐山出
　　　　版社，1996年），頁23、38。
〔註113〕王紅旗解說，孫曉琴繪圖：《圖說山海經》（臺北：尖端出版股份有限公司，
　　　　2006年），頁168。又如〔清〕裕謙上奏：「查英夷腰勁腿直，見該國王向無
　　　　禮拜，嘉慶年間入京，即因夷使不能拜跪，驅逐回國，是其明證。」轉引自
　　　　王爾敏：《中國近代思想史論》（臺北：華世出版社，1982年），頁56～57。

這種憑藉天朝上國的文化優越感，對西方人不同的生理特徵和生活習俗產生錯誤想像的例子不勝枚舉。根據王爾敏的統計，至少有二十名官員仕紳，在文信中留下記載，毫不懷疑茶葉、大黃是西洋人存活必要之物，一旦斷絕，即有瞽目塞腸之患。〔註114〕

劉熙載未對西洋人的狀貌產生荒謬想像，且他將《山海經》視為詞章之學，〔註115〕當然也就反對《山海經》中的奇國異人之說，遂以奇國異人為素材，賦予古老經典新的詮釋與寓意，至於歐美異邦之人性情上之怪為何？劉熙載在〈辟怪〉與〈問射御〉兩篇有所說明：

> 越人文身適宋，見宋人冠章甫，問之，答曰：「此先王之法服也。宋之尚此，所謂信而好古也。」因問文身者曰：「越亦信而好古乎？」曰：「然。」曰：「子之為此飾何也？」曰：「辟怪也。越濱海，海之怪物為災，此可辟也。」曰：「辟怪，古乎？」曰：「使其非古，越祖大禹鑄鼎何取乎？民入川澤山林，不逢不若也。」曰：「禹嘗使民為此飾乎？」曰：「此則不可知也。」曰：「子知禹之時，誠有『不若』乎？抑造言者以神眩民，如二茅倓九歌之僭乎？然必辟其血，民難猝喻，不如喻之以無能為而已，此禹之微權也。」曰：「子之論禹，意之也。若遂移以論越，恐辟怪之道從此廢也。」曰：「子於越嘗見怪乎？且知越既辟怪，怪何往乎？而惟恐廢辟，是惟恐無怪也。然則如子者，謂之『信而好怪』則可耳，『信而好古』云乎哉？」窟崖子曰：「仲雍文身，此子貢對吳之權辭，且以咥夫托之者也。使其誠然，是泰伯之端委治周禮者，過矣。夫禮，常也；禮之外，皆怪也。墮禮崇怪，中人之所不為，豈賢如仲雍而為之乎？越、吳同壤，越人好機，尤稱於世。然以余所知，無一好機者，豈若適宋者之言乎？

〔註114〕王爾敏：《中國近代思想史論》，頁5～6。

〔註115〕「時鈍夫閱《資治通鑒》，每見歷朝用兵爭戰之際，成敗之機大半決於得地利與否，而自苦不明於地理，遂問欲知地理當閱何書。曰：「考古今地理必先揣摩《禹貢》，而後以次講求歷代之地志，乃能知其建置沿革之大略。然學分三種：如《元和郡縣誌》、《元豐九域志》、《太平寰宇記》、《大明一統志》、《大清一統志》之類，考據之學也。如顧宛溪之《讀史方輿紀要》、顧亭林之《天下郡國利病書》之類，經濟之學也。如《山海經》、《水經注》及各省通志各府廳州縣誌，與夫諸家考古跡紀名勝之類，詞章之學也。而地圖為尤要，古人所以左圖而右史也。」見〔清〕胡傳：《鈍夫年譜四卷》，頁99～100。

　　惜乎不得使宋人聞之也！」（〈辟怪〉）〔註116〕

　　此篇描寫有一紋身越人至宋，問宋人為何戴禮冠，宋人言是古制，並反問越人為何紋身，越人答是為了辟怪。宋人質疑辟怪是古人的微權，如同大禹時，有對人不利的物類，否認世上有怪。寙崖子評論：「夫禮，常也；禮以外，皆怪也。」揭示「信而好古」信奉的應是古之常禮而非怪。

　　另一篇〈問射御〉敘述某人批評古代之射御已拙，寙崖子反駁：當時西洋人的船堅炮利，雖然「非弓史而捷於弓矢者」、「非馬而捷於馬者」，但在「以禮養人」的精神上是遠遠不及古人的，因此日後必定自敝，揭示工具的目的是為了「以禮養人」，重視儒家賢賢長長的精神。〔註117〕依此可見，對劉熙載而言，歐美異邦之人內在性情之怪，在於以不合禮，以武力逼迫中國的蠻橫手段。

　　以鴉片戰爭（1840）為例，中國自古維持中國中心的文化優越感，在鴉片戰爭後逐漸有所改變。十七世紀末，英國開始向中國大量傾銷鴉片，1839年，林則徐至廣州查禁鴉片，道光帝下令禁止與英國通商，中國深閉固拒的態度，導致英國以武力打開中國市場的大門，鴉片戰爭後，中英簽訂近代中國第一個不平等條約──南京條約，除了開放廣州等五口為通商口岸，還必須賠款與割讓香港，隔年的續約，更增加了英國的領事裁判權、片面最惠國待遇，此後，美、法等國紛紛與中國訂約，享受相同特權，而劉熙載反對的正是這一切不合禮的行為，為了捍衛民族尊嚴，〈山海經〉、〈辟怪〉、〈問射御〉的奇國異人、兵船火器折射出劉熙載的攘夷意識。

　　面對西方衝擊的挑戰，中國士人開始思考「夷務」對策，在一八四〇至一八六〇間，出現的「制夷」方術主要有三種：一是「用民制夷」，也就是利用民情，制伏夷人；二是「用商制夷」，以停市抵制洋商；三是「以夷制夷」，以英、法、美三國為對象，使其相互牽制，甚至相戰。〔註118〕劉熙載並未如

〔註116〕〔清〕劉熙載著；薛正興點校：《劉熙載文集・寙崖子・辟怪》，頁621～622。
〔註117〕徐林祥《劉熙載及其文藝美學思想》收有劉熙載佚文〈機器開礦不用人力策〉，該文原錄於薛福誠編《新政應試必要初編・卷五中國藝學》，據徐林祥推測應作於光緒初年劉熙載主講於龍門書院時，為鄭觀應《易言・論開礦》（三十六篇本）、《易言・開礦》（二十篇本）之改寫稿。內容談及開礦之法有六：選礦師、購精器、移督商辦、購地給價、勿定稅數、治人有法，其言「居今日而策富強，開礦成為急務」開礦之目的在富強國家，因此與〈問射御〉中違禮之「射御」不同，故不相衝突。
〔註118〕詳見王爾敏：《中國近代思想史論》，頁9～12。

其前輩或同時代的士人——龔自珍、林則徐、魏源等——主張改弦易轍、取法西學，相反的，他有他獨特的息怪之法，見〈辨惑〉：

> 或問寱崖子曰：「不惑於怪，有道乎？」曰：「其崇德乎！」曰：「崇
> 德深矣，願聞辨惑。」曰：「辨惑之大要三，而類可析為六。三者，
> 有有怪之怪，有無怪之怪，有息怪。子何問也？」曰：「敢問有怪
> 之怪。」曰：「吾必以怪為無有，人或不服，則姑以有言之。有之
> 說，遠近而已矣。夫習見者不謂之怪。怪，遠人者也。故夫境相隔
> 絕，無患無爭彼之情也。其或近也，則試我也。今如一試不動，至
> 於再；再試不動，至於三；至於屢試不動，是終不動也。終不動，
> 則我不勞，而彼當倦而退也。則所謂遠近者，類如此矣。」……曰：
> 「敢問息怪。」曰：「息之之說，用剛用柔而已矣。有叟夜坐，二
> 僮侍。命一僮入廚作食，未至而反，曰：『廚中有嘆聲。』叟曰：
> 『老人久飢，宜其嘆也。』復命一僮往，反曰：『廚中有笑聲。』
> 叟曰：『嘆而無益，必轉笑也。汝二人偕往，速作之，則嘆笑止矣。』
> 此用柔之類也。有為將者往赴軍中，從者以驛館狹隘欲徙之，遂詭
> 以怪告，告則鞭之，乃下令曰：『如復有告者，必斬以徇。』自是
> 告者遂絕。此用剛之類也。」曰：「子之辨惑，悉矣。吾未知能承
> 與否，且亦未易名之也。有比諸孔子所云『作《易》者知盜』可乎？」
> （〈辨惑〉）〔註119〕

　　某人問寱崖子辨惑，寱崖子答：迷惑人心的怪，一是因不常見而產生的「有怪之怪」，一是因猜疑與人為造成的「無怪之怪」，並介紹柔與剛兩種「息怪」之法。某人悟，讚寱崖子如「作《易》者知盜」。劉熙載解釋「有怪之怪」和「無怪之怪」的所以然，並提供兩種「息怪」之法，破除人對怪的害怕。這篇寓言散文在闡發儒家「不語怪力亂神」之精神外，也有回應時政的用意，中西方相隔甚遠，因此未嘗見才覺奇怪，對方靠近我是為了要試探我，所以當他一再試探，而我都不回應時，對方就會倦怠而退。

　　劉熙載不但倡導以被動的「不動」促使怪「倦而退」，也身體力行，《續修興化縣志卷十三・劉熙載傳》記載咸豐十年，八月二十九日，英法聯軍入侵北京，火燒圓明園時「都中有警，官吏多遷避，熙載獨留」〔註120〕；另外，

〔註119〕〔清〕劉熙載著；薛正興點校：《劉熙載文集・寱崖子・辨惑》，頁620～621。
〔註120〕〔清〕劉熙載撰；袁津琥校注：《藝概注稿》，頁911。

俞樾〈左春坊左中允君墓碑〉也記載：「嘗有異邦人求見，三至三卻之。一日徑造其庭，君在內抗聲曰：『吾不樂與爾曹見。』其人悚然去，竟不得見。」〔註121〕從這些文字中，我們看到的是一位憂國憂民、充滿氣節，堅守民族尊嚴的君子儒，但在面對異文化入侵時，只能以「堅守」、「拒見」等消極言行抵抗的無奈。

　　歸結柄政治國對外的寓意，劉熙載視西方人為「怪」，在〈山海經〉中揭示西方人內心的險惡，〈辨惑〉與〈問射御〉解釋西方人內心險惡之處在於不合禮，〈辟怪〉一篇說明無視與強制兩種對付怪之法。面對泰西各國，劉熙載抱持的心態是不屑其文化和被動不理會，雖然有些保守固執，但並不表示他不關心洋務，劉氏晚年與洋務派官員郭嵩燾交遊密切，〔註122〕並作有〈機器開礦不用人力策〉一文，顯示出他欲有益於國家的願望，只是他選擇的方式是教書而非在朝中掌舵大權。

　　綜合此節，劉熙載柄政治國的主張，多是從儒家經典中取得根據，可知他深受傳統儒家思想影響。在對內方面，他以「為政在人」做為中心，關注用才；在對外方面，他對海外之人（西方各國）的反感與貶低，以及他選擇「辟怪」的外交原則，反映了他天朝上國的世界觀。

　　總結本章要點如下：

一、在「治經與論學」的寓意方面，劉熙載「辨墨析名」、「明性辨欲」，傳達儒家親親的倫理觀，以及名實相符的自我要求，並說明性善以及欲可移之為善的思想。對前人之學有所繼承，也蘊含自己的調和儒墨、孟荀，對立統一的辯證特色。

二、在「學習與立教」的寓意方面，劉熙載重視力行、專一、求證、以小徵大的學習方法；謙遜、勤奮的學習態度，致用的學習宗旨，以及「長善救失」的教學方法。

三、在「修身待人與處世」的寓意方面，劉熙載提出無妄、無欲、無待的修身境界，共功、自敬的待人之道，以及順境而處、因時而對的處世原則。

四、在「柄政與治國」的寓意方面，劉熙載以「為政在人」做為中心，關注用

〔註121〕〔清〕劉熙載撰；袁津琥校注：《藝概注稿》，頁889～890。
〔註122〕《郭嵩燾日記》（長沙：湖南人民出版社，1981年）載郭嵩燾1876年赴英、法前，「回拜各處，惟見竹儒及劉融齋前輩」，1879年回國後「詣劉融齋暢談」。轉引自楊抱樸：〈劉熙載年譜（四）〉，頁63、65。

才；在對外方面，他仍保有天朝上國的世界觀，重視禮儀，對西方各國採用消極、不予回應的外交方略。

詹明信（Fredric Jameson，1934～）《後現代主義與文化理論》言：「寓言的意思就是從思想觀念的角度重新講或再寫一個故事。」〔註123〕《寤崖子》寓言散文正是如此，劉熙載廣讀各家經典，遨遊書本，尚友古人，咀嚼經典要義後，釀生了這四十二篇作品，因此，每一篇作品背後都蘊含著歷代哲人們的智理，乘載了厚實恢弘的智慧，例如：《易經》的變與〈范蠡〉、〈虛邑酒〉，孔子的名實相符與〈饗螳螂〉，孟子的性善與〈器水〉，莊子的逍遙無待、去分別與〈海鷗〉、〈彭祖〉、〈蜀莊〉，老子的無欲與〈吸靈〉、〈噓吸〉等等。《寤崖子》寓言散文引人重新探踪經典，這是劉熙載獨特的「學者風格」，也是其寓言散文與同一時期作家最大的不同之處，與其寓言價值之所在。

〔註123〕詹明信講座；唐小兵譯：《後現代主義與文化理論》（臺北：合志文化事業股份有限公司，1990年），頁139。

第五章　劉熙載寓言散文的故事分析

　　俄國寓言作家陀羅雪維夫（Vlas Mihajiovie Dorosevie）說：「寓言是穿著外衣的真理」〔註1〕，換言之，真理是寓言的主題意涵，外衣則是寓言的故事情節。引人入勝的情節故事，如同一襲燦爛奪目、細緻綺麗的袍，吸引讀者掀開扉頁，發現藏在底下的真理，這就是創作者筆下所描繪的寓言。

　　是故，在探討《寤崖子》的主題思想後，本章將分析《寤崖子》的故事，分成「命名與選角」、「情節結構」和「寓意呈現」三部分探討劉熙載如何包裝真理。

第一節　命名與選角

　　人物是故事的發動者，是故事的中心，賦予情節生命和意義，沒有人物，事件和動作就缺乏趣味。從世界寓言的整體來看，動物寓言為大宗，印度體系和歐洲體系寓言中，人物寓言只占總數的百分之二十左右，然而，中國體系寓言中，人物寓言卻占了主要地位，占總數的百分之七十以上，這與中國歷來重史的文化有關，〔註2〕《寤崖子》中的角色亦以人物為主，有自創的角色，也有許多歷史人物，因此，故事的人物分析部分，不容忽視劉熙載對自創人物的命名以及續寫典故的選角安排。

〔註1〕轉引自顧建華：《寓言：哲理的詩篇》，頁2。
〔註2〕詳見凝溪：《中國寓言文學史》，頁175～176。

一、命名的象徵性

姓名在故事中不只是人物的稱號，同時也是語言符號，具有「意素符碼」〔註3〕（code connotative）功能，既可以增加作品中人物姓名的美感，也可以暗示讀者從中領悟命名的含意，包括角色的性格、命運和結局。《寤崖子》中對角色的稱呼方式有「概稱」、「泛稱」、「專稱」三種類型。

首先，「概稱」從稱呼上無法提供讀者任何資訊，先秦寓言即開始使用「概稱」，例如《列子》中的「國某」、「施某」、「孟某」就是隨機命名的抽象化人物。《寤崖子》中則以「或」稱之，「或」（某人）這種抽象化的角色，其性格喜好、出身背景不影響故事發展，在故事中的功能，是作為提問者，以闡明寓意，例如：〈解荀〉中，某人問荀子之「性」；〈辨惑〉中，某人向寤崖子請教「怪」和「息怪之法」；〈山海經〉中，某人問寤崖子《山海經》是否該廢；〈問射御〉中，某人向寤崖子請教射御；〈圃叟〉中，某人問寤崖子東叟西叟作法的優劣；〈秦醫〉中，某人問扁鵲醫任醫讓醫術的高下；〈問和〉某人問寤崖子「和」之道；〈善飲酒〉中，某人向寤崖子學飲酒。「概稱」雖然從稱呼上無法提供讀者任何資訊，但在寓言中的功能類似傳統相聲中的捧哏，具有接續故事的作用，並可象徵一切世人，他們提出的疑問，正是作者預測世人會有的疑問。

「泛稱」不寫人物真實姓名，但可從中得知人物的職業、相貌、年紀、專長、居地等，在先秦寓言中也頗為常見，如「守株待兔」的宋人、「庖丁解牛」的庖丁、「朝三暮四」的狙公、「邯鄲學步」的壽陵餘子、「子罕不愛玉」的鄙人等。《寤崖子》中的「泛稱」用以表示職業的有：〈魚習〉的畜文魚僂者、弟子，〈陳仲子〉的二漁人，〈市藥〉的醫、藥賈、僕，〈無妄〉的韓盜、魏盜、日者，〈虛邑酒〉的舍人、里之業酒者，〈鄭醫〉的醫、巫；表示年紀的有：〈學墨〉的長老，〈魯叟〉的魯叟，〈彭祖〉的童子，〈蔣氏狗〉的鄰叟，〈善戒〉的富叟；表示專長的有：〈學墨〉的學墨者、善博者，〈儒問〉的儒者、學慎者、學施者；表示居住地的有：〈辟怪〉的越人、宋人，〈市藥〉的晉人，〈志

〔註3〕羅蘭・巴特（Roland Barthes，1915～1980）創造五種符碼詮讀文本裡的五種聲音，情節符碼，表示經驗的聲音；意素符碼，表示個人的聲音；文化符碼，表示科學的聲音；闡釋符碼，表示真相的聲音；象徵符碼，表示象徵的聲音，這些聲音相互構織成一種網路，一種局域（topique）。其中「意素符碼」指的是「一種性格，性格則是一種形容詞、一種定語、一種謂語」，從意素符碼可得知圍繞在角色、人物的一些特殊特徵。見羅蘭・巴特著；屠友祥譯：《S/Z》（新店：桂冠圖書股份有限公司，2004年），頁280～282、205。

臧〉的里人，〈圃叟〉的東叟、西叟。「泛稱」突出作者希望讀者關注的焦點，有助於讀者記住人物的特質和結局。

相較於「概稱」和「泛稱」，特別為角色取的「專稱」，透露寓言的寓意和情節，在《莊子》寓言人物的名字如：倏、忽、渾沌……等，即具有特殊象徵的意義，劉熙載繼承此一寫作傳統，以下從「字義」和「文化背景」二方面考察《寤崖子》命名的語言動機。

第一種「專稱」命名的語言動機，可由「字義」探索，共有四篇：〔註4〕

第二十一篇〈封難〉，敘述「封」富而吝，故以陳仲子為賢，「難」貧而貪，故以晏子為賢。「封」，爵諸侯之土也（《說文解字》），引申有富厚之意；「難」，患也（《廣韻》），引申有艱難之意。由「封」與「難」的人名符碼，即可知兩人的經濟條件。第三十一篇〈志臧〉，「志」，意也（《說文解字》）；「臧」，善也（《說文解字》）。劉熙載以「反用法」諷刺「志臧」其名與其行截然不同，不但沒有好的志向抱負，每天還沉浸於幻想之中，不切實際。第三十七篇〈善射〉，訴說「章」射術佳卻困於書，最後空手而歸，輸給射術不及但能獨立思辨的「奮」。「章」，樂竟為一章，歌所止曰章（《說文解字》），後指文章；「奮」，鳥張毛羽奮奞也（《廣韻》），引申有振作之意。由名可知二人一保守、安於現狀，一開通、敢於質疑的性格。第三十九篇〈秦醫〉中，「醫任」主任，治病激進；「醫讓」主讓，治病保守，相互毀謗。「任」，符也（《說文解字》），引申有聽憑之意；「讓」，《禮記・曲禮》：「君子恭敬撙節退讓以明禮」，《疏》：「應受而推曰讓」，藉名暗藏兩人行醫，一自任自是，一自讓自限。

第二種「專稱」命名的語言動機，可由「文化背景」探索，共有二篇：

首先，第一篇〈株拘它〉，「株拘它」認為「以小會蔽人」，寤崖子以生活實例反駁。「株拘」一詞見於《莊子・外篇・達生》，描述孔子與弟子至楚國，遇一位佝僂老人站在樹下，用頂端塗上樹脂的竹竿捉蟬，只見他一粘一隻，就像隨手拾取一般容易，老人解釋自己是經過漸進熟練和用心專一，才能「處身也，若厥株拘；執臂也，若槁木之枝。」達到出神入化的境地，孔子由佝僂老人的一席話，聯想到所有領域的學習都應該如捉蟬一般「用志不分，乃凝於神」，劉熙載以「株拘」二字指涉此寓言所蘊含的「以小徵大」道理。

第九篇〈魯叟〉描述孔賢、孔智分別向魯叟推闡自己的理念「行」、「知」，

〔註4〕「寤崖子」一角命名的語言動機亦可從字義探索，其意涵詳見第二章第一節「劉熙載生平」。

魯叟以辨藥、熬藥不可偏廢，表示「行」、「知」應該並重。孔子認為道德理論必須與道德實踐結合，要以行為本，指導弟子在社會實踐中去體會「君子」的蘊涵，將能否做到「言行一致」視為劃分君子與小人的重要指標。〔註5〕「魯叟」之姓暗指孔子之出生地，暗喻其為繼承孔子思想者；「孔賢」、「孔智」之姓，暗示其與儒家開創者孔子有關，「賢」表示外在才德出眾，而「知」表示內在知識淵博，故由姓名即可明白二人分別代表孔子的一種思想，必須合而為一，才能完整。

　　劉熙載將寓意、情節託於人名，運用字義、文化意涵使角色名稱蘊含象徵性，縮短寓言人物與讀者間的距離，也展現姓名符號與寓言形象上的生動性和豐富性。

二、選角的典型性

　　《寤崖子》中經常使用功能性較強的歷史人物或神話人物，推動情節和表現寓意，這些人物符號，具有「文化符碼」〔註6〕（cultural code）功能，劉熙載以人物符號為素材進行演繹並賦予新意，既保有人物原型的影射和意象，也陌生化人物原型，拓展讀者的閱讀接受領域。

　　《寤崖子》中穿插了十七位歷史人物與神話人物，他們的特質，自古至今鮮明地活在讀者心中，例如：魯連先生〔註7〕之「豪俠」、蜀莊〔註8〕之「沈冥」、師曠〔註9〕之「聰」、離婁之「明」、彭祖之「長壽」、陳仲子〔註10〕之「苦

〔註5〕如「始吾與人也，聽其言而信其行。今吾與人也，聽其言而觀其行。」（《論語・公冶長》）「君子恥其言而過其行。」（《論語・憲問》）「君子納于言而敏於行。」（《論語・里仁》）

〔註6〕「文化符碼」來自科學之書（智慧之書）的材料，指的是「各類知識匯集」、「常識大要」。羅蘭・巴特著；屠友祥譯：《S/Z》，頁220、199。

〔註7〕魯仲連（約305B.C.～245B.C.），有時簡稱魯連。戰國齊國茌平人，為遊說名士。

〔註8〕嚴遵，字君平。西漢蜀郡人，道家學者，思想家，亦以善於卜筮聞名。「蜀之八仙」之一。漢成帝時隱居蜀成都，以卜筮為業，「因勢導之以善」，史稱「蜀人愛敬」。揚雄《法言・問明》：「蜀莊沈冥，蜀莊之才之珍也，不作苟見，不治苟得，久幽而不改其操，雖隋、和何以加諸？舉茲以旃，不亦珍乎！吾珍莊也，居難為也。」

〔註9〕師曠（？～？），春秋音樂家，精音律，《荀子・大略》：「言味者予易牙，言音者予師曠，言治者予三王。」曾任晉國大夫，《說苑・建本》記師曠勸晉平公秉燭而學的故事。

〔註10〕陳仲子，戰國齊國思想家。提倡廉潔自律，力圖整頓世風，堅辭不受齊國大

節」、晏子〔註11〕之「樂施」、淳于髡〔註12〕之「善辯」、計然〔註13〕之「善計」、范蠡〔註14〕之「善謀」、曹參〔註15〕之「善佐」、荀卿〔註16〕之「易遭嫉」、馮婦之「易驕矜」、公孫龍〔註17〕之「匡正名實」、扁鵲〔註18〕之「一專多能」等，這些人物可說是蘊含文化信息的載體，足以令讀者連結至其文化符碼，亦有助於推動情節和表現故事的結構，值得注意的是，除了曹參生於西漢，其餘人物皆活躍於春秋戰國，這也使劉熙載的寓言散文增添了一股「復古」的氣息。

　　除了單純運用歷史、神話人物的經典造型之外，劉熙載也透過「諧擬」〔註19〕增加閱讀趣味。例如，在〈彭祖〉一篇，劉熙載安排年幼的童子質疑

　　　　夫、楚國國相等職，先遷居於陵，後隱居長白山中，終日為人灌園，編織草
　　　　鞋維生，陶淵明〈扇上畫贊〉譽其：「至矣於陵，養氣浩然。蔑彼結駟，甘此
　　　　灌園。」

〔註11〕　晏子（578B.C.～500B.C.），春秋後期外交家。據說晏嬰身材不高，其貌不揚。
　　　　但頭腦機敏，能言善辯，生活節儉，謙恭下士。《晏子春秋·外篇》記孔子譽
　　　　其：「救民之姓而不夸，行補三君而不有，晏子果君子也。」

〔註12〕　淳于髡，戰國齊國人，善於辯論，經常代表齊國出使各國，未曾受到屈辱。
　　　　《史記·滑稽列傳》記其以隱語成功勸誡齊威王的事蹟。

〔註13〕　計然，春秋謀士。博學無所不通，尤善計算，著有《文子》、《通玄真經》。

〔註14〕　范蠡（536B.C.～448B.C.），春秋楚國政治家，助越王成就霸業，引退後經商
　　　　積資成巨富，自號陶朱公。世人譽之：「忠以為國；智以保身；商以致富，成
　　　　名天下。」

〔註15〕　曹參（？～190B.C.），西漢人，是繼蕭何後的漢代第二位相國，依循蕭的制
　　　　度治理天下，世稱「蕭規曹隨」。《史記·曹相國世家》記百姓歌之曰：「蕭何
　　　　為法，顜若畫一；曹參代之，守而勿失。載其清淨，民以寧一。」

〔註16〕　荀卿（313B.C.～238B.C.），戰國末期趙國人，儒家代表人物之一，提倡性惡
　　　　論。《史記·孟子荀卿列傳》記：「年五十始來遊學於齊。……齊人或讒荀卿，
　　　　荀卿乃適楚，而春申君以為蘭陵令，春申君死而荀卿廢。」

〔註17〕　公孫龍（320B.C.～250B.C.），戰國時期趙國人，名家的代表人物，以「白馬
　　　　非馬」和「離堅白」等論點而著名，主要著作為《公孫龍子》。

〔註18〕　扁鵲（約407B.C.～310B.C.），東周。《史記·扁鵲倉公列傳》記同樣是昏迷
　　　　症狀，扁鵲斷定晉大夫趙簡子為血脈治，不予治療，靜待其自寤；斷定虢太
　　　　子之病，乃尸厥也，以針灸穴道，待其甦醒，再予其湯藥，可見其能兼通數
　　　　科，一專多能。

〔註19〕　諧擬（parody），由哈契翁（Linda Hutcheon）提出，諧擬的作品把文本當成一
　　　　面鏡子，用以照映外在世界，也反射到諧擬的對象，導致讀者仔細看清的他
　　　　屬性。諧擬與其諧擬的對象之關係可以是善意的，也可以是敵對的，更可兩
　　　　者兼具。見紀蔚然：《現代戲劇敘事觀：建構與解構》（臺北：書林出版有限
　　　　公司，2006年）頁39～40。

長壽的彭祖，彭祖無法反駁自己放不下生死，原本以善養生稱著的彭祖，在心境的超脫上，卻輸給年幼的童子，情節安排逗趣、幽默，顛覆人們習以為常的慣性思考。在〈師曠〉、〈范蠡〉、〈饗螳螂〉三篇中，劉熙載將不同時空的人物，甚至將神話人物與歷史人物、擬人動物與歷史人物，聚集在一起，「時空錯置」、「虛實交錯」、「真假相生」既展現一種寫作創意，也刺激讀者融會貫通。

綜合第一節「命名與選角」，劉熙載在塑造人物時，善於透過「命名」標籤化寓言角色，使角色的姓名充滿象徵性，也善於藉由「選角」，利用歷史人物、神話人物的流傳性、普遍認知及高辨識度，召喚讀者的共同經驗，再藉由重述故事、諧擬故事，達到傳遞寓意之目的。

第二節　情節結構

「情節」是故事事件的因果關係，「結構」是文藝作品的組織方式和內部構造。作者根據表現主題的需要，運用各種藝術表現手法，把一系列生活材料、人物、事件等，分輕重主次，加以安排和組織，達到藝術上的完整與和諧。本節以「單情節」、「雙情節」和「多情節」三種方式分析《寤崖子》中的情節結構。

一、單情節——單向式

「單情節」是寓言中最常見的情節結構，舉凡《伊索寓言》中的寓言故事，即為單個的、短小的故事，由一條線（開端、發展、轉折、高潮、結尾）開展出首尾完整的情節結構。

《寤崖子》中單情節作品共有二十三篇，包含：〈解荀〉、〈辨欲〉、〈翼名〉、〈魯叟〉、〈蜀莊〉、〈海鷗〉、〈吸靈〉、〈噓吸〉、〈彭祖〉、〈儒問〉、〈范蠡〉、〈饗螳螂〉、〈荀卿〉、〈曹參〉、〈鄣醫〉、〈市藥〉、〈求忘〉、〈無妄〉、〈鵲占〉、〈蔣氏狗〉、〈善射〉、〈秦醫〉、〈觀物〉，比例約占所有作品的一半。

以〈市藥〉為例，此寓言沿單一軸線發展，「開端」由於晉人作客粵地而生病，故請當地醫生治病：

> 晉人客粵而病。

「發展」由於醫生強調「宜擇其最上者，勿吝直也」，故晉人特別留意僕人買回來的藥，並產生疑心：

醫言沈香可治，且曰：「宜擇其最上者，勿吝直也。」遂如其言，使
僕市諸藥賈，賈果以最上者與之。及歸，晉人視之，疑其非上也。

「轉折」由於價品標價高，使晉人相信第二次買的藥為真良藥：

命還藥取直，市諸他賈，且告以前賈之事。賈知其眩而無鑒也，飾
梛以與之，言價故昂於前直。僕爭之久，乃如前直而售。晉人視之，
則稱善。

「高潮」由於服藥後，病情反而加重，所以晉人不得不復請醫生看診：

既服，疾轉劇，旋復速醫至。醫見藥滓，訝曰：「子何至誤服梛邪？」
語之故。醫曰：「曩吾之藥，以治證也。今乃當以藥治藥，而後證可
治也，其難易遲速相遠矣。」晉人悄然。

「結尾」醫生揭開晉人受騙的真相，亦藉機教育晉人識人之重要：

醫曰：「子勿悲也！藥之可悲，乃甚於子也。夫藥有上材，猶馬有上
駟也。上駟抑為中下，其甚必屈於非馬。卻騏驥而不乘，識者故不
為卻之者惜，而嘆馬之不遇知己也。晉多良馬，豈了為晉人而於此
弗知乎哉？」（〈市藥〉）[註20]

　　人物催生事件，事件影響人物。晉人的猜疑，僕人的誠實，後賈的奸狡，
促使晉人誤食假藥，因誤食假藥，使晉人明白「識」的重要，透過起伏的情
節，使寓意呈現。「單情節」結構的作品情節、角色、主題皆獨立，最為靈活
自由，故作品量也最多。

二、雙情節——包容式

　　「雙情節」即由兩個情節組合，以「包容式」為主，是在故事中又套著
故事，如印度《五卷書》用五個主幹故事套著八、九十個小故事。《寤崖子》
中雙情節的作品共有三篇，包含：〈學墨〉、〈陳仲子〉、〈志臧〉。

　　此種如俄羅斯娃娃一層套一層的結構中，外在故事往往藉由內在故事闡
釋己意，曉諭他人，以〈志臧〉為例：

臧自許有志，因號志臧。志臧謂其里人曰：「子知吾之能化乎？」問
「奚化」，則「貧化富，賤化貴」也。里人曰：「吾聞善化者，愚化
智，不肖化賢。不然，則不如其已也。嘗有以蟻祝聞於子者乎？一
蟻常自祝曰：『吾必化蟁。』他蟻過而叩之，答曰：『吾曹雖有百為，

〔註20〕〔清〕劉熙載著；薛正興點校：《劉熙載文集・寤崖子・市藥》，頁 628～629。

莫非起於謀食。今有吾所性嗜之食，或庋於高，懸於空，隔於水，則吾不能及之。傅之以翼，則可以恣吾嚼矣。』他蟻曰：『吾固亦謀食者，高論未敢持也。然吾所以勝若者，止於其分，不妄思爾。』**夫同是蟻也，而妄有專屬。然則子以能化夸我，適以明我為不妄人也。**」（〈志臧〉）〔註21〕

　　此篇寓言分為二個層次，第一層外框（outer frame）敘述里人企圖點醒志臧整天癡心妄想的行徑，第二層內框（inner frame）描述「蟻自祝化蠹遭他蟻恥笑」。藉由內框擬人、虛幻的情節，外框的里人既可以「指桑罵槐」地譴責志臧，又可拉高外框角色的制高點，幫助外框的志臧藉由反身映射看清事實的真相，這種劇中劇的結構設計，具有娛樂、楷模或警告的效果。〈學墨〉中的長老和〈陳仲子〉中的淳于髡，也是用相同的方法引導、遊說學墨者和陳仲子。

　　包容式寓言第一層情節的主角，正如同現實生活中的讀者，需要他人指點迷津，方能突破盲點，因此，包容式寓言具有拉近讀者心理距離、引導讀者自我反省的優勢，但這種結構，需運用後設認知，故數量較少。

三、多情節

　　「多情節」是由三個或三個以上的情節組合，有「螺旋式」和「系列式」。

（一）螺旋式

　　「螺旋式」的情節結構是輾轉而進的，也就是針對一個核心，不斷將其基本內容加深、加廣，猶如螺旋般上升。如蘇軾〈日喻說〉有兩則故事，第一則「扣盤捫燭」說明親身體驗對學習的重要性，第二則「北人學沒」進一步說明長期實踐才能掌握規律。《窮崖子》中螺旋式的作品只有〈器水〉一篇：

器水有實。今以多竅竅之器畜濁水於中，其外流者，求一竅竅之不濁不可得也。欲清其流，必盡清其器中之水。吾於此而知善之源於性也。

貧窶者日事借貸，其祖父所藏之窖金，近在咫尺而不知也。有長老示以其處，發之可資一生之用，則快然無復他求。吾於此而知性之無不備也。

〔註21〕〔清〕劉熙載著；薛正興點校：《劉熙載文集·窮崖子·志臧》，頁630。

有二人執火夜行，其火一則固明，一吹噓而後明，要於明焉而已；
必赴之塗，或步而至，或輿而至，要於至焉而已。吾於此而知性教
之所歸一也。夫恒言不可以無徵，況於性教乎？（〈器水〉）〔註22〕

　　〈器水〉以「人性」為中心，第一則「器水」以欲流清，必源清，說明人
性本善；第二則「窖金」以貧者之地窖有金，說明人之善性完備，不用向外
求；第三則「二人執火」以一火固明，與一火吹噓而後明，說明殊途同歸，教
育的目的是在使人回歸本性。由證明「人性本善」、「人性完備」到「性教歸
一」環環相扣，層層推進。

　　「螺旋式」情節結構符合人類接受知識的程序。美國心理學家布魯納
（J.S.Bruner，1915～）認為「任何教材都能以某種合理形式教給任何發展階
段的兒童」，因此「螺旋式課程」是依據繼續性、順序性、統整性與銜接性，
所編排的一套逐漸加深加廣的課程，幫助學生在循序漸進中熟悉概念的意義，
提昇認知發展能力。螺旋式情節結構的小說亦具有此種功能，引導讀者由淺
及深，了解寓意。

（二）系列式

　　中國寓言體系喜歡假借一個名人或虛構一個人物做評論，如《莊子》假
託孔子為見證人，借孔子的話點名寓意；蘇軾《艾子雜說》的艾子、劉基《郁
離子》的郁離子，則是以「智者」形象貫串一系列寓言，代作者評論事件，點
出寓意。劉熙載則是化身為「寤崖子」穿插於《寤崖子》十五篇寓言散文中，
使作品具整體性，「寤崖子」在寓言中，有時是解惑的主角，有時是評論的配
角，以下分述之。

　　作為寓言主角時，「寤崖子」推動故事發展，為配角解惑，或改正配角的
思維，如在〈株拘它〉株拘它與寤崖子辯論：「以小」是否會「蔽大」，寤崖子
以株拘它「從礎潤蟻出推得將雨」之言反證「以小」不會「蔽大」。〈墨者〉寤
崖子和墨者爭辯「兼愛」，寤崖子藉墨者「以手障頭」的動作反駁墨家「兼愛」
的主張。〈辨惑〉寤崖子為某人辨惑，解釋怪來自因不常見而產生的「有怪之
怪」，和因猜疑與人為造成的「無怪之怪」，以及柔與剛兩種「息怪」之法。
〈山海經〉某人問寤崖子《山海經》是否該廢，寤崖子以畫鬼為喻，曉諭某
人：畫鬼和寫奇國異人的作者，塑造鬼和人的恐怖外形，只是為了凸顯他們

的邪惡內在。〈封難〉窳崖子問封、難齊國賢者，兩人分別答：陳仲子和晏子，窳崖子分析二人的心理，嘲笑他們其實一人貧而貪，一人富而吝，惺惺作態。〈問射御〉某人批評古代之射御已拙，窳崖子反駁當時「非弓矢而捷於弓矢者」、「非馬而捷於馬者」其出發點不是為了以禮養人，因此日後必定自斃，是古聖人所不許的。〈問和〉某人問「和」，窳崖子以人遇冷則呵，遇熱則吹為喻，說明因時自處就是「和」。〈善飲酒〉某人向窳崖子學飲酒，起初誤以為醉酒就是飲酒，經窳崖子指點才明白，飲酒是心靈上的太和境界。

作為寓言配角時，「窳崖子」評論故事意涵，對於故事中人物的言論、行為表示贊同或批判，如在〈魚息〉窳崖子從養魚駝者得知：養魚者最先使用的水，決定魚日後習慣的水質，窳崖子於是藉此例教導弟子習、性。〈師曠〉離婁則以「黜聽以養視」的生命經驗現身說法：「專心致志，方能成功」，窳崖子補充陽燧取火的例子，說明專心的重要。〈辟怪〉宋人質疑辟怪是古人的微權，否認世上有怪，窳崖子評論：「夫禮，常也；禮以外，皆怪也」。〈虛邑酒〉酒舍舍人為酒醉客調水酒而獲利，里之業酒者仿其作法結果滯銷，窳崖子評論：「君子貴遠謀，無誘於近利。」〈善戒〉富叟勸戒鄰之子不要偷竊，反而開啟鄰之子學習偷竊之心，窳崖子評論：「善戒者無迹」，不當的勸說「譬如縱風止燎」，有害無益。〈馮婦〉馮婦弟子自以為學遍馮婦之技，再加上打狗初捷，於是狂傲自大，夜行時竟錯認虎為狗，釀成悲劇，窳崖子評論：無備、生驕，將致大敗。〈圃叟〉東叟和西叟種的菜各被鄰居所偷，東叟原諒鄰居，西叟責罰鄰居。東叟勸西叟寬恕微小的損失，窳崖子評論：君子之道應以教化。

無論是解惑的主角，抑或是評論的配角，「窳崖子」通常以「粹然儒者」的身分出現，他反對鬼怪（〈辨惑〉、〈山海經〉、〈辟怪〉、〈善戒〉），認為鬼怪是人所想出來的，若以鬼怪之事教導戒律，反而會造成反效果。強調禮的重要性（〈問射御〉），以及「親親」的思想（〈墨者〉）。在與人辯論時，他善用譬喻說理，條理清晰，反應敏捷，能及時運用動作、對方的言語作為駁倒對方的策略，是個機智聰明的解惑者。在少數篇章裡，可看見「窳崖子」平易近人的一面，如〈魚息〉中，他不恥下問，向養魚傭者請教養魚之法，顯示出他以萬物為師的虛懷若谷與好學精神。在盛行充滿鬼怪奇異色彩寓言的清代，窳崖子反對以神妖鬼怪作為教化工具，努力勸勉書中人物，並督促自己以萬物為師。

總結第二節「情節結構」，由下圖可以看出劉熙載情節結構設計的主要傾向：

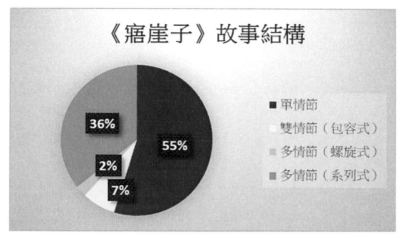

雖然寓言常見的單情節結構設計也是《寤崖子》中最常見的故事情節類型，但劉熙載也加入了不少「系列式」結構作品，使寓言散文集更具一體性，並雜以「包容式」和「螺旋式」二種情節結構，為作品增添變化。

第三節　寓意呈現方式

所謂寓意呈現，是指寓言故事必須結合題材與主題，以及作者的美學觀點與思維風格，才能恰當地把豐富複雜的寓意，鮮明生動地表達出來。〔註23〕本節從「問答」與「邏輯」兩方面探索《寤崖子》的寓意呈現方式。

一、借對話揭露寓意

寓言作家為了突出寓意，往往把自己的主觀意識或客體分為兩個或兩個以上的形象，使他們互相補充，相互詰難，從而把寓意闡述得更為透徹。〔註23〕例如：劉基的「賣柑者言」，描寫「我」和「賣柑者」的對話，透過「我」質疑賣柑者的果子是金玉其外敗絮其中，引出「賣柑者」批判朝廷百官也如果子金玉其外敗絮其中，事實上，「我」和「賣柑者」都代表作者劉基的主觀意識。

《寤崖子》四十二篇寓言散文，有三十二篇幾乎以對話形式構成，其對話設計有二種：第一種，作者現身在文本裡進行問答的敘述觀點；第二種，作者隱藏在文本背後，居於全知全能的地位，總攬假設的人物，進行各允其分的言辭和表現。分別討論如下：

首先，作者現身在寓言散文中進行問答的作品計有：〈株拘它〉、〈解荀〉、

〔註23〕參見陳蒲清：《寓言文學理論‧歷史與應用》，頁133。

〈墨者〉、〈辨惑〉、〈山海經〉、〈問射御〉、〈圃叟〉、〈問和〉、〈善飲酒〉，除了
〈墨者〉有明確的對話對象「墨者」，其餘作品的另一對話者在篇中只有模糊
的身分：「或」，「或」如同符號，表示凡我以外的一切客體，因為不明瞭我的
立場而發問，但作者必須假裝不知道他們的觀點，由此展開對話。以〈問射
御〉為例：

> 或問射御，竀崖子稽諸禮以示之。其人曰：「不已拙乎？」曰：「然
> 則子之所謂巧者，何也？」曰：「捷也。夫射必以弓矢，然世乃有
> 非弓矢而捷於弓矢者；御必以馬，後世乃有非馬而捷於馬者。是雖
> 不名射御，實則古之射御不能及也。」曰：「彼其捷焉者，以禮乎？
> 以利乎？為養人乎？為勝人乎？古聖人以禮養人，故射御之教非
> 徒然也，賢賢長長之意寓焉。保氏之教國子者無論矣，雖用之田
> 獵，用之戰陳，蓋猶兢兢不失此意。是雖拙也，其所全有多於巧者
> 矣。若以利，則惟勝人是務。卒之人不可勝而機械日出，為法必且
> 自敝，是巧乃所以為拙也。不然，古聖人豈不能先為之哉？」（〈問
> 射御〉）〔註24〕

由「或」一系列的疑問：「問射御」、「不已拙乎」「古之射御不能及今之
機械」，作者竀崖子得以發表自己的看法——禮的重要性遠高於捷，可見劉熙
載利用「或」的口，導引出自己的觀點。這種藉由分飾，將個人的性格變化成
多重角度的可觀察對象，是呈現整體思想的方法，特別是當個人在文化發生
劇烈碰撞的時刻，利用分身兩角，透過角色的質詢、辯論，作者自我可以產
生積極的對話和交流，梳理自我的價值體系，而讀者在文本中所看到的不同
形象，其實是作者腦海的不同聲音。

要言之，「或」和「竀崖子」代表的是劉熙載的內心對話，當其思想觀念
受到他人質疑或環境衝擊，不同聲音的問答，表示劉熙載形成自我概念的歷
程。

另外，作者隱藏自己，假設人物，分身站在寓言散文的人物展開對話的
作品計有：〈學墨〉、〈魯叟〉、〈蜀莊〉、〈海鷗〉、〈師曠〉、〈彭祖〉、〈辟怪〉、
〈儒問〉、〈陳仲子〉、〈封難〉、〈范蠡〉、〈饗螳螂〉、〈曹參〉、〈鄴醫〉、〈市藥〉、
〈志臧〉、〈無妄〉、〈鵲占〉、〈蔣氏狗〉、〈善射〉、〈秦醫〉，人物的設計有取古

〔註24〕〔清〕劉熙載著；薛正興點校：《劉熙載文集‧竀崖子‧問射御》，頁 627～
628。

代人物，亦有設虛擬人物。作者居於全知全能的地位，利用寓言散文中的角色對話，完成寓意，以〈魯叟〉為例：

> 秦有士焉曰孔賢，越有士焉曰孔智，遇於旅館。適魯叟亦至焉，並坐於堂。相問畢，二士熟視魯叟，曰：「子豈有道者邪？」叟曰：「吾多病，方務治之，他非所及也。」言已，入室下帷焉。頃之，秦士論行道甚悉，越士論知道甚悉，叟皆若弗聞也者。二士慍，遂自帷外語之曰：「吾兩人之言欲得有道正之，乃一無所可否乎？」叟出曰：「吾固言吾病人也。孔賢之言吾欲可之，然吾時方辨藥；孔智之言吾欲可之，然吾時方幸藥不誤而施火。夫辨藥，知也；施火，行也。吾欲吾病之遄已，是故於二者并務也。今孔賢外知，孔智外行，移此道以治吾病，且將使之加劇矣。吾其敢與乎哉？」
>
> （〈魯叟〉）〔註25〕

孔賢、孔智、魯叟各代表一種聲音，劉熙載分身在各個角色，相互關照、投射、溝通，如同指揮家，將不同的聲音組織成和諧動人的樂曲，從而完成自己的主張——知行並用。

總結「以問答揭露寓意」，劉熙載有時化身寤崖子現身在文本中進行問答，有時隱藏在文本背後，總攬人物的對話聲音，藉由溝通，帶領讀者思索，增加寓意的客觀性和完整性。

二、借邏輯推演寓意

邏輯是西方哲學中 logic 一詞的譯名，又稱為「倫理學」、「理則學」，中國傳統哲學有「名學」，印度傳統哲學有「因明學」，但都不及西方邏輯的嚴謹與系統。邏輯是以論證為主要研究對象，目的是在研究出一些方法與原則，用以分辨正確與不正確的論證。邏輯廣泛存在於生活當中，也可從文學作品中尋得它的具體呈現，因此本論文從「劃分概念法」、「演繹法」、「歸納法」、「類比法」、「辯證法」五個層面切入探討，以凸顯邏輯在劉熙載寓言散文寓意中的紐帶作用。

（一）劃分概念法

「概念」是反映事物本質屬性的思維行形式。概念的「內涵」是指概念

〔註25〕〔清〕劉熙載著；薛正興點校：《劉熙載文集・寤崖子・魯叟》，頁616。

所反映的物件的本質屬性，反映了物件的質；概念的「外延」是指概念所反映的物件的範圍，反映了物件的量。例如：「人」這個概念的內涵是會製造生產工具的動物，外延則指古今中外所有的人。

由於一個概念有怎樣的內涵也就有和它相適應的外延，而一個概念有怎樣的外延也就確定了它有什麼樣的內涵，所以，要使概念明確，首先要明確化它的涵義，也就是讓它的內涵明確，然後才能準確地指出它的外延範圍。《寤崖子》中的〈解荀〉和〈蜀莊〉兩篇，即是對概念進行劃分，重新審視先秦孟、荀、莊的思想。試舉〈蜀莊〉作說明：

> 客問蜀莊曰：「『不龜手之藥，或以封，或不免於洴澼絖』，斯言謂何？」曰：「此吾宗之寓言也。子且謂何？」曰：「藥猶是也，而用之大小存乎人，此所以封與洴澼絖异也。今吾以先生之貌，覘先生之蘊，是可封者也。降身卜肆，日得百錢，是洴澼絖也。竊為先生惜之！」曰：「此豈吾宗之旨哉？吾宗之喻用，大純乎道者也，子之取用，大純乎利者也。如以利，子知洴澼絖之不如封，亦知封者且有時求洴澼絖而不可得與？必欲封者，請視余。夫封自安富尊榮以外，無可欲也，余以不危為安，不貪為富，不屈為尊，不辱為榮，封之實不既備乎？故吾之無落吾事者，非惡封也，恐失封也。使不為此，是舍封而就洴澼絖也。此吾宗之旨也。」客不悟而去。蜀莊歎曰：「言之能聽與不能聽也，蓋有命哉！是殆將終為洴澼絖人矣！」（〈蜀莊〉）〔註26〕

在此篇寓言中，客與蜀莊對「封」概念的內涵界定不同，客將封理解為「安富尊榮」，而蜀莊將封理解為「以不危為安，不貪為富，不屈為尊，不辱為榮」。概念的內涵與外延，會隨著客觀事物的發展，與人們對客觀事物的認識，而發生變化，這是概念的靈活性，蜀莊藉著概念的靈活性，否認世俗對「封」概念的確定性，從而超然世俗價值觀之外，解除倒懸之苦。在〈解荀〉一篇，劉熙載則藉著釐清孟之「性」乃「仁義內在」，荀之「性」乃「動物之性」，分析出「孟子自其無不善者而言，恐人之自棄也；荀子自其惡者而言，欲人之自治也」。

運用劃分概念法，可以幫助讀者正確地理解諸子思想，也使寓意更加明確。

〔註26〕〔清〕劉熙載著；薛正興點校：《劉熙載文集・寤崖子・蜀莊》，頁617。

（二）演繹法

演繹法是由普遍道理而推知特殊道理的推理工具。所謂「普遍道理」是一類事物的道理，「特殊道理」是某一事物特有的道理。在推理程序上，可以說是把舊有的一般道理，應用在新的個別事例上。《寱崖子》中運用的演繹法類別主要有：「三段論證」、「充分條件假言推理」和「兩難推理」，以下分述之。

1. 三段論證

三段論證（Syllogismus）是由兩個前提推出一個結論的推理。例如：

凡點名不到的將士（M）應當斬首（P）；　　　（大前提）

莊賈（S）是點名不到的將士（M），　　　　　（小前提）

所以莊賈（S）應當斬首（P）。　　　　　　　（結論）

三段論證包含三項：大項、小項和中項，大項（P）在結論命題中作為謂項，如上例的「應當斬首」，小項（S）在結論中做為主項，如上例的「莊賈」，中項（M）是在前題中出現兩次，而在結論中不出現的概念，如上例的「點名不到的將士」。三段論證的規則是：凡對某一類思維物件有所肯定，則對該類中的每一個分子也必須有所肯定；凡對某一類物件有所否定，則對該類中的每一個分子也必須有所否定。以下舉〈辨欲〉、〈學墨〉、〈封難〉、〈饗螳螂〉、〈鄴醫〉五篇為例。

第二十八篇〈鄴醫〉，祝巫和醫師相遇於途，祝巫要求醫師讓路，面對祝巫的無禮羞辱，醫師以三段論證教訓祝巫，點出「君子小人，如冰炭之不相容，薰蕕之不相入」：

人觸鬼者不祥，鬼觸人者碎（M），當兩避（P）。

爾鬼道也，我人道也（S），我觸爾不祥，爾觸我則碎（M）。

故爾鬼道、我人道（S）當兩避也（P）。

第二十三篇〈饗螳螂〉，公孫龍警告平原君，任用趙括之不智，他先以蟬做襯托，引出趙括的缺失，暗示用才的方法，其推理形式如下：

螳螂氣不沉而聲囂（M），制於蟬。（P）

趙括（S），如螳螂氣不沉而聲囂（聲過其實）（M）。

趙括（S），制於蟬（白起）。（P）

第二十一篇〈封難〉，封推崇陳仲子，難推崇晏子，寱崖子以三段論證推理二人的真實心理，諷刺惺惺作態者：

常「賢貧之不受者，畏貧之貪者」（M），富者（P）。

封（S）賢陳仲子（貧之不受）（M），

封（S）必富（而吝）（P）。

常「賢富之樂施者，畏富之吝者」（M），貧者（P）。

難（S）賢晏子（富之樂施）（M）。

難（S）必貧（而貪）（P）。

第七篇〈學墨〉，劉熙載將墨家兼愛思想比擬為賭博，以魯連先生所言，論證真正的勝負：

賤技（M），以不能為勝，以能之為負（P）。

博（S），賤技也（M）。

博（S），勝是愈負矣（P）！

第五篇〈辨欲〉，用層層論證推演出人之欲可用為善，也可用為惡，可以藉由後天努力轉為善，原文與分析如下：

欲善，欲惡，皆謂之欲。第以欲而言，則是欲者，人之能也。凡人之能，必有所用，故欲而用於善，為欲之善；用於惡，為欲之惡。如以飴養老，可名飴善；以飴黏牡，可名飴惡也。草木瓦礫不可引而之善，以其無欲也，人則異是。子夏言「賢賢易色」，知色，斯能易也。孟子言「飽仁義，不願膏粱之味」，知味斯能不願也。蓋欲不皆善，而可移之於善也。惟禽獸之欲始不可移於善，人既異於草木瓦礫，更當別於禽獸，然則能可昧所用哉！（〈辨欲〉）〔註27〕

凡人之能（M），必有所用（P）。

欲者（S），人之能也（M）。

故欲（S），必有所用（用於善，為欲之善；用於惡，為欲之惡）（P）。

劉熙載藉由三段論證中小前提的媒介作用，將結論從大前提終分析出來，使所欲傳達的寓意顯明，並具有可靠性和說服性。

2. 充分條件假言推理

假言推理是前提至少有一個是假言命題，並且是根據假言命題前後件之間的關係而推出結論的推理。根據假言命題條件的不同，又可分為：充分條件假言推理、必要條件假言推理，和充分必要條件假言推理。

〔註27〕〔清〕劉熙載著；薛正興點校：《劉熙載文集·寤崖子·辨欲》，頁614～615。

　　所謂充分條件假言推理，即：肯定前件，就要肯定後件；否定後件，就要否則前件。又由於充分條件假設中，有了前件就一定有後件，因此，沒有後件就一定是沒有前件。它的邏輯形式是：

　　　　如果 p，則 q；p，所以 q。

　　　　如果 p，則 q；非 q，所以非 p。

　　《寤崖子》中運用充分條件假言推理的篇章有：〈株拘它〉、〈辟怪〉、〈求忘〉、〈蔣氏狗〉、〈善射〉，以表格整理如下：

篇　名	邏輯形式	內　容
〈株拘它〉	如果 p，則 q；	如果以小會蔽大， 則從「礎潤蟻出」不能知「將雨」；
	非 q，	「礎潤蟻出」能知「將雨」，
	所以非 p。	所以以小不會蔽大。
〈辟怪〉	如果 p，則 q；	如果越有怪，辟怪有用， 則應有人見過怪，或知道怪移去哪；
	非 q，	沒有人見過怪，不知道怪移去哪，
	所以非 p。	所以越無怪，辟怪沒用。
〈求忘〉	如果 p，則 q；	如果某人欲忘， 則某人不呼叫認識的人；
	非 q，	某人呼叫認識的人，
	所以非 p。	所以某人不欲忘。
〈蔣氏狗〉	如果 p，則 q；	如果，狗知道要吠盜賊， 則蔣氏懂狗語，與狗有約；
	非 q，	蔣氏不懂狗語，與狗無約，
	所以非 p。	所以狗不知要吠盜。
〈善射〉	如果 p，則 q；	如果《爾雅》記載為是， 則奮射鷗鶉，鷗鶉必銜矢射奮；
	非 q，	奮射鷗鶉，鷗鶉未銜矢射奮，
	所以非 p。	所以《爾雅》記載為非。

　　寓言故事的人物先從對方的論題出發，推出荒謬或與事實不合的結論，從而證明論題是虛假的，這種反駁，一針見血，非常有力。

3. 兩難推理：構成式

　　兩難推理是由假言命題和選言命題為前題的推理，是辯論中常用的一種

形式,在辯論中,辯論的一方常常提出一個斷定兩種可能的選言命題,然後又由兩種可能性引申出使對方難以接受的結論,使對方陷入左右為難的境地。兩難推理之所以被稱為兩難,也就是因為這個緣故。

兩難推理有兩種形式:第一種是構成式,構成式是在前提中肯定假言命題的前件,結論肯定後件;第二種是破壞式,破壞式是在前提中否定假言命題的後件,從而在結論否定前件。二種公式表示如下:

構成式	破壞式
如果 p,則 q; 如果非 p,則 q; 或者 p,或者非 p, 總之,q。	如果 p,則 q; 如果 p,則 r; 或者非 q,或者非 r, 總之,非 p。

試舉〈荀卿〉一篇為例,荀卿在齊國受讒言毀謗,前往楚國時,齊國人恐荀卿在楚國獲得春申君重用,反過來危害齊國,有一齊人卻說:

> 此何患焉!是謂荀卿賢乎?不賢乎?使不賢,則將變己以從楚,楚且若無荀卿矣。賢,則將信己以變楚,楚且共駭荀卿矣。且彼之所以不合於齊者,即其所以不合於楚者也。(〈荀卿〉)〔註28〕

齊人作出了構成式的兩難推理:

邏輯形式	內　容
如果 p, 則 q;	如果荀卿賢能, 那麼楚國不用荀卿; (因為荀卿將任憑自己改變楚國,楚國君臣將不敢任用荀卿)
如果非 p, 則 q;	如果荀卿不賢, 那麼楚國不用荀卿; (因為荀卿將改變自己去侍奉楚國,則楚國相當於沒有荀卿)
或者 p, 或者非 p,	或者荀卿賢, 或者荀卿非賢,
總之,q	總之,楚國不用荀卿。

可以看出齊人的思維非常嚴密,卻也預告荀卿的下場,唱出世世代代有志之士的哀歌。劉熙載以演繹法揭櫫寓意,使其寓言散文具有按部就班、條理分明的特點。

〔註28〕〔清〕劉熙載著;薛正興點校:《劉熙載文集・寤崖子・荀卿》,頁 626。

（三）歸納法

歸納法是從特殊事實推之普遍原理，相較於演繹法是概念的運用，歸納法是概念的形成。歸納法可分為「完全歸納」與「不完全歸納」二種。完全歸納，又稱為枚舉歸納，顧名思義要將某類全部所涵涉的特殊事件，毫無遺漏的一一列舉出來，再加以總括成一個普遍概念。不完全歸納，即一般人所說的歸納法，根據一部分既知的事實，推知其餘未知的部分事實，而做一個概括的論斷。

不完全歸納法藉由探求客觀事物或現象間的因果聯繫，得出結論，英邏輯學家穆勒（John Stuart Mill，1806～1873）在總結培根等人的歸納方法基礎上，1843 年在《邏輯體系》一書提出五種方法：「求同法」、「求異法」、「求同求異並用法」、「共變法」和「剩餘法」。〈馮婦〉、〈問和〉、〈師曠〉三篇使用了「求同法」，求同法的原理是：在被研究的現象出現的各個場合，如果發現一先行情況是相同的，那麼唯一相同的先行情況就是被研究現象的原因，公式如下圖。

場　合	先行情況	被研究對象
1	A、B、C	a
2	A、D、E	a
3	A、F、G	a
所以，A 是 a 的原因。		

首先，第三十五篇〈馮婦〉，劉熙載列舉三個人物的狀況與結果，分析失敗的原因，原文與分析如下：

> 弟子自負曩日已盡婦技……未幾，鄰有噬犬，屬為執之，應手而辦，輒驚然自喜。他日，夜行於麓，有虎即之，意以為犬也，挌之不勝。比知其為虎，而身已踣，不能爭矣。窶崖子曰：「吾聞奕避不若己者。否則，易而無備，積勝生驕，後遇勍敵，將致大敗。此馮婦弟子之所由死於虎也。且豈惟後之可患哉？孟賁之疏，女子勝之。前之未傷於犬，蓋猶其幸云！」（〈馮婦〉）〔註29〕

第一個例子：馮婦弟子由於「無備生驕」，尚未習得師傅全數武功，就自以為是，錯將虎認作狗，最終死於虎口；第二個例子：奕知道若打敗較弱的

〔註29〕〔清〕劉熙載著；薛正興點校：《劉熙載文集・窶崖子・馮婦》，頁632。

對手，會導致自己誤判自己的能力，日後面對強敵時易「無備生驕」，所以避不若己者，以免失於輕敵；第三個例子：孟賁由於「無備生驕」，疏於女子，失敗而終。因此，歸納馮婦弟子、奕、孟賁三人的共同情況可知：無備生驕是造成失敗的主因，劉熙載列舉三例，戒勉學習者切勿自滿而輕忽。

　　第四十一篇〈問和〉，以「氣遇風則散，無風則凝為水」和「物呵之則暖，吹之則冷」歸納出：事物應依其所處環境行事，蘊含「處事應隨時通變」的道理；第十四篇〈師曠〉則以「師曠不視（因不能視）而善於某物（聽）」以及「離婁不聽（刻意觸聽）而善於某物（視）」，歸納出：不（視／聽）是善於（聽／視）的原因，寄託「學習應專心致志」的寓意。

　　以歸納法呈現寓意，因為有較多的例子佐證，故具有加強思想，加深印象的效果。

（四）類比法

　　類比法是在兩個特殊事物間找出一種或數種類似之點，比而同之，由此一事物的真，推知彼一事物亦真，也就是根據兩個物件在某些屬性上類似而推出其他屬性也類似，其推理公式為：

　　　　A 有 a、b、c、d 屬性；

　　　　B 有 a、b、c 屬性；

　　　　所以，B 也可能有 d 屬性。

　　雖然，世界上沒有兩個完全相同的物件，即使是兩個非常相似的物件，也仍有差異存在，所以根據兩個物件的共有屬性推出其他屬性也相似，所得的結論只是或然的，而非必然的，即使如此，類比法在日常生活中仍具有非常重要的地位，因為它往往是開拓思路、觸類旁通、引起聯想的媒介，例如：在自然科學領域中，科學家受蝙蝠夜間可以準確穿梭並獵食啟發，創造出雷達；自人腦的功能模擬出電腦，為人工智慧研究開闢遠大的前景。

　　而在社會科學研究中，類比法也相當受用，如：第二篇〈器水〉，劉熙載運用類比法，推得器皿有「畜清水、流清水」之特性，而人性有「畜善性、展善性」之特性，闡明人性本善的思想；第十二篇〈吸靈〉，由「牟，吸芥者也」、「磁石，吸針者也」聯想到「物，吸靈者也」，再由「然烏知非芥之吸頓牟邪」、「然烏知非針之吸磁石邪」觸發「然烏知非靈之吸物邪」，揭櫫人應竭力修養自身，控制物欲，成為心靈上的自由人；第二十五篇〈曹參〉，從「蠆分甘草以食蛅蟖駏虛」聯想到「大將與部下共功」，從「蛅蟖駏虛負蠆」聯想到「部

下為大將效力」，揭示上下齊心，互助互信的理想職場互動模式。

劉熙載除了運用「類比論證」，在考察兩類事物某些相同或相似的屬性基礎上，推斷事物相同屬性，有時也會運用「類比反駁」，也就是運用類比推理形式進行反駁，其特點是依據關於某一個個別事物的判斷，來反駁另一個個別事物的判斷。

例如第六篇〈墨者〉，寤崖子欲反駁墨者的兼愛思想：

被反駁的論題：「墨之視尊卑親疏，類皆同也」，

相矛盾的論題：「墨之視尊卑親疏，類皆同也」是不可能的，

證明：比如墨者認為頭比手重要故以手杖頭，因此「墨之視尊卑親疏，類皆同也」是不可能的，

所以，「墨之視尊卑親疏，類皆同也」是假的。

第二十八篇〈鄭醫〉，巫對醫言：「病者之門，吾能杜爾之入。我願為爾乎？爾願為我乎？」醫要剗削巫的優越感：

被反駁的論題：「巫能擋醫，醫願為巫」，

相矛盾的論題：「巫能擋醫，醫願為巫」是假的，

證明：比如「狗善吠能擋客，但客不願為狗」，

所以，「巫能擋醫，醫願為巫」是假的。

寤崖子以「頭」類比「尊、親」，以「手」類比「卑、疏」，醫以「狗擋客」類比「巫擋醫」，以「客不願為狗」類比「醫不願為巫」，巧妙地帶出「愛有親疏之分」以及「君子不為小人之匈匈也輟行」的寓意。

類比法富有創造性、生動性、形象性。說服人時，十分有力，反駁人時，又新穎別緻，允滿趣味。

（五）辯證法

黑格爾（Georg Wilhelm Friedrich Hegel，1770～1831）集辯證法思想之大成，黑格爾辯證法的基本原理是「正」、「反」、「合」三階段的演變，例如：某一觀念的提出，本身是「正」；此觀念必有個與之矛盾對立的另一觀念，即「反」；此二觀念會互相衝突，並會在衝突中顯現出彼此的錯誤和不足，於是各自排除對立和矛盾，產生另一個全新的觀點，兼有二者之長，而無二者之短，這就是「合」。黑格爾認為藉由正反合連續辯證的過程，可以揚棄謬誤，逐步逼近真理，因此，辯證法又名「動態邏輯」。

劉熙載的文學觀也充滿辯證的觀點，他善於運用對立統一的原則去分析
文學創作原理和藝術表現手法，《藝概·文概》言：

> 《易·繫傳》：「物相雜故曰文。」《國語》：「物一無文。」徐鍇《說
> 文通論》：「強弱相成，剛柔相形。故於文『人乂』為『文』。」《朱
> 子語錄》：「兩物相對待故有文，若相離去便不成文矣。」為文者，
> 蓋思文之所由生乎？

> 《國語》言「物一無文」，後人更當知物無一則無文。蓋一乃文之真
> 宰，必有一在其中，斯能用夫不一者也。〔註30〕

劉氏引用《易》、《國語》、《說文通論》、《朱子語類》，指出兩物相對待而
產生文，亦即文是由相互排斥，又相互依存的兩種因素組成，光有「一」不會
有文，光有「不一」（多樣）也不會有文，必須將構成藝術美的諸「不一」（多
樣）按一定的規律結合起來，使其相得益彰，方能產生美，因為藝術意象必
須是一個完整和諧的整體，卻又必須包含許多不同的因素。

劉熙載不僅運用辯證統一的思想去考察藝術意境的特徵、論述文學的風
格與作法，更將此思想用於探討寓言散文的寓意，以〈魯叟〉、〈封難〉、〈圃
叟〉、〈秦醫〉四篇為例。

第三十九篇〈秦醫〉，醫任與醫讓代表「正」、「反」兩方，醫任治疾主張
以輕為重、以易為難，故敢於下猛藥，這是「正」；醫讓治疾主張論見置隱，
論同置別，故安於打安全牌，這是「反」。面對醫任、醫讓的正反矛盾，扁鵲
的「合」如下：

> 秦有二醫，一曰醫任，一曰醫讓，各以其道自高，且相謗也。或舉
> 兩家之道，以質諸扁鵲。扁鵲曰：「醫，為人者也，彼皆便己者也。
> 道不同，而失則同也。抑謂之名有其實則可矣。夫任之醫，逞臆者
> 也。以為人之生，我生之也，是『任』也。惟其任也，故其治疾也，
> 以輕為重，以易為難，欲居非常之功，雖有足以致人之死者，不恤
> 也。讓之醫，附古者也。以為人之死，古死之也，是『讓』也。惟
> 其讓也，故其治疾也，論見置隱，論同置別，欲避過求之謗，雖有
> 可以致人之生者，不用也。夫任生讓死，其為己計誠便矣，而豈知
> 其弊之至斯極哉！」曰：「子之醫，可得聞乎？」曰：「吾於彼，似兩

〔註30〕〔清〕劉熙載著；薛正興點校：《劉熙載文集·藝概·文概》，頁91～92。

　　取之而實异。吾之所用，兼意與法，不似兩取之乎？然惟因病之所
　　宜，絕不居功避謗，以便一身之計，故法高於意則用法，意高於法
　　則用意，何嘗有一成之意法哉？此實异也。」（〈秦醫〉）〔註31〕

　　扁鵲（秦越人）善於切脈、望色、聽聲、寫形，也長於運用針灸、按摩、熨貼、砭石、手術、湯藥等多種方法去治療各種病症。他在長期醫療實踐中，刻苦鑽研，努力總結前人的經驗，又能大膽創新，例如：同樣是昏迷症狀，他斷定晉大夫趙簡子為血脈治，不予治療，靜待其自寤；斷定虢太子之病，乃尸者也，以針灸穴道，待其甦醒，再予其湯藥。（《史記・扁鵲倉公列傳》）扁鵲之成功，在於能隨俗而變、因事制宜，沒有一定的意、法，既非醫忏的逞臆、輕率，亦非醫讓的泥古、保守，而是保留二者之好處，揚棄二者之壞處，得出高於二者的結論。

　　第九篇〈魯叟〉，孔賢主張行，代表「正」；孔智主張知，代表「反」；魯叟在二人之上提出知行并務，方能治病，代表「合」。第二十一篇〈封難〉，封以貧之不受者為賢，這是「正」；難以富之樂施者為賢，這是「反」；寤崖子則以能安頓於貧富為賢，這是「合」。第三十八篇〈圃叟〉，東叟放任偷菜鄰，這是「正」；西叟刑處偷菜鄰，這是「反」；寤崖子則提出「君子當化其鄰而無身之見存」，這是「合」。

　　藉由辯證法推演寓意，可以打破讀者的二元思考，提供新的觀察角度，提醒讀者從動態流變中，從全體的關聯中，從具體的環境中，去觀察事物，如此才能得到更真實的結論。

　　總結「以邏輯推演寓意」，劉熙載運用邏輯方法，架構寓意，可增加寓言散文的客觀性和完整性，而具個性的角色和故事情節，也可使邏輯議論溶解在《寤崖子》中，使寓意具有趣味性。

　　本章要點如下：

一、《寤崖子》善用人物寓言選角和命名的兩個要點，運用「命名」將角色增添象徵性，利用「典型人物」為角色增添符號性，如此一來，可以在「命名」與「選角」中，帶出寓意。

二、《寤崖子》的情節結構設計有單情節、雙情節和多情節三種，多情節又有螺旋式和系列式兩種，在整齊中有變化。

〔註31〕〔清〕劉熙載著；薛正興點校：《劉熙載文集・寤崖子・秦醫》，頁634。

三、《寤崖子》的寓意呈現方式，透過「問答揭露」多方面討論溝通，帶領讀者思索問題，以及「邏輯推演」客觀理性探究，引導讀者理清思緒，使寓意清楚呈現。

第六章　結　論

　　劉熙載以其在藝術、教育、語言、數理方面的研究著稱,《寤崖子》中的四十二篇寓言散文,是其思想學識與審美理想的結晶,故本論文最後以劉熙載寓言散文的特色與價值做結。

第一節　劉熙載寓言散文的特色

　　盱衡劉熙載的寓言散文特色,可從取材、主題、故事設計三方面呈現:

一、取材:能變古,求創新

　　《寤崖子》的取材以循古、變古為主,來源涵蓋經史子集,其中又以經部與子部素材最多,反映劉熙載重視哲理與歷史,以及治學博通、調和的特點。並且,善用「擴充」、「融合」、「逆反」、「仿作」四種方式變古,使寓言散文「博采古意,但能跳脫摹字擬句,另闢蹊徑,但能避免俗言僻語」,體現美的繼承性與發展性。在創新題材方面,劉熙載發揮他兼治文、理的特長,以科學家的敏銳觀察力和文學家的豐富聯想力,從萬物運作以及人類心理反應中發掘真理、創造作品,讓讀者充滿閱讀的驚喜。

　　不論循古或創新,劉熙載均不以神仙鬼怪或擬人角色引人注目,使其寓言散文有別於同時期作家作品,沒有詼諧玩世或異域神怪的元素,而具有深度和廣度。

二、主題:本儒學,融老莊

　　劉熙載一生的主要思想以儒學為主,但他早年對道、釋頗感興趣,對其

進行研究，也在詩文中表達他慕仙訪道、潛山隱市的內心渴望。因此，《寤崖子》一書所反映的思想，是多樣而豐富的。

在「治經與論學」、「學習與立教」、「柄政與治國」三方面可見得他的儒家思想，表現出他重性善的心性論、重親親的倫理觀、重實踐的教育觀、重禮的政治觀。在「修身待人與處世」中則可發覺其融會道家，提出無妄、無欲、無待的修身境界，共功、自敬的待人之道，以及順境而處、因時而對的處世原則，導引讀者展開精神自由的生命羽翼。

三、故事：多對話，重邏輯

《寤崖子》的故事設計注重思辨的過程，具有「多對話」和「重邏輯」的特點。

首先，藉由「或」和「寤崖子」的問答，或是假設人物之間的對話，劉熙載可以現身在寓言散文中，或是隱藏自己，分身站在寓言散文的人物間。「或」和「寤崖子」代表的是劉熙載的內心對話，當其思想觀念受到他人質疑或環境衝擊，不同聲音的問答，表示劉熙載形成自我概念的歷程。而假設人物之間的對話，則代表各種聲音，透過角色的相互對話、溝通，劉熙載帶領讀者思索，增加寓意的客觀性和完整性。

另外，邏輯方法在寓意中具有紐帶作用。運用「劃分概念法」，可以幫助讀者正確地理解諸子思想，也使寓意更加明瞭；以「演繹法」揭櫫寓意，可以使寓言散文具有按部就班、條理分明的特點；「歸納法」以二個以上的例子佐證，故具有加強寓意，加深印象的效果；「類比法」富有創造性、生動性、形象性，說服人時，十分有力，反駁人時，又新穎別緻，充滿趣味；「辯證法」可以打破讀者的二元思考，提供新的觀察角度，提醒讀者從動態流變中，從全體的關聯中，從具體的環境中，去觀察事物，如此才能得到更真實的結論。劉熙載運用邏輯方法，架構寓意，增加寓言散文的客觀性和完整性，也帶給寓言新的風貌。

第二節　劉熙載寓言散文的價值

盱衡劉熙載的寓言散文價值，可從四方面探討：

一、體現劉熙載的文學觀

劉熙載的藝術創作觀內涵，可從「作者主體」與「作品客體」兩方面論

述：

　　作者主觀精神涵養方面，劉熙載強調「識」與「力」〔註1〕，所謂「識」指藝術家的鑑賞力，倘若藝術家缺乏卓識、慧眼，只能淪於拾人餘唾，無法創造出動人的作品；「力」指藝術家掌握言、意、象的功夫，以及在創作中獨樹一幟的個人魅力。要提升「識」與「力」，劉熙載認為藝術家應從「讀書」〔註2〕與「體驗生活」〔註3〕兩方面著手，從經典與生活中，提高自己識見的深度與廣度。「識」與「力」的精神深刻體現於《寤崖子》的題材，既有經史子集之素材，又有生活中的自然與心理現象，非胸中有萬卷書，切己體認書中事，證以目前常見之事，孰能至此。

　　作品客體方面，首先，劉熙載認為文藝之本質：「藝者，道之形也」，道是藝所要盡的「意」，藝是體現道的「象」，而敘事類的散文，更要達到「寓」的作用，必須寓含作者的理、情、氣、識，否則便味同嚼蠟，枯燥乏味。《寤崖子》以寓言體例「托寓萬物，因淺見深」，用虛構的方法寄託真實，在淺近的事物中看出深遠的道理，結合道與藝。第二，劉熙載強調文藝之創作應要：「不一無文」〔註4〕，指結合美的矛盾與對立，例如：虛與實、象與興、曲與質、顯與隱、開與闔、損與益、美與醜、襯與跌……等各自獨立，也相互聯繫，具有辯證特質的因素。《寤崖子》以「用古與變古」──「擴充」、「融合」、「逆反」、「仿作」四種方式，使作品既保有循古的正，也散發出自得的真，並以「辯證法」──「正」、「反」、「合」呈現寓意，幫助讀者提高思維技巧。

　　要言之，《寤崖子》的完成，可謂劉熙載以行動和作品實踐他的藝術創作思想的過程。

〔註1〕如《藝概‧經義概》：「文之要，曰識曰力。識見於認題之真，力見於肖題之盡」《藝概‧文概》：「文以識為主。認題立意，非識之高卓精審，無以中要。才、學、識三長，識尤為重，豈獨作史然耶」、「文家得力處人不能識，如東坡《表忠觀碑》，王荊公問坐客畢竟似子長何語，坐客悚然是也。用力處人不能解，如歐陽公欲作文，先誦《史記‧日者傳》是也。」

〔註2〕如《藝概‧文概》：「後世學子書者，不求諸本領，專尚難字棘句，此乃大誤。欲為此體，須是神明過人，窮極精奧，斯能托寓萬物，因淺見深，非光不足而強照者所可與也。」

〔註3〕如《藝概‧文概》：「言此事必深知此事，到得事理曲盡，則其文確鑿不可磨滅。」

〔註4〕如《藝概‧文概》：「《國語》言『物一無文』，後人更當知物無一則無文。蓋一乃文之真宰，必有一在其中，斯能用夫不一者也。」

二、反映清末儒者的時代精神

　　人不能逃離時代，不能逃離腳下的土地，《寤崖子》大抵撰於劉熙載四十歲（咸豐二年 1852）前，此時期是清朝由盛轉衰的階段，外患與內憂的夾擊，促使「理學」成為挽救國家危機的思想武器，也促使劉熙載在寓言散文中蘊含儒道（程朱理學和陸王心學）矯世之枉、懲惡勸善的信念。

　　劉熙載認為，社會衰落的直接原因是：道德廢，人心壞，故主張「正人心，乃撥亂反正之本」，堅信依儒家的道德規範，保持孔孟之正氣，方能培育出正人君子，使天下化危為安，因此，不同於同時期的寓言作品，《寤崖子》中的寓言散文，並未流於嬉笑怒罵，而是豎立儒家思想，矯正時人拜金崇洋的扭曲價值觀。

　　是故，《寤崖子》中所反映的「復古」態度既是清末儒者的切片，而其中包含的儒、道生命智慧，卻又具有普遍性、永恆性，如：謙虛、勤奮的學習態度，力行、專一、求證、以小徵大的學習方法，用之社會的學習宗旨，無妄、無欲、無待的修身方式，無私互助的待人之道，順境而處、因時而對的處世修養，以及用賢、重仁的政治思想，在不同時空，皆能引導讀者安頓身心靈，得到現實人生的和諧與滿足。

三、開拓學者風格的寓言散文

　　劉熙載是個博通古今、橫跨文理的學問家，他的研究範圍不限於經學，還兼治史、諸子、詩詞、琴棋書畫，研究小學、天文、曆算、文字、聲韻等等，並克服前輩學者的固守和偏頗，對孟、荀、墨思想進行「變通」，具有博通、調和的學術特點。

　　劉氏廣讀各家經典，遨遊書本，尚友古人，咀嚼經典要義後，將所學、所得以「蜜蜂式」學習法，重新醞釀、轉化為四十二篇寓言散文問世，因此，每一篇作品背後都蘊含著歷代哲人們的智理，乘載了厚實恢弘的智慧，引人重新探蹤經典；作品題材，雜揉文學、史學、哲學、心理學、生物學、物理學，將科學與人文結合，透過文學的筆法表現出來，這種「劉熙載式」的寓言具有獨特的「學者風格」，在清代詼諧、諷刺、奇幻風格的寓言光譜中獨樹一幟。

四、具有融會先秦寓言的意義

　　先秦時期是寓言產生和發展的第一個重要階段，也是寓言百花競放的黃

金時代，而二千年後誕生的《寤崖子》，恰如反射諸子寓言的萬花筒，《孟子》寓言的論辯基調、《列子》寓言的科學色彩、《莊子》寓言對角色的命名安排、《韓非子》寓言對歷史的改造，在《寤崖子》中變幻出多采多姿的組合。

　　諸子將寓言作為哲學思想的載體，以形見理，因淺見深，劉熙載繼承此一精神，其寓言散文同樣以哲理為核心，正如他在《藝概·文概》中所言：「後世學子書者，不求諸本領，專尚難字棘句，此乃大誤。欲為此體，須是神明過人，窮極精奧，斯能托寓萬物，因淺見深，非光不足而強照者所可與也。」〔註5〕《寤崖子》可謂劉熙載貫通儒道，實踐生活，所形成的一套生命哲學體系。劉熙載生活於中國古代、近代的交替時期，他的美學思想帶有總結傳統美學觀點的性質，其寓言作品四十二篇，量雖然不算豐厚，但在質方面，亦具有融會先秦寓言精神之意義。

〔註5〕〔清〕劉熙載著；薛正興點校：《劉熙載文集·藝概·文概》，頁82。

參考書目

一、古籍（依朝代排列）

1. 闕名原著；郭璞，郝懿行舊注；袁珂譯注：《山海經》（臺北：臺灣古籍出版有限公司，1998 年）。

2. 闕名原著；〔宋〕朱熹注：《周易本義》（臺北：大安出版社，1999 年）。

3. 闕名原著；〔清〕阮元校勘：《十三經注疏附校勘記・詩經》（臺北：藝文印書館，1989 年）。

4. 闕名原著；〔清〕阮元校勘：《十三經注疏附校勘記・爾雅》（臺北：藝文印書館，1989 年）。

5. 〔春秋〕李耳；〔魏〕王弼注；〔清〕紀昀校定：《老子道德經》（臺北：文史哲出版社，1990 年）。

6. 〔春秋〕孔子弟子及再傳弟子，〔清〕阮元校勘：《十三經注疏附校勘記・論語》（臺北：藝文印書館，1989 年）。

7. 〔春秋〕左丘明撰；〔清〕阮元校勘：《十三經注疏附校勘記・左傳》（臺北：藝文印書館，1989 年）。

8. 〔春秋〕左丘明撰：《國語》（臺北：宏業書局，1980 年）。

9. 〔戰國〕公孫龍子原著；丁成泉注譯：《新譯公孫龍子》（臺北：三民書局，1996 年）。

10. 〔戰國〕孟子撰；〔清〕阮元校勘：《十三經注疏附校勘記・孟子》（臺北：藝文印書館，1989 年）。

11. 〔戰國〕荀況撰;〔戰國〕楊倞注;耿芸標校:《荀子》(上海:上海古籍出版社出版,新華書店上海發行所發行,1996 年)。

12. 〔戰國〕莊周;〔清〕郭慶藩;王孝魚點校:《莊子集釋》(臺北:中華書局,2004 年)。

13. 〔戰國〕墨子;李漁叔註譯:《墨子今註今譯》(臺北:臺灣商務印書館,1992 年)。

14. 〔戰國〕晏嬰撰;〔明〕凌稚隆評:《晏子春秋》(臺北:中國子學名著集成編印基金會印行,1978 年)。

15. 〔秦〕呂不韋著;〔後漢〕高誘註:《呂氏春秋》(臺北:藝文印書館,1959 年)。

16. 〔秦〕孔鮒撰:《孔叢子》:(北京:中華書局,1985 年)。

17. 〔西漢〕司馬遷撰;〔宋〕裴駰集解;〔唐〕司馬貞索隱;〔唐〕張守節正義:《史記》(北京:中華書局,2013 年)。

18. 〔西漢〕劉向集錄:《戰國策》(上海:上海古籍出版社,1985 年)。

19. 〔西漢〕劉向撰:《說苑》(北京:中華書局,1985 年)。

20. 〔西漢〕劉安著;高誘註:《淮南子》(臺北:廣文書局,1965 年)。

21. 〔西漢〕戴德;〔清〕阮元校勘:《十三經注疏附校勘記·禮記》(臺北:藝文印書館,1989 年)。

22. 〔東漢〕許慎撰;〔清〕段玉裁注:《說文解字注》(北京:黎民文化事業公司,2006 年)。

23. 〔宋〕蘇洵撰:《嘉佑集》(臺北:臺灣商務印書館,1965 年)。

24. 〔宋〕蘇軾撰:《蘇東坡全集》(臺北:世界書局,1967 年)。

25. 〔宋〕朱熹撰;朱傑人,嚴佐之,劉永翔主編:《朱子全書》(上海:上海古籍出版社出版:新華書店上海發行所發行,2002 年)。

26. 〔宋〕朱熹著:《四書章句集注》(臺北:大安出版社,1996 年)。

27. 〔宋〕張詠著;張其凡整理:《張乖崖集》(北京:中華書局,2000 年)。

28. 〔明〕王陽明撰;葉鈞點註:《傳習錄》(臺北:臺灣商務印書館,1965 年)。

29. 〔明〕劉基原著;傅正谷評注:《郁離子評注》(天津:天津古籍出版社,1987 年)。

30. 〔清〕方宗誠：《柏堂師友言行記》（臺北：文海，1968 年）。

31. 〔清〕支偉成：《清代樸學大師列傳》（臺北：藝文印書館，1970 年）。

32. 〔清〕石成金著：《笑得好》（臺北：天一出版社，1985 年）。

33. 〔清〕阮元撰：《疇人傳》（臺北：臺灣商務印書館，1968 年）。

34. 〔清〕吳莊著：《叢書集成續編·吳鱨放言》（臺北：新文豐出版公司，1989 年）。

35. 〔清〕胡傳：《鈍夫年譜四卷》（北京大學圖書館館藏稿本叢書編委會：天津古籍出版社，1987 年）。

36. 〔清〕洪秀全等撰：《太平天國印書》（南京：江蘇人民出版社，1979 年）。

37. 〔清〕俞樾著：《春在堂全書》第三冊（南京：鳳凰出版社，2010 年）。

38. 〔清〕章學誠：《文史通義》（臺北：廣文書局，1967 年）。

39. 〔清〕焦循：《雕菰集》（北京：中華書局，1985 年）。

40. 〔清〕紫萼：《梵天廬叢錄》（臺北：鼎文書局，1976 年）。

41. 〔清〕黃圖珌著：《四庫未收書輯刊·看山閣集》（北京：北京出版社，2000 年）。

42. 〔清〕應寶時等修；俞樾纂：《上海縣志》（臺北：中國地方文獻學會，1975 年）。

43. 〔清〕劉熙載著；薛正興點校：《劉熙載文集》（南京：江蘇古籍出版社，2000 年）。

44. 〔清〕劉熙載撰；袁津琥校注：《藝概注稿》（北京：中華書局，2009 年）。

45. 〔清〕劉熙載撰；龔鵬程導讀：《藝概》（臺北：金楓出版社，1986 年）。

46. 曾棗莊，劉琳主編；四川大學古籍整理研究所編：《全宋文第四冊》（成都：巴蜀書社 1989 年）。

二、今人專著（依姓名筆劃排列）

（一）寓言相關類

1. 李富軒，李燕：《中國古代寓言史》（新店：志一出版社，1998 年）。

2. 袁暉主編：《歷代寓言·宋金元卷》（北京：中國青年出版社，2011 年）。

3. 袁暉主編：《歷代寓言·明代卷》（北京：中國青年出版社，2011 年）。

4. 袁暉主編：《歷代寓言·清代卷》（北京：中國青年出版社，2011 年）。

5. 陳蒲清：《寓言文學理論‧歷史與應用》（臺北：駱駝出版社，1992 年）。

6. 陳蒲清：《中國古代寓言史》（臺北：駱駝出版社，1987 年）。

7. 黃瑞雲新譯：《歷代寓言選》（臺北：三民書局，2010 年）。

8. 劉燦：《先秦寓言》（臺北：群玉堂發行，鴻泰總經銷，1991 年）。

9. 凝溪：《中國寓言文學史》（昆明：雲南人民出版社，1992 年）。

10. 顏崑陽：《莊子的寓言世界》（臺北：漢藝色研文化出版，2005 年）。

11. 顏瑞芳編著：《清代伊索寓言漢譯三種》（臺北：五南出版社，2011 年）。

12. 顧建華：《寓言：哲理的詩篇》（臺北：淑馨出版社，1994 年）。

（二）劉熙載相關研究

1. 王氣中：《劉熙載和藝概》（臺北：萬卷樓圖書有限公司，1993 年）。

2. 徐林祥：《劉熙載及其文藝美學思想》（北京：社會科學文獻出版社，2010 年）。

3. 徐林祥主編：《劉熙載美學思想研究論文集》（成都：四川大學出版社出版，四川省新華書店經銷，1993 年）。

4. 韓烈文：《劉熙載藝概研究》（南京：江蘇古籍出版社，2002 年）。

（三）哲學類

1. 王永祥，潘志鋒，惠吉興著：《燕趙先秦思想家公孫龍、慎到、荀況研究》（保定：河北大學出版社，2002 年）。

2. 王邦雄等：《中國哲學史》（臺北：里仁書局，2005 年）。

3. 王讚源：《墨子》（臺北：東大發行，三民總經銷，1996 年）。

4. 古清美：《宋明理學概述》（臺北：臺灣書店，1996 年）。

5. 牟宗三：《才性與玄理》（臺北：學生書局，1975 年）。

6. 李日章：《宋明理學研究》（高雄：三信出版社，1979 年）。

7. 吳怡：《逍遙的莊子》（臺北：學海出版社，1983 年）。

8. 林為正譯；Arthur Bloch 原著：《完全莫非定律》（臺北：書林出版有限公司，2005 年）。

9. 姜廣輝：《理學與中國文化》（上海：上海人民出版社出版發行，新華書店上海發行所經銷，1994 年）。

10. 秦家懿：《王陽明》（臺北：東大發行：三民總經銷，1987 年）。

11. 陳文江、秦美珠:《智者的邏輯》(臺北:究竟出版社,2004 年)。

12. 婁良樂:《惠施研究》(臺北:嘉新水泥公司文化基金會,1967 年)。

13. 陳鼓應:《老莊新論》(臺北:五南出版社,1993 年)。

14. 陳榮捷:《朱熹》(臺北:東大發行:三民總經銷,1990 年)。

15. 張文哲譯;Robert E. Slavin 原著:《教育心理學理論與實際》(臺北:學富文化事業有限公司,2005 年)。

16. 張其昀主編:《國史上的偉大人物(一)》(臺北:中華文化出版事業委員會,1954 年)。

17. 勞思光:《新編中國哲學史》(臺北:三民書局,2010 年)。

18. 曾春海:《陸象山》(臺北:東大發行:三民總經銷,1988 年)。

19. 黃慶萱:《周易讀本》(臺北:三民書局,1992 年)。

20. 馮耀明:《公孫龍子》(臺北:東大發行:三民總經銷,2000 年)。

21. 趙士林:《荀子》(臺北:東大發行:三民總經銷,1999 年)。

22. 蒙培元:《理學的演變:從朱熹到王夫之戴震》(臺北:文津出版社,1990 年)。

23. 劉韶軍:《儒家學習思想研究》(武昌:華中師範大學出版社,2001 年)。

24. 蔡仁厚:《宋明理學·北宋篇》(臺北:臺灣學生書局,1988 年)。

25. 蔡仁厚:《宋明理學·南宋篇》(臺北:臺灣學生書局,1989 年)。

(四)史地類

1. 中國科學院近代史研究所,近代史資料編輯組編輯:《鴉片戰爭時期思想史資料選輯》(北京:中華書局出版,1963 年)。

2. 王明珂:《華夏邊緣:歷史記憶與族群認同》(臺北:允晨文化實業股份有限公司,1997 年)。

3. 王紅旗解說,孫曉琴繪圖:《圖說山海經》(臺北:尖端出版股份有限公司,2006 年)。

4. 王爾敏:《中國近代思想史論》(臺北:華世出版社,1978 年)。

5. 史革新:《晚清學術文化新論》(北京:北京師範大學出版社,2010 年)。

6. 史景遷著,黃秀吟、林芳梧譯:《胡若望的疑問》(臺北:唐山出版社,1996 年)。

7. 李光濤:《明清之際的戰爭》(臺北:臺灣商務印書館,1971 年)。

8. 祈龍威、林慶彰主編：《清代揚州學術研究》（臺北：臺灣學生書局，2001年）。

9. 孟森作；楊國楨導讀《明清史講義》（臺北：臺灣古籍出版有限公司，2006年）。

10. 周輝榮譯；特拉維斯・黑尼斯三世；弗蘭克・薩奈羅著：《鴉片戰爭：一個帝國的沉迷和另一個帝國的墮落》（北京：三聯書店，2005年）。

11. 張舜徽：《清儒學記》（濟南：齊魯書社，1991年）。

12. 張穆：《鴉片戰爭時期思想史資料選輯》（中國科學院近代史研究所，近代史資料編輯組編輯；北京：中華書局，1963年）。

13. 葛兆光：《宅茲中國：重建有關「中國」的歷史論述》（北京：中華書局，2011年）。

14. 劉宗迪：《失落的天書：〈山海經〉與古代華夏世界觀》（北京：商務印書館，2006年）。

15. 廖敏淑著：《清代中國對外關係新論》（臺北：政大出版社，2013年）。

16. 蕭一山：《清代通史》（臺北：臺灣商務印書館，1985年）。

17. 譚丕模著：《清代思想史綱》（上海：上海古籍出版社，2013年）。

（五）文學類

1. 丁錫根：《中國歷代小說序跋集》（北京：人民文學出版社，1996年）。

2. 李澤厚：《美的歷程》（臺北：風雲時代出版公司，1994年）。

3. 李豐楙編撰：《山海經：神話的故鄉》（臺北：時報文化出版企業有限公司，1981年）。

4. 吳小林：《中國散文美學》（臺北：里仁書局，1995年）。

5. 周振甫：《文章例話》（臺北：五南出版社，1994年）。

6. 孟華主編：《比較文學形象學》（北京：北京大學出版社，2001年）。

7. 紀蔚然：《現代戲劇敘事觀：建構與解構》（臺北：書林出版有限公司，2006年）。

8. 袁珂：《中國神話史》（臺北：時報文化出版企業有限公司，1991年）。

9. 袁珂校注：《山海經校注》（臺北：里仁書局，1982年）。

10. 張伯偉：《中國古代文學批評方法研究》（北京：中華書局，2002年）。

11. 張舜徽：《清儒學記》（濟南：齊魯書社，1991年）。

12. 詹明信講座；唐小兵譯：《後現代主義與文化理論》（臺北：合志文化事業股份有限公司，1990 年）。

13. 葉朗：《中國美學史大綱》（臺北：滄浪出版社，1986 年）。

14. 葉舒憲，蕭兵，（韓）鄭在書：《山海經的文化尋蹤：「想像地理學」與東西文化碰觸》（武漢：湖北人民出版社：湖北省新華書店經銷，2004 年）。

15. 愛德華・摩根・佛斯特著；蘇西亞譯：《小說面面觀》（臺北：商周出版，2009 年）。

16. 魏飴著：《散文鑑賞入門》（臺北：萬卷樓圖書有限公司，1989 年）。

17. 魏飴著：《小說鑑賞入門》（臺北：萬卷樓圖書有限公司，1999 年）。

18. 羅蘭・巴特著；屠友祥譯：《S／Z》（新店：桂冠圖書股份有限公司，2004 年）。

19. 龔鵬程：《清代揚州學術研究》（臺北：臺灣學生書局，2001 年）。

三、外文著作

1. Ernest Samuels, Jayne Samuels, *Bernard Berenson, the Making of a Legend* (President and Fellows of Harvard College, 1987).

2. Francis Bacon: *The New Organon* (Cambridge University Press, 2002).

3. Jean de la Fontaine, *The Complete Fables of La Fontaine: A New Translation in Verse, La Fontaine's Preface* (Skyhorse Publishing, Inc., 2013).

四、期刊論文（依姓名筆劃排列）

1. 阮中：〈劉熙載散文理論研究〉，《佛山科學技術學院學報》（第 23 卷第 1 期），2005 年 1 月，頁 8～13。

2. 吳志鏗：〈清遺民的晚清記憶——劉聲木個案研究〉，《郭廷以先生百歲冥誕紀念史學論文集》（臺北：臺灣商務印書館，2005 年）。

3. 徐林祥：〈論劉熙載《融齋龍門弟子與中國早期現代化》，《史林》（第 5 期），2006 年，頁 30～43。

4. 徐林祥：〈晚清學者劉熙載的主導思想與價值取向〉，《青海社會科學》（第 4 期），2011 年，頁 113～118。

5. 徐林祥：〈劉熙載的思想、學術及其他〉，《揚州大學學報》（第 18 卷第 1 期），2014 年 1 月，頁 63～70。

6. 陳志：〈論劉熙載《藝概·文概》中的散文思想〉，《蘭州大學學報》（第34 卷第 6 期），2006 年 11 月，頁 32～36。

7. 萬奇：〈劉熙載散文理論探微〉，《廣播電視大學學報》（第 125 期），2003年，頁 50～77。

8. 楊抱樸：〈劉熙載年譜（一）〉，《遼東學院學報》（第 9 卷第 6 期），2007年 12 月，頁 89～96。

9. 楊抱樸：〈劉熙載年譜（二）〉，《遼東學院學報》（第 10 卷第 1 期），2008年 2 月，頁 89～96。

10. 楊抱樸：〈劉熙載年譜（三）〉，《遼東學院學報》（第 10 卷第 2 期），2008年 4 月，頁 77～92。

11. 楊抱樸：〈劉熙載年譜（四）〉，《遼東學院學報》（第 10 卷第 3 期），2008年 6 月，頁 61～69。

12. 楊抱樸：〈劉熙載行跡考〉，《東北師大學報》（第 226 期），2007 年 7 月，頁 102～107。

13. 楊抱樸：〈袁昶日記中有關劉熙載的文獻〉，《遼東學院院報》（第 14 卷，第 4 期），2012 年 8 月，頁 76～80。

14. 顏瑞芳：〈寓言、寓言散文與寓言體散文〉，《臺灣省高中國文教學研究專輯四》（臺中縣：臺灣省政府教育廳，1998 年）。

五、學位論文（依姓名筆劃排列）

1. 甘秉慧《劉熙載〈藝概——經義概〉研究》（彰化：彰化師範大學國文學碩士論文，2000 年）。

2. 李天祥：《劉熙載〈藝概〉之藝術思想探析》（臺北：國立臺灣師範大學國文研究所碩士論文，1998 年）。

3. 周淑媚：《劉熙載〈藝概〉研究》（臺北：國立臺灣師範大學中國文學研究所碩士論文，1989 年）。

4. 林德龍：《劉熙載〈文概〉之文論研究》（嘉義：國立中正大學中國文學研究所碩士論文，1995 年）。

5. 柯夢田：《劉熙載〈藝概〉詩歌理論研究》（高雄：國立高雄師範大學國文研究所碩士論文，1988 年）。

6. 陳志：《劉熙載〈藝概〉及其創作研究》（上海：復旦大學中國文學批評

史專業博士論文，2009 年）。

7. 劉鑒毅：《劉熙載〈藝概·書概〉研究》（臺北：臺北市立師範學院應用語言文學研究所碩士論文，2001 年）。

8. 廖妍南：《劉熙載散文理論探微——間論劉熙載在文史上的定位》（湖南：湖南師範大學文藝學專業碩士論文，2008 年）。

六、電子資料庫

1. Airiti Library 華藝線上圖書館。

2. 中國近代報刊資料庫《申報》典藏版。

3. 中國期刊全文數據庫。

附錄一：劉熙載年譜 [註1]

年號／西元／干支	歲	行　履	著　作	備　考
嘉慶十八年 1813 癸酉	1	正月癸巳（2月25日） 出生於揚州府興化縣。		廣州正式設置總商，總 辦洋行事務。
嘉慶十九年 1814 甲戌	2			洪秀全（1814～1864） 生於廣東花縣。
嘉慶二十年 1815 乙亥	3			定查禁鴉片煙規條，如 查出夾帶，不准貿易。
嘉慶二十一年 1816 丙子	4			英使阿美士德到北京， 以不肯跪拜，遭拒。
嘉慶二十二年 1817 丁丑	5			搜驗進口船隻，有無夾 帶鴉片。
嘉慶二十三年 1818 戊寅	6			限洋船回棹，帶去銀兩 不得超過進口貨價之 三成。

〔註 1〕參見
(1) 楊抱樸：〈劉熙載年譜（一）〉，《遼東學院學報》（第9卷第6期），2007
年12月，頁89～96。楊抱樸：〈劉熙載年譜（二）〉，《遼東學院學報》
（第10卷第1期），2008年2月，頁89～96。楊抱樸：〈劉熙載年譜
（三）〉，《遼東學院學報》（第10卷第2期），2008年4月，頁77～92。
楊抱樸：〈劉熙載年譜（四）〉，《遼東學院學報》（第10卷第3期），2008
年6月，頁61～69。
(2) 余木編：《劉熙載美學思想研究論文集・附錄一劉熙載年表》（四川：四
川大學出版社，1993年），頁377～386。
(3) 徐林祥：《劉熙載及其文藝美學思想》（社會科學文獻出版社，2010年），
頁281～336。
(4) 周淑媚：〈附錄劉熙載年譜簡編〉，《古典文獻研究輯刊・劉熙載《藝概》
研究》（臺北：花木蘭文化出版社，2006年），頁18～23。

年代	年齡	事蹟		時事
嘉慶二十四年 1819 己卯	7	弟子沈祥龍〈左春坊左中允劉先生行狀〉:「七歲能賦詩,讀書深悟義理,父鶴與先生許其趣尚,曰:『是子可以入道,殆少欲而能思者也。』又曰:『他日學問當以悟入』。」		馬禮遜譯畢舊約全書。
嘉慶二十五年 1820 庚辰	8			回人張格爾作亂。
道光元年 1821 辛巳	9			從兩廣總督阮元請,嚴禁鴉片。
道光二年 1822 壬午	10	劉熙載〈寤崖子傳〉:「寤崖子十歲而孤,九歲猶未命名,既而父名之曰熙載。」		嚴禁海洋偷漏銀兩,私販鴉片。
道光三年 1823 癸未	11	父歿後,家境貧寒,寄居於寺廟之中。刻苦志學。		以林則徐(1785～1850)為江蘇按察使。李鴻章(1823～1901)生於安徽合肥。
道光四年 1824 甲申	12			英煙船三艘到福建及臺灣。
道光五年 1825 乙酉	13			以琦善為兩江總督。
道光六年 1826 丙戌	14			設廣東水師巡船,稽查鴉片。魏源(1794～1857)編《經世文編》。
道光七年 1827 丁亥	15	母王氏約是年去世。		復喀什噶爾,張格爾遁。
道光八年 1828 戊子	16	至興化北鄉大大鄒莊糧行學徒。		中國留學生之父容閎(1828～1912)生於廣東香山。
道光九年 1829 己丑	17	設蒙館,為童子師。		禁外商在內地貿易。
道光十年 1830 庚寅	18			湖南、兩廣農民動亂。翁同龢(1830～1904)生。
道光十一年 1831 辛卯	19			英國有計畫向清朝傾銷鴉片;俄國也開始在朝賣鴉片。道光帝憂心鴉片氾濫。
道光十二年 1832 壬辰	20	為邑諸生,成為正式生員。		禁止英船向廣東以北試航。臺灣天地會舉事。

道光十三年 1833 癸巳	21			正月臺灣亂平。六月申禁粵洋人民以紋銀易貨。
道光十四年 1834 甲午	22	興化知縣龔善思辦文正書院，劉熙載在此先後師從於張秉衡、徐子霖、姚瑟餘、戎燭齋、解如森、查咸勤諸先生，有〈憶師訓〉、〈憶解春卿先生贈句〉、〈查芙波先生借梵書〉詩。		八月，英艦入廣東，總督盧坤拒卻之。
道光十五年 1835 乙未	23			三月，兩廣總督盧坤等奏上「防範貿易夷人酌增章程」八條。蕭穆（1835～1904）生。弟子沈祥龍（1835～？）生。
道光十六年 1836 丙申	24	約是年，長子彝程生。		六月，太常寺少卿許乃濟請弛煙禁。弟子鹿傳霖（1836～1910）生。
道光十七年 1837 丁酉	25	查咸勤主講於文正書院，授劉熙載作文之法。		以林則徐為湖廣總督。
道光十八年 1838 戊戌	26			十一月，以林則徐為欽差大臣，馳赴廣東，查辦鴉片事務。長婿吳嵩泰（1838～1904）生。
道光十九年 1839 己亥	27	赴南京參加鄉試，中舉。		四月，林則徐虎門銷菸。五月，明定「查禁鴉片章程」三十九條。
道光二十年 1840 庚子	28			第一次鴉片戰爭（1840～1842）英兵犯廣州、定海。英人湯姆、華人蒙昧合譯《意拾喻言》三卷出版，共八十二則。
道光二十一年 1841 辛丑	29			英兵犯廣州。 龔自珍（1792～1841）去世。
道光二十二年 1842 壬寅	30			七月，中英〈南京條約〉，許五口通商。
道光二十三年 1843 癸卯	31			十月，上海開市。馮煦（1843～1927）出生。
道光二十四年 1844 甲辰	32	二月，赴北京參加會試，中進士。四月，參加殿試，中第二甲第92名進士，選為翰林院庶吉士。		五月，中美〈望廈條約〉。九月，中法〈黃埔條約〉。魏源同時參加會試，因「文稿草率」被「罰停殿試」。

道光二十五年 1845 乙巳	33	四月，參加散館考試，以文理優等，被授予翰林院編修。 九月，請假離京回興化。受妻兄宗裕昆遺囑回鄉教授其子懷荃，使其上進。	〈南歸序上〉	十一月，訂上海英租界土地章程。 魏源中第三甲第 19 名進士
道光二十六年 1846 丙午	34	四月，攜宗懷荃至秦州就試，寓泰州東原。 次子展程生。 秋，赴蘇州紫陽書院講學，時翁同龢肄業於紫陽書院，劉熙載演講：「黜華崇實，祛惑存真」、「所貴於學求盡人道」對翁同龢啟發很大。	〈南歸序下〉、〈寓東原記〉	八月，詔沿海七省將軍督撫密籌海防。
道光二十七年 1847 丁未	35	約上半年回京，庶吉士散館，改授翰林院編修。 拜訪同年友邊裕禮。 自 1847 年至 1856 年寓居北京 10 年。	〈秀庵詠〉	九月，命直魯豫三省督撫會孥捻匪。十一月，廣西團練與拜上帝會衝突。
道光二十八年 1848 戊申	36	翰林院編修。 同年好友李杭卒，享年二十八歲。 為官清廉，生活窘迫，曾僑居長春禪寺。	〈祭李梅生文〉、〈薄仲默、胡佛生、朱臥雲論佛性，令餘下轉語〉、〈贈李海門〉	四月，申論兩廣湖南江西各省飭孥天地會徒。
道光二十九年 1849 己酉	37	翰林院編修。 夏，故鄉興化水災。 韓弼元（1822～1904）作〈劉子歌寄贈融齋編修〉概括劉熙載安貧樂道、不事干謁的操守和性格。	〈己酉聞故鄉水災〉	三月，兩廣總督徐繼照會英香港總督文翰，堅拒進城。 魏源在揚州府興化縣知縣，保埤抗洪。
道光三十年 1850 庚戌	38	翰林院編修。 為殿試受卷官。	〈答韓叔起二首〉	洪秀全、楊秀清於廣西舉事。 韓弼元落第。俞樾（1821～1907）中進士。
咸豐元年 1851 辛亥	39	翰林院編修。	〈京寓秋日寄友〉、〈得袁瞻卿明府書〉	魏源任揚州府高郵州知州。 洪秀全金田起義，建號太平天國。

咸豐二年 1852 壬子	40	翰林院編修。 秋，為順天鄉試磨勘官。 《昨非集》序云：「此集始名《四旬集》，蓋集中所編入，大率四十以前作也。」		二月，太平軍自永安突圍，敗向榮、烏蘭泰軍，圍攻桂林。 十二月，詔起士郎曾國藩（1811～1872）團練於長沙。韓弼元中進士。
咸豐三年 1853 癸丑	41	翰林院編修。教習庶吉士。 咸豐帝召對稱旨，奉命值上書房，並賜「性靜情逸」四字。與大學士倭仁（1804～1871）以操尚相友重，論學則有異同。	〈入上書房〉	太平天國定都天京。十二月，曾國藩造戰船、練水師。
咸豐四年 1854 甲寅	42	翰林院編修。 仍與倭仁商討理學。	〈聞朱梅庵病而作〉	八月，曾國藩會師破太平軍，復武昌、漢陽及黃州。魏源避兵興化，訂生平考述。弟子范當世（1854～1905）生。
咸豐五年 1855 乙卯	43	翰林院編修。 韓弼元散館，授刑部主事，劉熙載與之友善，時常暢談。		三月，武昌復失，以胡林翼（1812～1861）為湖北巡撫，率具仕援。
咸豐六年 1856 丙辰	44	約是年，授彝程正負加減乘除法。 朝廷大計群吏，劉熙載列為一等，記名以道府用，不樂為吏，請假客山東，授徒自給。		第二次鴉片戰爭（1856～1860）。
咸豐七年 1857 丁巳	45	春，在山東禹城設塾授徒。 年底，應徐太守聘，從山東禹城去河北定興，設館授徒。 冬，強汝詢作〈懷融齋太史〉言兩人是年夏邂逅於濟水之濱。	〈顯蟋蟀軒詩集二首〉、〈祝柯齋中〉、〈過東阿舊縣〉、〈過楊忠愍墓〉	十月，捻匪入河南，陷南陽府。十一月，英法同盟軍陷廣州，擄兩廣總督葉名琛。魏源（1794～1857）病逝。
咸豐八年 1858 戊午	46	設塾館於河北定興，最遲於十月回京城。 十一月初六，宴飲時，陳鼐（？～1872）讚譽劉熙載高節雅量。 十一月初九，劉熙載與郭嵩燾（1818～1891）談徐進之的為人，進而論時事及人的修養。	〈讀鹿忠節公家傳〉	四月，英法聯軍北陷大沽。五月，中英、中法、中俄、中美〈天津條約〉

		十一月十六日，陳鼎言劉熙載平生「持咒」四語：忍屈伸，去細碎，淡泊以明志，寧靜以致遠。 十一月廿八日，劉熙載與郭嵩燾、宋晉等人談音韻學問題。		
咸豐九年 1859 己未	47	回京後，仍設塾館，鹿傳霖從之學。 結識年輕才俊王闓運（1833～1916）。		五月，英法聯軍北上換約，強入白河，僧格林沁禦退之，交涉再起。
咸豐十年 1860 庚申	48	正月初八，與隨僧格林沁赴天津辦理海防、暫回京城的郭嵩燾宴飲。 閏三月廿五日，與郭嵩燾等交遊。 五月初三，湖北巡撫胡林翼以「貞介絕俗，學冠時人」疏薦劉熙載。 八月二十九日，英法聯軍侵入北京，咸豐帝逃往熱河，官吏多遷避，劉熙載獨留。 胡林翼延請劉熙載到湖北武昌任江漢書院主講。		三月，英法聯軍侵據舟山，七月，聯軍入侵天津。八月，復進擾，聯軍焚圓明園。九月，中英、中法〈北京條約〉。
咸豐十一年 1861 辛酉	49	春，從北京出發，經邯鄲、襄樊、荊門、天門，最終在三月初到達武昌。 因太平天國西征軍進攻武昌，江漢書院生員星散，無法上課，劉熙載寓居李宗燾衙齋，被胡林翼聘為鄂省校書。 北上，經河北，入山西太谷設塾館授徒。	〈邯鄲題壁〉、〈辛酉雪後過大梁〉、〈襄江夜雨〉、〈荊門舟中清明〉、〈舟臥聞到天門〉、〈行近黃鶴樓故址而回〉、〈送丁果臣由湖北之長沙〉、〈鄂城留別〉、〈盛夏過太行〉、〈韓信嶺題壁〉、〈太谷把酒持螯〉等詩。	八月，曾國荃下安慶，太平軍死傷萬餘。
同治元年 1862 壬戌	50	同治改元，詔起舊臣，劉熙載名列其中。 仍在山西太谷設塾館授徒，遊汾河一帶。 約秋，回故鄉興化。 秋末冬初至蕪湖，與胡順之對弈，吳坤修〈夜觀胡順之、劉融齋對弈，詩以嘲之〉記之。	〈山西五十初度三首〉、〈汾河柳〉、〈鷓鴣天·旅行〉、〈遣旅愁賦〉	二月，代軍張宗禹攻河南。四月，英法軍駐清軍攻佔寧波。五月，陝甘回民起事。

同治二年 1863 癸亥	51	仍在故鄉興化。 秋，在揚州晤好友符葆 森。 清廷詔起舊臣，劉熙載 兩次接到命令，催促返 京，約於年底赴北京。	〈題《吳下尋秋稿》〉	二月，戈登常勝軍與李 鴻章淮軍合作。七月， 各國允禁商人接濟太 平軍。
同治三年 1864 甲子	52	正月廿九日，特旨授補 國子監司業。 八月初一，命為廣東學 政，旋補左春坊左中 允。趙樹吉（1827～？） 有〈送劉融齋前輩督學 廣東〉。 八月三十日獲後幾日 攜長子赴廣東，過長 沙，訪丁果臣藉觀董、 項、戴、徐諸家算書。 十二月廿八日，抵廣州 附近的三水。	〈太學海諸生〉、〈湖南 舟中〉、〈登岳陽樓〉、 〈過洞庭〉、〈渡湘〉	太平天國（1851～1864） 失敗。
同治四年 1865 乙丑	53	督學廣東。 正月初一，抵達廣州。 正月十六，接印，正式 做廣東學政。恪盡職 守，校閱諸生試卷極其 認具，所取多賢士。每 按試畢，裁陋規，減供 張，粵人敬之。韓弼元 有信〈致劉融齋學史 書〉、〈復劉融齋書〉言 及劉熙載生活過於清 貧，且事必躬親，勞至 於疾。從信中可推測劉 熙載曾來信言自己督 學工作沒有多大成效。 正月十七，與郭嵩燾等 人宴飲。 二月初三，與郭嵩燾暢 談。 結識陳澧（當地學者、 書法家）、鄒伯奇。	〈懲忿〉、〈窒欲〉、〈遷 善〉、〈改過〉以訓士子。 視學廣東，至海南島， 作〈讀東坡海外文〉、 〈瓊州雜詩八首〉	四月，曾國藩為欽差大 臣節制攻捻各軍。十二 月，太平軍為左宗棠 （1812～1885）所滅。
同治五年 1866 丙寅	54	五月十七日後某日，辭 廣東學政，引病歸，經 江西回興化。	〈舟至南昌感滕王閣已 毀而作〉、〈彭蠡口舟中 望廬山〉、〈望鞋山戲答 舟子〉、〈登小孤山力倦 戲吟〉、〈過謝家山李白 葬處〉記歸鄉行程。詞 〈玉漏遲‧與陳茂亭飲 酒家〉、曲〈山坡羊〉表 現無官一身輕的喜悅。	清廷命李鴻章剿捻軍。 十月，左宗棠奏設福州 船政局，命沈葆楨 （1820～1879）主其 事。孫中山（1866～ 1925）出生。

同治六年 1867 丁卯	55	約正月底或二月初，應蘇松太道應寶時（1821～1890）之聘，主講上海龍門書院。 自1867年至1880年在上海十四年，教學子程朱之學，以窮理致知躬行實踐為主，兼行諸子百家，各取其所長，毋輕訾其所短，不許存門戶畛域之見。並予學子一人一本日記和日程，以記所讀所感。 品學純粹，以身為教，為士林表率，譽有胡安定之風。 是年師從劉熙載的有沈祥龍、袁康、張王熙、何瑾、陳宗彝、何之鼎等。 十一月起，與齊學裘（1803～？）一見如故，時相往來，切磋藝術。	八月，編成《持志塾言》。 作〈堂多令·題齊翁玉谿《歸不歸圖》〉	正月，左宗棠為欽差大臣督辦陝甘事務。十二月，東捻平。
同治七年 1868 戊辰	56	主講龍門書院。 胡傳（1841～1895）入龍門書院，師從劉熙載。 俞樾（1821～1907）主講紫陽書院，主修《上海縣志》，時常拜訪劉熙載，兩人同聲相應，同氣相求。		正月，西捻北竄，京師戒嚴。六月，西捻平。
同治八年 1869 己巳	57	主講龍門書院。 八月，鎮海胡洪安謁見劉熙載，求假館於書院，聆聽教誨，允之。	〈贈張叔平〉	七月，禁英德入臺灣墾荒。八月，太監安德海私行出京，為山東巡撫丁寶楨就地正法。
同治九年 1870 庚午	58	主講龍門書院。 正月，胡傳購得胡林翼所刻〈皇朝中外一統輿圖〉，時常與張煥綸討論輿地之學。劉熙載告誡胡傳「講究輿地必知測量之法，乃能精確」。 六月十三日，吳大廷作〈諫劉融齋中允〉。		二月，命李鴻章赴陝督辦援剿回變。五月，甘回叛亂。九月，命左宗棠剋期平甘肅回亂。

同治十年 1871 辛未	59	主講龍門書院。 勉胡傳返鄉經辦胡氏宗祠工程一事，復言：「為學不專在讀書倫常之地，日用行習之間，事事准情酌理而行，便是真實學問。」又言：「為學當求有益於身，為人當期有益於世。在家則有益於家，在鄉則有益於鄉，在邑則有益於邑，在天下則有益於天下，斯為不虛此生，不虛所學。不能如此，即讀書畢世，著作等身，亦無益也。子其勉之！」		五月，命李鴻章為全權大臣，與日本議定通商條約事務。七月，曾國藩、李鴻章奏請遊學章程。
同治十一年 1872 壬申	60	主講龍門書院。 大病，旋愈。 十月，曾國藩拜會劉熙載。 冬，結識學者、藏書家蕭穆。	〈瀘上病劇旋癒〉	二月，曾國藩卒。七月，第一批幼童赴美留學。十一月，岑毓英收復大里，滇回亂平。
同治十二年 1873 癸酉	61	主講龍門書院。 與蕭穆定交，時常往還。春，馮焌光總江南製造局務，聘長子彝程教習廣方言館算學。長子彝程校訂傅蘭雅《代數術》一書。	《藝概》成書，有同治癸酉仲春序。 〈卜算子，瀘上喜雨〉	正月，慈安、慈禧兩太后撤簾，帝始親政。六月，各國使臣於紫光閣前瞻觀。九月，左宗棠克肅州，關隴回亂平。
同治十三年 1874 甲戌	62	主講龍門書院。 約是年刪光典（1857～1910）至上海從劉熙載學數學。		三月，日寇臺灣，爭琉球主權。四月，派沈葆楨辦理臺灣事務。十二月，帝崩，立醇親王子載湉為嗣皇帝，兩宮太后二度垂簾聽政。
光緒元年 1875 乙亥	63	主講龍門書院。 八月，次子展程中舉。 十月下旬，李平書赴松科試，因與張煥綸、袁康飲酒過多，忤怒學官，沒有報上名。儘管馮竹儒觀察做了工作，也無濟於事，劉熙載聞之為之惋惜。 馮竣光創求志書院，請長子彝程主講算學，弟子張煥綸主講地學，越歲丙子春開課。 約是年，與沈銛遊		三月，左宗棠為欽差大臣，督辦新疆軍務。四月，分命理鴻章、沈葆楨等辦北洋、南洋海防事宜。

光緒二年 1876 丙子	64	主講龍門書院。 二月初五，翁同龢讀《持志塾言》評價「極切實，此等書真予良藥」。 仲春，陳廣德跋《昨非集》。五月，方宗誠跋《持志塾言》。 八月，胡傳赴金陵鄉試畢，取道上海拜謁劉熙載，並求其為宗祠撰聯。劉熙載撰聯並書之。 十月，與即將赴英、法的中國第一位大使郭嵩燾交遊，表現出對好友及對國事的關心。	作〈寤崖子傳〉。	元月，劉錦棠等克烏魯木齊。九月，購回英築淞滬鐵路，毀之。北疆底定。
光緒三年 1877 丁丑	65	主講龍門書院。 夏，齊學裘有詩〈劉融齋先生招飲·作詩奉贈〉。 冬，齊學裘有詩〈題劉融齋先生所作《昨非集》〉。 年底，回興化過春節。	《昨非集》四卷成書，有光緒三年三月朔日自序。 《藝概》嶺南重刊本、山西兩級師範學堂排印本問世。	二月，第一批海軍學生赴英法。七月，左宗棠奏請新疆建省議。十二月，南疆底定。 俞樾主講詁經精舍。
光緒四年 1878 戊寅	66	主講龍門書院。 正月，范當世前往興化拜謁回鄉過春節的劉熙載，以弟子禮贄見，上所為文數十篇。 四月二十七日，和門人吳紹箕、孫照、孫點等與齊學裘討論《陰符經箋注》問題。 鍾山書院山長李聯琇卒，書院欲聘劉熙載主講席，不就。	九月，《四音定切》四卷成書，有光緒四年十月自序。十月，《說文雙聲》上下卷成書，有光緒四年十月敘。（張文虎有〈與劉融齋山長〉書，據書中之意，劉熙載是將自己的聲律學著作在成書前交給好友徵求意見。）	五月，命吏部左侍郎崇厚出使俄國，處理伊犁事件。七月，派曾紀澤等使英法。十一月，籌設新疆行省。
光緒五年 1879 己卯	67	主講龍門書院。 三月初十、十二、廿一、廿八，與從英、法回國的郭嵩燾交遊，仍表現出對好友及國事的關心。 八月，范當世應邀赴龍門書院聆聽劉熙載教誨。 約九月，夫人宗氏去世。回興化為亡妻治喪。 外孫吳同甲中舉人。	二月，《說文疊韻》四卷成書，有光緒五年二月序。春，為張文虎《舒藝室隨筆》署首。作〈題玉谿老人《海天長嘯圖》〉	三月，日本併琉球，夷為沖繩縣。八月，崇厚與俄訂〈伊犁條約〉。

光緒六年 1880 庚辰	68	五月之前仍主講龍門書院。 外孫吳同甲中進士。三年散館後編修。 夏，友方潛頤（1815～1889）讀《寤崖子》，讀而愛之。 五月，在龍門書院構寒疾，久不癒。 六月十七日，弟子沈祥龍、袁康道方言館，告知蕭穆先生思歸興化。 七月十三日，李興銳（1827～1904）局總辦派小火輪宋先生回興化。		正月，以曾紀澤使俄，議改收還〈伊犁條約〉。十月，命李鴻章籌議琉球案及〈中日條約〉，李請緩議琉球案，主聯俄儷日。
光緒七年 1881 辛巳	69	病重時，囑其子請俞樾作墓誌銘，因俞樾亦患病，事未成。 二月乙未（3月2日）病逝於興化。諸門人弟子千里赴弔，誦其遺言不哀。 六月，眾弟子於龍門書院祭祀劉熙載。		正月，曾紀澤與俄改訂〈伊犁條約〉。四月，以曾毓英為福建巡撫，規劃臺灣防務，以防備日本。
光緒八年 1882 壬午		奉旨入國史儒林傳，有「品學純粹，以身為教」之褒。		陳澧（1810～1882）去世。
光緒十三年 1887 丁亥			冬，《古桐書屋續刻三種》游劉熙載子弟編輯刊行。	
光緒二十一年 1895 乙未		松江郡郡守陳遹聲（1846～1920）在劉融齋祠旁建融齋書院，以示不忘。		

附錄二：《寱崖子》題材分析表

一、循古（共 29 篇）〔註1〕

序	篇　名	題　材	來　源		轉化方式〔註2〕
01	株拘它	1. 乾為馬，坤為牛	《周易・說卦》	經	融合
		2. 礛磻螾山	蘇洵〈辨奸論〉	集	
04	解荀	1. 荀子性惡、化性起偽	《荀子・性惡》	子	融合
		2. 孟子性善	《孟子・滕文公上》《孟子・告子上》	經	
05	辨欲	1. 柳下惠以飴養老，盜蹠以飴黏牡	《淮南子・說林訓》	子	融合
		2. 子夏「賢賢易色」	《論語・學而》	經	
		3. 孟子「飽仁義，不願膏粱之味」	《孟子・告子上》	經	

〔註1〕〈吸靈〉、〈師曠〉兩篇既屬循古亦屬自創。

〔註2〕化用前人題材的方式有四種，受陳蒲清《寓言文學理論・歷史與應用》啟發，但略有不同：

（1）擴充：在前人的文句或思想的基礎上加以拓展，增添情節，使原來的概念更加清楚，或者創造出新的意涵。

（2）融合：吸收兩位以上前人作品的內容或思想，將作品中的一句話或一個概念組合成自己作品中的一部分。

（3）逆反：利用原來的故事作翻案。

（4）仿作：模仿前人作品的內容和情節安排。

07	學墨	魯連先生	《史記‧魯仲連鄒陽列傳》	史	擴充
08	翼名	1.《詩經》「亦白其馬」、「有馬白顛」	《詩經‧周頌‧有客》、《詩經‧國風‧秦風‧車鄰》	經	融合
		2. 公孫龍〈白馬〉	《公孫龍子‧白馬論》	子	
		3. 名不假人	《左傳‧成公二年》	經	
09	魯叟	王陽明知行合一	《傳習錄‧徐愛錄》	子	擴充
10	蜀莊	不龜手之藥,或以封,或不免於洴澼絖	《莊子‧內篇‧逍遙遊》	子	逆反
11	海鷗	海鷗向巷燕言:「見愛者其危哉!」	吳莊〈紫燕與黃鸝〉	集	仿作
12	吸靈	1. 人,萬物之盜;萬物,人之盜。	《陰符經》	子	融合
		2.「咎莫大於欲得」、「得與亡孰病?」	《老子道德經》第四十六章	子	
14	師曠	1. 師曠盲臣,知音律	《莊子‧內篇‧齊物論》 王充《論衡‧虛感》	子	融合
		2. 離婁之明	《孟子‧離婁上》	經	
15	彭祖	彭祖觀井	蘇軾〈代滕甫論西夏書〉 陳靖〈彭祖觀井圖銘序〉	集	逆反
17	辟怪	1. 大禹鑄鼎	《史記‧封禪書》	史	融合
			《左傳‧宣公三年》	經	
		2. 三苗復九黎	《國語‧楚語下》	史	
		3. 仲雍文身	《左傳‧哀公七年》	經	
18	山海經	海外之人物多怪（貫匈、交脛、奇肱、聶耳）	《山海經‧海外南經》 《山海經‧海外西經》 《山海經‧海北外經》	子	逆反
19	儒問	1. 慎到尚無知。	《莊子‧雜篇‧天下》	子	融合
		2. 惠施尚多知。	《莊子‧雜篇‧天下》	子	
20	陳仲子	1. 淳于髡說客	《史記‧滑稽列傳》	史	融合
		2. 陳仲子隱	《史記‧魯仲連鄒陽列傳》	史	
		3. 千金救人	《郁離子‧濟陰之賈人》	子	仿作
21	封難	1. 陳仲子廉	《孟子‧滕文公下》	經	融合
		2. 晏子「國之閒士待臣而後舉火者數百家」	《晏子春秋‧內篇雜篇雜下》	史	

22	范蠡	范蠡師計然。	《史記‧貨殖列傳》	史	擴充
23	饗螳螂	1. 螳螂捕蟬	《說苑‧正諫》	子	融合
		2. 趙括紙上談兵	《史記‧廉頗藺相如列傳》	史	
		3. 螳臂擋車	《淮南子‧人間訓》	子	
24	荀卿	荀卿被讒於齊。 春申君疑荀卿。	《史記‧孟子荀卿列傳》	史	擴充
25	曹參	1. 曹參與韓信共功	《史記‧曹相國世家》	史	擴充
		2. 蚑蚑駏虛負蟨，蟨分泌甘草以食之	《郁離子‧蚑蚑駏虛》	子	仿作
27	問射御	射御之教，賢賢長長寓焉。	《禮記‧禮運》 《禮記‧射義》	經	擴充
28	鄴醫	西門豹為鄴令。	《史記‧滑稽列傳》	史	擴充
33	鵲占	鸇將往食牛角，占於鵲。	《左傳‧成公七年》	經	逆反
35	馮婦	馮婦弟子自負死於虎。	《孟子‧盡心下》	經	擴充
36	蔣氏狗	蔣氏狗善吠，盜麥戶而入，擔囊揭篋而出，狗臥戶側，寂無聲焉。	《莊子‧雜篇‧徐无鬼》	子	擴充
37	善射	鸛鵯，人射之必銜矢射人，故又名墮羿，蓋羿且為之墮也。	《爾雅‧釋鳥》	經	擴充
39	秦醫	扁鵲。	《史記‧扁鵲倉公列傳》	史	擴充
40	觀物	1. 弈秋之弈	《孟子‧告子上》	經	擴充
		2. 伯牙之琴	《列子‧湯問》	子	
42	善飲酒	堯舜千鍾，孔子百觚	《孔叢子‧儒服》	子	擴充

二、自創（共 15 篇）

序	篇　名	題　材	題材類別	
02	器水	器水	自然科學	物理學
03	魚習	畜魚與畜魚之水	自然科學	生物學
06	墨者	窊崖子舉杖擬敲墨者之首，墨者以手障之。	自然科學	生物學
12	吸靈	頓牟、芥相吸。磁石、針相吸。	自然科學	物理學

13	噓唏	天吸人之神，地吸人之質。赤子精氣日旺一日，嗜欲開則日虧而日戁。	自然科學	生物學
14	師曠	陽燧取火。	自然科學	物理學
16	辨惑	1. 弱者飾為神行竊。 2. 旅館主人假怪調戲女子。 3. 叟命二童無視怪。 4. 將軍下令鞭告有怪者。	社會科學	心理學
26	虛邑酒	為醉酒客調水酒。	社會科學	心理學
29	市藥	晉人不識良藥，高價買假貨。	社會科學	心理學
30	求忘	中山人詣醫求忘，其妻聞此，佯忘以使之悟。	社會科學	心理學
31	志臧	1. 志臧自言能化 2. 一蟻自祝化蟹	自然科學	生物學
32	無妄	趙有二客，一口吃，一否，皆營商。	社會科學	心理學
34	善戒	富叟戒鄰之子勿為竊，鄰之子遂往學竊，歸而竊富臾。	社會科學	心理學
38	圃叟	東叟與西叟對竊其蔬者，一姑息，一嚴辦。	社會科學	心理學
41	問和	人遇熱羹則吹之，遇硯冰則呵之。	自然科學	物理學

附錄三：《寙崖子》故事與寓意分析表

序	篇　名	角　色	故事大意	寓　意	故事結構〔註1〕	主　題
01	株拘它	寙崖子、株拘它	株拘它與寙崖子辯論：「以小」是否會「蔽大」，寙崖子以株拘它「從礎潤蟻出推得將雨」之言，借力打力，證得「以小」不會「蔽大」。	寙崖子以「礎潤而雨」為喻，揭示「以小觀大」的道理。	多情節（系列式）	學習與立教
02	器水	吾（寙崖子）、貧窶者·執火者	「吾」從觀容器流出的水得知水清必要源清；從貧困者地底有祖產明白本性的內涵；從點燃火把的不同方式明白殊途同歸。	寙崖子以「器水」、「窖金」、「執火夜行」三個例子揭示「善源於性」、「性無不備」和「性教歸一」的道理。	多情節（螺旋式）	治經與論學
03	魚習	寙崖子、畜文魚傔者·弟子	寙崖子從養魚傔者得知：養魚者最先使用的水，決定魚日後習慣的水質，寙崖子	以「魚對水質的喜好是來自後天的習慣而非先天的本性」揭示「性	多情節（系列式）	治經與論學

〔註1〕陳蒲清將寓言的寓體（故事）結構，分成單個故事和多個故事，多個故事又
　　　可細分為四種：平列式（同一主題之下組織多個寓言，又稱寓言群）、螺旋式
　　　（故事輾轉推進）、包容式（故事中套著故事）、系列式（以一個主角貫穿一
　　　系列故事），詳見陳蒲清：《寓言文學理論·歷史與應用》（臺北：駱駝出版社，
　　　1992年），頁26～27。本論文參考陳蒲清之分類，改作：單情節、雙情節（包
　　　容式）、多情節（螺旋式、系列式）。

			於是藉此例教導弟子習、性。	觀其習，習乃成性」以及「從生活萬物中學習知識」的道理。		
04	解荀	問者、答者（窰崖子）	某人問「荀子性惡思想」，答者解釋：荀子之性，乃是累性之性，需透由禮義教化，恢復真正本性，並總結「孟子自其無不善者而言，恐人之自棄也；荀子自其惡者而言，欲人之自治也。」	調和荀、孟思想，化解兩派爭端，肯定荀子「以禮義使性為善」的貢獻。	單情節	治經與論學
05	辨欲	（窰崖子）	以柳下惠和盜蹠見飴後的不同心態，說明欲有善惡，再以子夏、孟子之言說明欲有層次之別，肯定欲可改變為善。	從欲的可塑性勸人為善。	單情節	治經與論學
06	墨者	窰崖子、墨者	窰崖子和墨者爭辯「兼愛」，窰崖子藉墨者「以手障頭」的動作反駁、嘲弄墨家「兼愛」的主張。	窰崖子藉墨者「以手障頭」一事，捍衛儒家「親親」的思想。	多情節（系列式）	治經與論學
07	學墨	學墨者、長老、善博者、魯連先生	學墨者以學問壓倒父兄，鄉里長老藉魯連先生點化善博者「博而勝，是愈負矣」的故事，曉諭學墨者「兼愛」思想的謬誤。	「兼愛」思想有悖於德，違反「親親」所獲得的「贏」，其實是輸。	雙情節（包容式）	治經與論學
08	翼名	（窰崖子）	以《詩經》「亦白其馬」和「有馬白顛」談名家的「白馬非馬」邏輯，認為《詩經》的用字已體現公孫龍〈白馬〉篇的涵義。	藉名家「名、實」的邏輯思辯警戒世人「名實一致」的重要，發揚孔子思想。	單情節	治經與論學

09	魯叟	魯叟、孔賢、孔智	魯叟、孔賢、孔智三人相遇於逆旅，魯叟自言多病，孔賢、孔智兩人於是分別向魯叟推行自己的理念「行」、「知」，最後，魯叟言：辨藥、熬藥不可偏廢，表明自己主張「知行合一」。	以辨藥、熬藥的治病過程為喻，揭示「知行並重」的道理。	單情節	學習與立教
10	蜀莊	蜀莊、客	客質疑蜀莊在市集中占卜如同泮澥絖者。蜀莊申明：封之實在於不危、不貪、不屈、不辱，自己實以達到封之境界。	揭示個人的價值在於心境上的封賞——道，而非物質上的封賞——利。	單情節	修身待人與處世
11	海鷗	海鷗、巷燕	海鷗不同巷燕享受依人而處之樂，巷燕問其故，海鷗答：「令人愛則可能令人惡」，日後巷燕為人所惡，方明白海鷗所言。	以海鷗之言與巷燕之遇，揭示心靈獨立自主才能享受真正的自由。	單情節	修身待人與處世
12	吸靈	（窺崖子）	以琥珀、碎屑和磁石、鐵針相吸的關係，具象化人與外物的相依關係。	揭示人若過份依求外物，其實是沉淪於物欲、為物所役。因此，唯有戒心除欲才能保全身心。	單情節	修身待人與處世
13	噓吸	（窺崖子）	以「人叿氣」和「天地吸氣」為喻，具象化人們馳逐物質享受，以致精神疲敝的情狀。	揭示人應該神、質相顧，戒心除欲，不為物累，並進而「以物養己」。	單情節	修身待人與處世
14	師曠	師曠、離婁、窺崖子	師曠以為離婁同時擁有視聽，勝於己，故讓座給離婁，離婁則以「黜聽以養視」的生命經驗現身說法：「專心致志，方能成功」，師曠聽畢，	教人為學處事，要專一持久，用心於一，方能脫穎而出。	多情節(系列式)	學習與立教

			深感佩服,再次請為上座。窴崖子補充陽燧取火的例子,說明專心的重要。			
15	彭祖	彭祖、童子	彭祖繫繩觀井,童子質疑彭祖能保全身體,但能否保全精神,排拒榮、樂、惑、生之溺。彭祖自知尚未超脫生死之惑,故不應。	揭示「養神」勝於「養形」,耽於「榮」、「樂」、「惑」、「生」都是一種精神上的溺,除去心溺,才是真正的養生之道。	單情節	修身待人與處世
16	辨惑	窴崖子、某人	某人問窴崖子辨惑,窴崖子答:迷惑人心的怪,一是因不常見而產生的「有怪之怪」,彼方屢試,我方不動,則可破解;一是因猜疑與人為造成的「無怪之怪」;最後,介紹柔與剛兩種「息怪」之法。某人悟,讚窴崖子如「作《易》者知盜。」	解釋「有怪之怪」和「無怪之怪」的所以然,破除人對怪的害怕,並提供兩種「息怪」之法,意在闡發儒家「不語怪力亂神」之精神,也有回應時政的用意。	多情節(系列式)	柄政與治國
17	辟怪	越人、宋人、窴崖子	有一紋身越人至宋,問宋人為何戴禮冠,宋人言是古制。宋人反問越人為何紋身,越人答是為了辟怪。宋人質疑辟怪是古人的微權,否認世上有怪。窴崖子評論:「夫禮,常也;禮以外,皆怪也。」	揭示「信而好古」信奉的應是古之常禮而非怪。	多情節(系列式)	柄政與治國
18	山海經	窴崖子、某人	某人問窴崖子《山海經》是否該廢,窴崖子以畫鬼為喻,曉諭某人:畫鬼和寫奇國異人的作者,塑造鬼和人的恐怖外形,只是為了凸顯他們的邪惡內在。	藉貶低《山海經》中的奇國異人,在形象上已非常人,在性情上更是異類,貶斥當時的歐美等異邦之人。	多情節(系列式)	柄政與治國

19	儒問	儒者、學慎者、學施者	儒者問學慎者、學惠者慎、惠之學，譏諷學慎者不知儒而知慎，知慎卻說「無知」，所以妄矣；學惠者知惠而不知儒，不知儒卻說「多知」，所以妄矣。	諷刺慎學淺薄、惠學瑣碎，從反面凸顯儒學的優越。	單情節	治經與論學
20	陳仲子	陳仲子、淳于髡、二漁人	齊國派淳于髡請陳仲子當宰相，陳仲子顧慮自己在齊國「一傅眾咻」，不但無功，反而自毀聲譽，因此婉拒。淳于髡於是以「千金救人」的故事，暗喻陳仲子只知有身而不知有溺者。	諷刺在危難時，只知獨善其身、明哲保身，棄國家和他人不顧的人。	雙情節（包容式）	學習與立教
21	封難	窹崖子、封、難、從者	窹崖子問封、難齊國賢者。兩人分別答：陳仲子和晏子。窹崖子分析二人的心理，嘲笑他們其實一人貧而貪，一人富而吝。	嘲諷那些自以為高尚，其實表現不符人情的惺惺作態者。	多情節（系列式）	修身待人與處世
22	范蠡	范蠡、計然	范蠡請教計然謀國和宅身，計然約時以告，卻又以時間過早或過晚拒答，范蠡乃頓悟「因時」而行的智慧，日後為吳謀國，隱身於越，皆本計然之教。	揭示以「因時而對」解開人生密碼，展現急流勇進和功成身退的智慧。	單情節	修身待人與處世
23	饗螳螂	螳螂、平原君、公孫龍	平原君看重螳螂的氣勇善擊，以禮款待，公孫龍聽聞此事，特地前去勸告平原君：「蟬之所以制於螳螂，是因為氣不沉而聲囂，今趙將趙括名過其實，正如蟬將被養力伏機的秦	以「螳螂捕蟬」為喻，說明上位者用人須任用「名實相符」以及能固守「完氣」之人，才能克敵得勝。	單情節	柄政與治國

		將白起所制。」平原君聽後欲從之，但仍敵不過朝中他人。			
24	荀卿	楚人、荀卿、春申君	荀卿在齊國遭人毀謗遂往楚國。齊人預言荀卿在楚也會遭遇相同情況，果然，春申君起初特地前去請教荀卿，了解荀卿的能力之後，開始忌憚他，先派他治理百里之地，後又擔心荀卿稱王，欲使人往代之。荀卿聞之，即請去。	以荀卿有才卻不得重用，揭示上位者需知人善任，杜絕杜賢嫉能之風。	單情節	柄政與治國
25	曹參	曹參、舍人	曹參問舍人外人對自己的評價，舍人答：眾人多為曹參和韓信之間的功勞分配不平，自己跟從曹參就如同蛩蛩駏驉和蟨互助互益。曹參聽後，亦借此喻，表示唯有韓信才能與自己「共功」。	蛩蛩駏驉善走而不善食，蟨善食而不善走，兩者結合，相得益彰。人與人之間亦是如此，相互尊重，取長補短，於人於己，皆大有益處，否則便損人不利己。	單情節	修身待人與處世
26	虛邑酒	舍人、富人、里之業酒者、寙崖子	酒舍舍人針對偶發的酒醉客調水酒而獲利，里之業酒者仿其作法結果滯銷。寙崖子評論：「君子貴遠謀，無誘於近利。」	揭示「貴遠謀無誘於近利」的重要，也反映「因時而對」掌握偶然與必然的智慧。	多情節（系列式）	修身待人與處世
27	問射御	寙崖子、某人	某人批評古代之射御已拙，寙崖子反駁當時「非弓史而捷於弓矢者」、「非馬而捷於馬者」其出發點不是為了以禮養人，因此日後必定自敝，是古聖人所不許的。	揭示工具的目的是為了「以禮養人」，重視儒家賢賢長長的精神。	多情節（系列式）	柄政與治國

28	鄴醫	醫、巫	鄴地信巫不信醫。一巫一醫遇於道，巫命醫讓道，並諷刺醫地位不如己。醫將巫比作攔門惡狗，雖能阻止客人入門，但終究是狗，不是人。	諷刺仗勢欺人者，自視甚高，實際上，言行舉止就像惡狗攔道。真正的君子不屑與之同流合汙。	單情節	修身待人與處世
29	市藥	晉人、醫、藥賈、僕	晉人旅居粵國生病，醫生囑咐用最好的藥，晉人強不知以為知，退回上等藥，反買到高價假貨，病情惡化，經醫生指點才悔不當初。	一方面告誡世人勿像晉人自作聰明，反而自食惡果；一方面藉醫生之言嘆藥／馬／人不遇知己之憾。	單情節	柄政與治國
30	求忘	人、妻、醫	一人訪醫求忘，醫生一面與之假藥，一面指點其妻，佯裝忘夫。那人見妻不識己，大吃一驚，終於了悟「求忘不可得，且無益於己」。	諷刺妄圖絕世避俗、消極處世之人，其言行只不過是空想。	單情節	修身待人與處世
31	志臧	志臧、里人、蟻、他蟻	志臧向里人誇耀自己能變化，里人藉「蟻祝化蠜」的故事，譏諷志臧如同螞蟻妄想變成飛蟻，去吃更多食物，是貪心且不實際的。	揭示做人要「止於其分」，也暗示真正高明的變化，不是「貧化富，賤化貴」，而是「愚化智，不肖化賢」。	雙情節（包容式）	修身待人與處世
32	無妄	之韓者（口吃）、之趙者、韓盜、魏盜、日者	之韓者與之魏者請示日者，得到「無妄」的指點。之韓者因為口吃，無意間以「期期」一語折退韓盜，之魏者有心學習，反以「期期」一語惹怒魏盜。日者解釋：有期則有妄，有妄則有禍。	揭示「無所期」才能有福，心存投機，後果必定得不償失。	單情節	修身待人與處世

33	鵲占	鼲、鵲、某	鼲兩次偷吃牛角，都先請鵲占卜。第一次是凶兆，結果偷吃得逞；第二次是吉兆，結果中毒而死。某問鵲其中的道理，鵲答：「占之道，助義不助邪。」先凶再吉，一方面是揣摩鼲的心理慾望，一方面是預告鼲的下場。	揭示居心叵測者，即使暫時獲得利益，但最後必得不到好下場。	單情節	修身待人與處世
34	善戒	窳崖子、富叟、鄰之子	富叟勸戒鄰之子不要偷竊，反而開啟鄰之子學習偷竊之心。窳崖子評論：「善戒者無迹」，不當的勸說「譬如縱風止燎」，有害無益。	揭示：正確的勸說，需不露痕跡，才不會造成反效果。	多情節（系列式）	學習與立教
35	馮婦	馮婦、弟子、窳崖子	馮婦弟子自以為學遍馮婦之技，再加上打狗初捷，於是狂傲自大，夜行時竟錯認虎為狗，釀成悲劇。窳崖子評論：無備、生驕，將致大敗。	揭示驕傲自滿將導致大禍、告誡人切勿輕忽。	多情節（系列式）	學習與立教
36	蔣氏狗	蔣氏、蔣氏狗、鄰叟	蔣氏狗善吠客，蔣氏喜，豢以美食。豈知狗遇盜反不吠，蔣氏大怒，欲餓斃之。鄰叟譴責蔣氏自恕己之不知，苛責狗之不知，愚且不智。	闡明孔子「不教而殺謂之虐。不戒視成謂之暴。慢令致期謂之賊」的道理。	單情節	學習與立教
37	善射	章、奮	章之射術優於奮，面對鸛鷒，章卻以《爾雅》「人射之必銜矢射人」之說不敢發箭，奮一箭射中，取笑章相信未經實證的說法，是個「《爾雅》之士」。	闡明孟子「盡信書不如無書」的思想，強調自我思辨能力以及求證精神。	單情節	學習與立教

38	圃叟	東叟、西叟、窾崖子	東叟和西叟種的菜各被鄰居所偷，東叟原諒鄰居，西叟責罰鄰居。東叟勸西叟寬恕微小的損失。窾崖子評論君子之道應以教化。	闡明「過猶不及」的道理，也強調君子教化的作用。	單情節	學習與立教
39	秦醫	醫任、醫讓、扁鵲	醫任主「任」，治病激進；醫讓主「讓」，治病保守，相互毀謗。扁鵲批評兩人皆為利己，主張治病應「因病之所宜」、「不居功避謗」。	強調處事「因地制宜」、不「居功避謗」的重要性。	單情節	修身待人與處世
40	觀物	（窾崖子）	以彈琴、下棋為喻，說明下棋是人機，因此後人可以超越弈秋；彈琴是天機，因此至今難有人超越伯牙。	揭示天機和人機雖然起始點不同，但是擁有天機也不可自恃天賦，必須「忘大機」，才能深入堂奧。	單情節	學習與立教
41	問和	窾崖子、某人	某人問「和」，窾崖子以人遇冷則呵，遇熱則吹為喻，說明因時自處就是「和」。	揭示剛柔並濟之道（和）在於「隨時變通」。	多情節（系列式）	修身待人與處世
42	善飲酒	窾崖子、某人	某人向窾崖子學飲酒，起初誤以為醉酒就是飲酒，經窾崖子指點才明白，飲酒是心靈上的太和境界。	以飲酒說明聖人、賢人的太和境界在於內在心靈，而不在於飲酒時的外顯行為。並指出太和之境不可以斯須去心。	多情節（系列式）	修身待人與處世